EZRA POUND
LESEBUCH

Dichtung und Prosa
Herausgegeben
und mit einem biographischen Essay
von Eva Hesse
Arche

Umschlag: Max Bartholl, Frankfurt
Gesamtherstellung: Wilhelm Röck, Weinsberg
Printed in Germany
ISBN 3-7160-2035-4

INHALT

CREDO

... Ein Kunstwerk braucht keine politische, soziale oder philosophische Überzeugung zum Ausdruck zu bringen, enthält sie jedoch fast stets implizite.

Die Überzeugungskraft eines Kunstwerks besteht darin, daß der Künstler seinen Fall so summarisch oder detailliert vorbringt, wie er es für richtig hält, dann kann man mit ihm einiggehen oder nicht, aber man kann ihn nicht widerlegen. Er soll nicht in der Diskussion ausgeholt, nicht durch Beckmesserei ermüdet werden. Wenn seine Arbeit mäßig ist, dann kann man ihn auf Grund seiner Technik abweisen. Ob er »Idealist« oder »Realist« ist, ob er singt oder malt oder meißelt, ob er den Augenschein der Gegebenheiten wiedergibt oder das Unsichtbare des Traumes gestaltet – ist die technische Ausführung schlecht, so heißt das soviel wie »falsches Zeugnis ablegen«.

Darin liegt das Überzeugende der Kunst, daß ihr Nachweis ein Nachweis motorischer Kräfte ist. Argument zeugt nur Gegenargument und reflexive Überlegung erzeugt, als solche vorgetragen, entweder Widerspruchsgeist oder den Wunsch nach weiterem Beweismaterial, das die Behauptungen des Menschen, der den eigenen, so heimeligen Vorurteilen entgegentritt, widerlege – dahingehend, daß man selbst mit allen Gleichgesinnten im Recht sei.

Man kann sich zum Beispiel mit jeder Behauptung, die über die Beziehung des Christentums [ein undefinierbarer Terminus] zum Sozialismus [noch ein undefinierbarer Terminus] aufgestellt wird, anlegen. Aber mit Sabattes Gemälde »Mort du premier socialiste« läßt sich nicht streiten.

Der künstlerische Nachweis des Menschen ist nicht der Nachweis der objektiven, theoretischen Schichten in ihm, sondern der seines Wollens und Fühlens. A propos Kunst um der Kunst willen: die Eiche wächst nicht zu dem Ende noch in der Absicht, zu Schiffen und Tischen verarbeitet zu werden, und doch wird ein Volk weise daran tun, für seinen

Baumbestand Sorge zu tragen. Aufgabe der Eiche ist es, ein rechter Baum zu werden.

Der Künstler ist frei. Der wahre Künstler ist schon seinem Ansatz nach der Verfechter der freien Rede. »Der Künstler ist frei«, das heißt, er muß frei sein, ob durch oder gegen seine Umwelt. Er darf entweder nichts zu gewinnen haben, was er als Gewinn oder als Entgelt für verlorene Lauterkeit veranschlagen würde, oder er darf nichts zu verlieren haben, und in diesem Fall wird seine Lebenszeit wohl kurz bemessen und sein Lebenswerk zerrissen sein. Selbst Dante und Villon aßen das versalzene Brot der Gönnerschaft, der eine, weil er seines Namens und seiner Vaterstadt verlustig gegangen war, der andere, weil seine Schande ihn von jedem Anteil am Leben seiner Zeit ausschloß. Einen mit Villons ausgepichter Kehle dürfte allerdings das Salz kaum sehr gebrannt haben.

Doch der Punkt, auf den ich durch all diese Trübungen hindurch zuhalte, ist folgender: keine Zeit verfügte je über eine derartige Organisation zur Streuung gedruckter Äußerungen – und diese ganze Organisation begünstigt die Mache. Sie begünstigt die verlogene Äußerung oder die schludrige Äußerung oder läuft zugunsten dessen aus, was man überhaupt nicht mehr als Äußerung bezeichnen kann. So begünstigt sie den Brei, der je nach redaktioneller Geschmacksrichtung zusammengemanscht wurde. Und selbst wenn einer stark genug ist, gegen alle diese Dinge anzugehen, so werden seine spärlichen Kundgebungen zunächst durch die pausenlosen Ergüsse derjenigen übertönt, die auf die eigentliche Arbeit wenig oder gar keine Kraft und Mühe verwendeten und daher desto reichlicher Zeit haben, damit hausieren zu gehen.

Spärliche Kundgebungen nenne ich sie wohlweislich, denn der Zahl der echten Leidenschaften und Überzeugungen im Menschen sind Schranken gesetzt. Die wahre Aussage schüttelt man nicht aus dem Ärmel, nur Dinge von untergeordneter Spannkraft strömen einfach so hervor . . .

(1908–1913)

AMERIKA

... Der Amerikaner ist häufig erpicht, das Gute zu erkennen. Er hat nicht die Zeit, sich diese Erkenntnis selbst anzueignen. Die Auskünfte, die er in diesen Sachen erhält, sind recht dürftig. Er glaubt, das Urteil Londons zu erfahren – also das Urteil der ausländischen Berühmtheit – und bekommt doch nur ausländischen Journalismus zu hören. Er akzeptiert es als ein Evangelium und tappt im Dunkeln.

Er kann und dürfte nicht über Kunst fachsimpeln. Er kann sehr wohl über die Dinge sprechen, die ihm geläufig sind. Er kann vernünftig über Politik reden, über neue Wunderwaffen, über die Arbeitsvorgänge in einem Dutzend Handelszweigen oder über Finanzwirtschaft, und der Künstler wie die Berühmtheit hören ihm gerne zu ...

Ich könnte weiterhin Details der amerikanischen Ordnung bemäkeln, was in etwa leichter wäre, als ein ausländisches Publikum zu überzeugen, daß ich mit Fug und Recht an unsere Zukunft glaube ...

Ich verlasse mich auf die Chemie im Organismus der Nation, oder, falls der Leser von viktorianischer Empfindlichkeit sein sollte, sagen wir lieber auf den »Lebensgeist« oder das »Temperament« der Nation.

In »The Seafarer« und in »The Wanderer« bin ich dem auf die Spur gekommen, was für mich die Chemie im englischen National-Organismus ist. In diesen frühen angelsächsischen Dichtungen finde ich jene Eigenschaft, die meiner Ansicht nach die ganze Folge der Dichtarten umgeformt hat, die vom Süden her nach England gelangten. Denn die Kunst ist zumeist aus dem Süden gekommen und traf in der Gemütsart des Inselvolkes auf etwas, das sie kerniger und griffiger gemacht hat. Und bei diesem Etwas handelt es sich um nichts anderes als die nationale Überzeugung, daß Worte einem Mann kaum anstehen.

Nor may the weary-in-mind withstand his fate,
Nor is high heart his helping.

For the doom-eager oft bindeth fast his thought
In blood-bedabbled breast.

Nicht mag, wer wehen Sinns, seinem Los widerstehn,
Noch hilft ihm Hochgemut-sein.
Bannt der Stern-Verfallene doch oftmals sein Sinnen fest
In blut-befleckter Brust.

Das Wort, das ich mit »doom-eager« [stern-verfallen] wiedergegeben habe, heißt »domgeorne«. Und »dom« bedeutet sowohl Schicksal wie Ruhm. Der »Dom georne« Mann ist der zur Tat Bereite, der auf sie brennt, brennt auf das glorreiche Tun, der bereit ist, den Preis zu zahlen.

Ein Mann von solchen Graden und darüberhinaus noch karg in seiner Rede – mehr kann man nicht verlangen.

Etwas ähnliches in der Art finde ich bei Whitman. Ich finde also bei ihm das, was ich unbedenklich unseren amerikanischen Grundton nennen würde, wie ich die vorangehende Gedichtstelle den englischen Grundton nenne.

Es ist, soweit ich es ausmachen kann, eine gewisse Großartigkeit; eine gewisse Sorglosigkeit oder Gelöstheit, wenn man so will; ein Haß auf alles Muffige, eine Gabe, über Einzelheiten hinwegzusehen um des Ganzen willen; ein Denken in großen Räumen; der Mut, Angriffsflächen zu bieten.

»Camerado, dies ist kein Buch;
*Wer dies berührt, berührt einen Mann.«**

Der Künstler ist bereit, für seine Person Belastungen auf sich zu nehmen, die sein Schaffen fast zunichte machen könnten.

Hier, könnte man sagen, spricht ein Geist, der den Künsten so abhold ist, wie die angelsächsische Abneigung, überhaupt etwas zu sagen.

* Vgl. jeweils Anmerkungen, S. 279.

Und doch liegt gerade hierin die eigentliche Stärke beider Völker: daß das eine sich anheischig macht, zu schweigen, bis es etwas gibt, was der Rede wert ist, und daß das andere sich anheischig macht, in seiner Kunst nichts zu unternehmen, wofür es nicht mit seiner Person einsteht.
Natürlich ist das nur der Idealfall, nicht die Norm oder der Durchschnitt des alltäglichen Verhaltens.

Und meine zweite Hoffnung ist darin begründet, daß der Amerikaner, wenn er einmal in irgendeiner Kunst oder einem Metier erfaßt hat, was erstrangig ist, sich nie mehr mit dem Zweitrangigen begnügen wird. Dank diesem Zug sind wir eine junge, eine kraftvolle Nation. Eine alte Nation legt die Kosten für das Erstrangige auf die Waagschale und fragt, ob es sich auch verlohne.

Weil wir das nicht tun, werden wir im gleichen Maße vorankommen, wie wir die Dinge erfassen, wenn auch Sachverstand und Instinkt sich nicht allzuschnell erwerben lassen; nicht in einer Generation wenigstens.

Gleichwohl werden wir da, wo wir jetzt etwas Kultur und eine äußere Schale haben, eines Tages die Humaniora und einen Kern besitzen.

»Gedicht und Stoff sollen aus ihrem Leben erwachsen, Schaffende und Findende sollen sie sein.« ...

Whitmann stimmte das nationale *timbre* an. Kann sein, daß man ihn zuhause nicht nötig hat. Sie schwingt in der Luft, diese seine Klangfarbe. Aber in der Fremde; wenn man je soweit käme, sein Erstgeburtsrecht zu vergessen, seinen Glauben zu verlieren – so umgeben von Kleingläubigen – kann man bei Whitman seine Sicherheit zurückgewinnen. Whitman bürgt für die ganze Nation.

Whistler war unser Zuchtmeister und hinterließ uns – fast nebenher will es scheinen – seine Botschaft. Sie besagt im wesentlichen, daß der Umstand, als Amerikaner zur Welt gekommen zu sein, keine Ausrede dafür sein darf, nicht über die eigene Nasenspitze hinauszusehen. Von mir aus mag man einwenden, Whistler sei zuinnerst Europäer gewesen, das tut meinem Argument keinen Abbruch.

Zwingt die Arbeit eines Menschen ihn, im Exil zu leben, so möge er sein Exil guten Mutes erdulden oder genießen. Aber ein Amerikaner verwandelt sich eher in einen Chinesen oder Hindu, als daß er englische oder französische oder europäische Eigenheiten annähme, die unter die Haut gingen.

(1909–1913)

BEIM ANBLICK SEINES SPIEGELBILDES

O fremde Fratze in dem Spiegel dort!
O wüste Rotte, heilige Heerschar,
O leidgebeutelt, Narr,
Welch eine Antwort? O ihr Unzahl,
Die strebt und spielt und ficht,
Spaßt, fordert, hintertreibt,
Ich? Ich? Ich?
            Und ihr?

HISTRION

Noch keiner hat gewagt dies auszusprechen:
Doch weiß ich wie die Seelen aller Großen
Zuweilen durch uns ziehn,
Und wir in ihnen aufgehn und nicht sind,
Nichts sind als ihrer Seelen Widerschein.
So bin ich Dante eine Zeitlang, bin
Einer namens Villon, Balladen-Prinz und Dieb,
Bin solche Heiligen, daß ich ihre Namen
Nicht nennen mag aus Angst vor Blasphemie –
Dies einen Augenblick und dann erlischt die Flamme.

Es ist, als glühte tief in uns das Ich
Als eine klare Sphäre, als gegossnes Gold,
Das irgendeine Form anfliegt:
Christus, Johannes, auch der Florentiner:
Und wie der leere Raum nicht ist, wenn eine Form
Ihn in sich faßt,
So hörn wir alle auf zu sein, für eine Weile,
Und sie, die Seelenfürsten, leben dann.

ALSO IN NINIVE

»Gewiß, ich bin ein Dichter. Über meinem Grab
Mögen Mädchen Rosenblätter streun
Und Männer Myrten, eh die Nacht
Den Tag erschlägt mit ihrem dunklen Schwert.

»Sieh, es ist meine Sache nicht,
Noch deine, dies zu hindern,
Denn der Brauch ist alt,
Und hier in Ninive hab ich gesehn,
Wie mancher Sänger schied und seinen Platz
In jenen finstren Hallen einnahm, wo kein Mann
Ihm Schlaf noch Lieder trübt.
Manch einer sang sein Lied
Kunstfertiger, feinsinniger als ich;
Und mancher übertrifft schon jetzt
Mit Blumendüften meine meer-geschliffne Schönheit;
Doch bin ich Dichter: über meinem Grab
Mögen die Menschen Rosenblätter streun,
Eh die Nacht das Licht erschlägt
Mit ihrem blauen Schwert.

»Nicht darum, Rāma, weil mein Lied am hellsten klingt
Und süßer tönt als irgendeines, sondern weil ich
Hier bin: ein Dichter, der vom Leben trinkt
Wie andre Menschen Wein.«

DIE FLAMME

Es ist kein Spiel mit Gatten und Begatten,
Provence hatt' es erkannt;
Es ist kein Spiel mit Feilschen, Gütern, Häusern,
Provence hatt' es erkannt.
Wir, die wir euren Traum von Weisheit überschreiten,
Nehmen unsterbliche Momente in uns auf, »entrinnen«.

Wir rückten vor weit über euren Bann und Bannkreis,
Provence hatt' es erkannt;
Und all die Sagen von Oisin künden nur eins:
Der Mensch schlüpft durch das Netz von Tag und Stunde.
Wo Zeit einläuft zum Samenkorn der Zeit
Finden wir uns, wir Ewig-Lebenden, im Licht –
Durch unsre Hüllen raunen wir von Liebe.

Oh Rauch und Schatten einer Dunkelwelt,
Sie und die andern haben wir erkannt.

Es ist kein Spiel mit Gatten und Begatten,
Es ist kein Spiel mit Feilschen, Gütern, Häusern,
Kein Spiel von »Tag und Nacht«, mißlichen Jahren,
Von welken Wangen, heitrem Haar, das grau ward;
Es gibt die höhere Musik, das klare Licht
Wo Zeit zurückglost auf die ewige Asche.
Die tausend Himmel sind uns nicht versperrt:
Ja, manche Götter haben wir erblickt,
Leute unirdischer Gestalt und hehre Stätten,
Bollwerke aus Beryll und Chrysopras.

Benacus, saphirblau, in deinem Dunst
Wird die Natur selbst metaphysisch,
Wer schaute dieses Blau und glaubte nicht?

Ewige Perle du, umnebelter Opal,
O dunkles Rätsel du mit Perlmuttgrund,
Durch all dein Wechselspiel weiß ich dich mein;
Wenn meine Seele aufgegangen, wenn ich
Gänzlich verquickt und eingetaucht bin
In etwas Irdischem, so findest du mich dort, Kleinmütige,
Die an den Pforten ruft nach einem Ich, das ich abtat;
Denn meine Seele floß zurück und ward durchsichtig.
Suche nicht meine Lippen ab, Liebste, laß meine Hände,
Was hier als Mensch sich regt, ist nicht mehr sterblich.
Und sahst du meinen wesenlosen Schatten,

Sahst du das Spiegelglas der Augenblicke,
Das alle Dinge, die einfallen, wiedergibt:
Nenn diesen Spiegel dann nicht mich,
Denn ich entzog mich deinem Griff, ich bin entronnen.

DIE GRUFT VON AKR ÇAAR

»Deine Seele bin ich, Nikoptis. Hab dich
Bewacht fünftausend Jahre: unbewegt
Von meinem Flehn dein totes Augenpaar.
Dein lichter Leib, durch den ich flackernd sprang,
Brennt nicht von mir, noch sonstigem Safran.

Sieh: die Gräser sproßen dir zum Pfühl auf
Und küßten dich mit tausend grünen Zungen,
Doch du mich nicht.
Ich las die Goldschrift an den Wänden, laut,
Zerquälte an den Zeichen meinen Sinn.
Und nirgends gibt es etwas Neues hier.

Sorgsam war ich. Brach keine Kruke an,
Falls du erwachst und nach dem Weine flennst,
Und deine Kleider hielt ich faltenlos.

Uneingedenk, du! Wie vergäß ich je!
– Sogar den Fluß, wie lange ist das her,
Den Fluß? Du warst noch allzujung,
Drei Seelen kamen über dich
Und ich.
Ich strömte in dich ein und schlug sie ab;
Ich war vertraut mit dir und deiner Art,
Hab ich nicht deine Handteller berührt,
Die Fingerkuppen, floß ich nicht um deine Fersen?
Wie ›trat ich ein‹? War ich nicht du und Du?

Kein Sonnenstrahl, der mich erquickte, hier –

Zerschelle an gezackter Dunkelheit
Und kein Licht stößt herab, und du, du sagst
Kein Wort, Tag über Tag.

Ich könnt' entweichen, trotz dem Zauberbann
Und ihrem schlauen Machwerk an der Tür,
Über glas-grüne Anger …
. . . .
Doch es ist still hier:
Und ich werde bleiben.«

LA FRAISNE

Denn ich war ein hagrer Herr vom Rat,
In allen Dingen weise und sehr alt,
Doch solche Torheit hab ich abgestellt
Und auch die Kälte, die den Greis verhüllt.

Ich war recht stark – so haben sie gesagt –
Die jungen Männer bei dem Waffenspiel;
Doch solche Torheit hab ich abgestellt,
Bin froh auf eine Weise, die mir mehr behagt.

Ich rollte mich zusammen unter Eschen,
Barg mein Gesicht dort wo ein Eichendach
Sich über mir ausbreitet, warf das Joch
Der alten Menschenweisen von mir ab.

Beim stillen Teich von Mar-nan-otha
Fand ich eine Braut,
Die ein Hundsbeerenbaum gewesen lange Zeit,
Sie bracht mich ab von meinen Menschenweisen,
Verwies mir meine Ratsherren-Ränke
Und hieß mich preisen

Nichts als den Wind, der in den Blättern flattert.

Sie bracht mich ab von meinen Menschenweisen,
Bis Menschen sagen, daß ich rasend bin;
Doch kenn ich Menschenjammer und hab frohen Sinn,
Dieweil ich weiß, daß Klagen Torheit sind.
Und ich? Hab Leid und Torheit ganz gestillt.
Hab meine Tränen in ein Ulmenblatt gehüllt
Und unter einem Stein vergraben.
Und Menschen heißen mich verrückt weil ich verwarf
Der Menschen alt-vergebliches Gehaben,
Und von der Torheit bin ich abgerückt,
Weil meine Braut
Ein Teich im Walde ist.
Und hießen alle Menschen mich verrückt –
Ich bin beglückt,
Beglückt weil meine Braut mir zugetan mit starker Liebe,
Die süßer ist als Weibesliebe,
Die plagt und brennt und dann von dannen schickt,

Aie-e! Wahr ist's, daß ich froh bin,
    Gar froh, denn ich habe sie für mich
    Und kein Mensch stört uns mehr.

Einst, als ich unter jungen Männern weilte ...
Und sie nannten mich recht stark, unter den jungen Männern,
Einst gab es eine Frau ...
... ich hab vergessen ... sie war ...
... ich hoffe, daß ich sie nie wieder seh.

... ich kann mich nicht entsinnen ...

Ich glaub, sie tat mir einmal weh ...
Doch das ist lange her.

Erinnre mich nicht gern der Dinge mehr.

Ich spüre gern die kleinen Lüfte wehn

Unter den Eschen hier:
Denn wir sind unter uns hier und allein
Im Eschenhain.

TEXT FÜR PSYCHE IM GOLDENEN BUCH DES APULEIUS

Die ganze Nacht, so wie der Wind sich legt
Unter Zypressen, lag er
Und hielt mich kaum – nur wie ein Lüftchen einen streicht,
Ganz nah, und wie die Blütenblätter zögern
Im Fall, als hätt die Erde keinen Sog, schien er
Mir aufzuliegen, leicht wie Laub
Und näher als die Luft,
Musik, die mich durchfloß, schien meinen Augen
Farbtöne aufzutun.
Ihr Winde, welcher Wind wög also licht!

DAS BILD*

Die Augen dieser Toten sprechen mit mir
Denn Liebe, die nichts löschen konnt, war hier,
Und hier Verlangen, das nicht wegzuküssen war.
Die Augen dieser Toten sprechen mit mir.

VON JACOPO DEL SELLAIO

Dem Mann war kund der Liebe dunkle Kunst –
Kein Mann malt solche Dinge ungeweiht.
Die seine Kypris war, ist nun dahin,
Und du bist meine Seligen Inseln jetzt.

Und hier ist das, was alles überdauert:
Die Augen dieser Toten sprechen mit mir.

PEIRE VIDAL IM ALTER

Von Peire Vidal, dem Narren *par excellence* in provenzalischen Landen, berichtet die Sage, wie er wahnwitzig und zum Wolf wurde durch seine Liebe zu Loba von Puegnautier, wie man ihn mit Hunden hetzte durchs Bergland von Cabaretz und ihn halbtot zum Hause der besagten Loba (Wölfin) von Puegnautier brachte, wie sie und ihr Gemahl seiner warteten und er eine Weile an jenem Hof blieb. Er spricht:

Gedenk ich nur der großen toten Tage
Und wendet sich mein Sinn zu jener Tollheit,
Oh dann verfluch ich meine Kraft
Und heg der Sonne Groll um ihre Hellheit;
Nun, da die Eine tot,
Lacht meinem Leid der Sonne Grellheit.

Seht her, Vidal, Tor aller Toren einst!
Hurtig wie Königswolf auf Beutefang
Wenn Hirsche vor mir her flohn durch den Tann,
Und jeder Joglar nannt mich im Gesang.
Die Hunde flohn, die Rehe flohn,
Doch keiner allzulang.

Da selbst das graue Rudel vor mir bangte.
Gott, wie brüh-heiß das Blut der Hindin gischt'
Über die spitzen Fänge und den roten Mund!
So heiß das Blut, hat es mich doch erfrischt –
Gleichwie erst Hohn, dann Lust der Puegnautier!
Töricht seid ihr, denkt ihr die Zeit verwischt

Aus Peire Vidals Gedächtnis jene Nacht.
Gott war der Purpur jenes Himmels tief!
Klar, tief, durchsichtig; Sterne schienen mir
Wie in Kristall gefaßt; weil ich nicht schlief
In jener Nacht – den Heiligen sei Preis
Für jene Unrast, die durch meine Adern lief.

Noch eine Narrenwacht am Malvenstrauch.
Rasch kam die Loba wie im Rhône-Schwall
Ein loser Ast dahinrast, grün und still.
Grün war ihr Mantel, schmiegsam war sein Fall,
Aus leichtem Seidenstoff, dünn wie ein Dunst
Durch den ihr holder Wuchs sich stahl

Und Bahn brach, ah Gott, Bahn brach!
Leis kam mein Weibchen, schweigend wie die Nacht.
Gerede? Worte? Pah! Wer da auf Worte sinnt!
Stumm solche Liebe sich entfacht,
Wie das Verhängnis leise und so stark
Bis ihr die Sinne schwinden in der Lust;

Nackt, heiß, siegreich, treibt mit dem Tod sie Spiel.
Gott, war sie weiß, herrlich wie ein Grabmal
In Marmor aufgeführt. Ihr Atem fiel
Fast gänzlich aus. Ich wartete und zog
Halb-blank, dann nackt an seinem Stiel
Das Messer aus der Scheide, das hier bebt.

Da wacht' sie auf und höhnt das minder scharfe Ort.
Ah Gott, die Loba! Sie nur war mein Weib!
Ward solch ein Leib erzeugt je und zerstört!
Fluch sei der Zeit, die solche Frauen reißt.
Seht her, Vidal, gejagt und aufgespürt,
Verhöhnt, geschunden, und hab doch gesiegt.

Und doch fluch ich der Sonne roter Klarheit,
Ich, der gekannt hat Talgrund, Busch und Farn,
Und jeden Fluchtweg durch den Wald in jener Narrheit,
Seht mich: so knorrig wie ein Eichenstamm,
Dien ich zum Hohn ob meines Leides Starrheit.

Keiner hat hier von meinem Ruhm gehört:
Keiner gleich mir gewagt so hohes Spiel:
Eins war die Nacht, der Schmelzfluß und der Leib!

Was mögt ihr Krämer schon mit eurem Gelde viel
Der Welt abkaufen solche Herrlichkeit?
Und wer setzt seiner Kühnheit solch ein Ziel?

Oh laue Zeit, oh Kümmerlinge, ihr,
Die Liebe mimt und nach Begierde giert,
Seht mich an, der dem Hohn zum Ziele dient,
Ich spotte eurer bei der Glut, die mich verzehrt
Zu dieser Asche hier.

. . . .

Ah! Cabaretz! Cabaretz! Dein Bergland wieder!

. . . .

Weg eure Hände! . . . . *(Schnuppert die Luft)*
Ha! Heiß ist diese Spur!

DAS PROGRAMM DES IMAGISMUS

... Zu der Zeit, als die ersten Äußerungen über »imagisme« veröffentlicht wurden, stellte ich ein paar Winke über die praktische Anwendung zusammen. Das Wort »Imagiste« wurde erstmals im Herbst 1912 in meiner Anmerkung zu den fünf Gedichten T. E. Hulmes am Ende meiner »Ripostes« gebraucht. Ich drucke hier meine Mahnungen aus *Poetry*, März 1913, ab.

Ein paar Gebote

Ein *image* ist etwas, das einen intellektuellen und emotionalen Komplex innerhalb eines Augenblicks darstellt. Ich gebrauche die Bezeichnung »Komplex« im technischen Sinne der neueren Psychologen wie Hart, obwohl wir uns über die Anwendung des Wortes wohl nicht ganz einigen würden.

Die Darstellung eines solchen Komplexes innerhalb eines Augenblicks erzeugt ein Gefühl plötzlicher Befreiung und Lösung aus zeitlichen und räumlichen Schranken, ein Gefühl jähen Wachsens, wie wir es vor großen Kunstwerken erleben.

Es ist besser, im Leben ein einziges *image* dargestellt zu haben, als dicke Bände zu verfassen.

All dies mag manchem anfechtbar erscheinen. Notwendig ist zunächst die Aufstellung einer *Liste von Geboten* für diejenigen, die anfangen, Verse zu schreiben. Nicht alle konnte ich in das mosaische Negativ kleiden.

Zunächst: betrachte die drei Grundsätze (die Sache selbst wiederzugeben, Sparsamkeit der Worte und Zeitfolge der musikalischen Phrase) nicht als Dogmen – betrachte niemals etwas als Dogma –, sondern als das Ergebnis langen Nachdenkens, das, wenn es auch nicht dein eigenes ist, doch beherzigenswert sein mag.

Kümmere dich nicht um die Kritik von Männern, die niemals etwas Hervorragendes geschrieben haben. Denke an den Unterschied zwischen dem tatsächlichen Schrifttum der griechischen Dichter und Dramatiker und den zusammengebrauten Theorien der gräko-römischen Grammatiker, die deren Metrik erklären sollen.

Sprache

Verwende kein überflüssiges Wort, kein Adjektiv, das nicht irgendetwas enthüllt!

Verwende nicht Ausdrücke wie »dunkles Land des Friedens«! Sie trüben das Bild. Sie vermengen Abstraktes mit Konkretem. Sie kommen aus der mangelnden Einsicht des Schreibenden, daß der natürliche Gegenstand stets das *angemessene* Sinnbild ist.

Hüte dich vor Abstraktionen! Erzähle nicht in mittelmäßigen Versen, was bereits in guter Prosa gesagt wurde. Glaube nicht, daß sich ein kluger Mensch hinters Licht führen läßt, wenn du dich um die Schwierigkeiten der unsagbar schweren Kunst guter Prosa drückst, indem du deine Arbeit in regelmäßige Zeilen hackst!

Was der Kenner heute satt hat, wird das Publikum morgen satt haben. Glaube nicht etwa, daß die Dichtkunst einfacher sei als die Kunst der Musik oder daß du den Kenner befriedigen kannst, solange du dir nicht mindestens soviel Mühe mit der Dichtkunst gegeben hast wie der durchschnittliche Klavierlehrer mit der Kunst der Musik.

Laß dich von so vielen großen Künstlern, wie du magst, beeinflussen, aber sei so anständig, den Einfluß zuzugeben, oder versuche, ihn nicht offen hervortreten zu lassen.

Laß dir »Einfluß« nicht lediglich bedeuten, daß du das eigentümlich schmückende Vokabular von ein oder zwei Dichtern, die du gerade bewunderst, aufsaugst. Ein türkischer Kriegsberichterstatter wurde neulich dabei ertappt, wie er in seinen Depeschen von »taubengrauen Hügeln« faselte – oder waren es »perlenbleiche«? – ich entsinne mich nicht mehr genau.

Verwende keinen Zierat oder guten Zierat.

Der Anfänger tränke seinen Sinn mit den trefflichsten Kadenzen, die er finden kann, am besten in einer fremden Sprache*, damit der Sinn der Worte seine Aufmerksamkeit nicht so leicht von dem rhythmischen Ablauf ablenkt, zum Beispiel mit altangelsächsischen Zaubersprüchen, hebridischen Volksliedern, Dantes Versen und Shakespeares Liedern, falls er Vokabular und Kadenz auseinanderhalten kann. Er zerlege Goethes Lieder kaltblütig in ihre einzelnen Klangwerte, lange und kurze Silben, betonte und unbetonte, in Vokale und Konsonanten.

Es ist nicht nötig, daß sich ein Gedicht auf seine Musik verläßt; verläßt es sich aber darauf, dann muß diese Musik so sein, daß sie den Kenner entzückt.

Der Neuling muß etwas von Assonanz und Alliteration verstehen, vom unmittelbaren und verzögerten, einfachen und polyphonen Reim, so wie es für einen Musiker Voraussetzung ist, daß er sich auf die Harmonie, den Kontrapunkt und alle Einzelheiten seines Handwerks versteht. Es ist nie schade um die Zeit, die man all diesen Dingen oder einem einzelnen von ihnen widmet, selbst wenn der Künstler sie nur selten benötigt.

Bilde dir nicht ein, daß etwas in Versen »hingehen« mag, bloß weil es in Prosa zu langweilig ist.

Sei nicht »weltanschaulich«; überlaß das den Verfassern der netten kleinen philosophischen Essays! Schildere nicht – bedenke, daß der Maler eine Landschaft viel besser schildern kann als du und daß er viel mehr darüber wissen muß!

Wenn Shakespeare von: »Morgen, mit rotem Mantel angetan« spricht, so stellt er etwas dar, das der Maler nicht darstellt. In dieser Shakespeare-Zeile ist nichts, was man Schilderung nennen könnte: sie stellt dar.

Halte dich lieber an die Methoden des Forschers als an die

* Dies gilt für den Rhythmus. Sein Vokabular muß er natürlich in der eigenen Sprache suchen.

Methoden eines Werbereisenden für eine neue Seifenmarke.

Der Wissenschaftler rechnet nicht damit, als großer Wissenschaftler bejubelt zu werden, ehe er etwas *entdeckt* hat. Er fängt damit an, daß er lernt, was bereits entdeckt worden ist. Von diesem Punkt geht er aus. Er baut nicht darauf, daß er persönlich ein reizender Mensch ist. Er erwartet nicht, daß seine Freunde das Ergebnis der Anfängerarbeiten aus seinen ersten Semestern beklatschen. In der Dichtung werden Anfänger unseligerweise nicht in ein für sie bestimmtes, leicht kenntliches Klassenzimmer verwiesen. Sie machen sich überall breit. Nimmt es da wunder, daß »die Öffentlichkeit« sich nichts aus Dichtung macht?

Zerhacke dein Zeug nicht in einzelne *Jamben*. Laß nicht jede Zeile am Ende stocken, und fange nicht jede neue Zeile mit einem Anlauf an. Laß den Anfang der nächsten Zeile das Anschwellen der rhythmischen Woge auffangen – es sei denn, du willst ausdrücklich eine längere Pause.

Kurz und gut – verhalte dich wie ein Musiker, ein guter Musiker, wenn du es mit einer Phase deiner Kunst zu tun hast, die genaue Parallelen zur Musik hat. Da herrschen die gleichen Gesetze, denen auch du unterstehst. Natürlich darf dein rhythmisches Gerüst nicht die Gestalt deiner Worte zerstören, auch nicht ihren natürlichen Klang oder ihren Sinn. Im Anfang wird dein rhythmisches Gerüst schwerlich so stark sein, daß es die Worte sehr in Mitleidenschaft zieht; aber du wirst vielleicht allerhand falschen, durch Zeilenschluß und Zäsur bedingten Pausen anheimfallen.

Der Musiker kann sich auf Tonfarbe und Klangfülle des Orchesters verlassen. Du nicht. Der Begriff »Harmonie« läßt sich auf die Dichtung nicht anwenden; er bezieht sich auf gleichzeitige Klänge verschiedener Tonhöhen. In hervorragenden Versen finden wir jedoch eine Art Klangrückstand, der im Ohr des Hörers haftet und mehr oder minder als Orgelpunkt dient. Um zu gefallen, muß der Reim irgendein kleines Überraschungsmoment enthalten; er braucht nicht bizarr oder seltsam zu sein, muß aber, wenn überhaupt, geschickt gehandhabt werden.

Vergleiche des weiteren Vildracs und Duhamels Anmerkungen zum Reim in *Technique Poétique* ...

Credo

Rhythmus – Ich glaube an einen »absoluten Rhythmus«, also an einen Rhythmus in der Dichtung, der sich genauestens mit dem Gefühl oder der Gefühlsschattierung deckt, die er wiedergeben soll. Der Rhythmus eines Menschen muß wesentlich sein; er wird daher letztlich ein Eigenrhythmus sein, nicht nachgeahmt, nicht nachzuahmen.

Sinnbilder – Ich glaube, das richtige und ideale Sinnbild ist der natürliche Gegenstand; ein Mensch, der Sinnbilder benutzt, sollte sie so anbringen, daß ihre sinnbildliche Funktion sich nicht aufdrängt; daß der Abschnitt nicht allen Sinn und dichterische Eigenart eingebüßt, wenn jemand das Sinnbild nicht als solches versteht, wenn jemand beispielsweise in einem Habicht einen Habicht sieht.

Stil – Ich glaube an den Stil als Bewährungsprobe für die Aufrichtigkeit eines Menschen; an Regeln, wenn diese ermittelbar sind; an das Umstoßen jeder Konvention, die sich der Ermittlung von Regeln oder der präzisen Übersetzung der Eingebung entgegenstellt.

Form – Ich meine, daß es sowohl einen »flüssigen« wie einen »festen« Gehalt gibt, daß manche Gedichte Form haben, wie ein Baum Form hat, andere wie Wasser, das in eine Vase gefüllt ist; daß die meisten symmetrischen Formen für gewisse Zwecke brauchbar sind; daß eine Unzahl Dinge in symmetrischer Form nicht präzise und deswegen nicht richtig dargestellt werden können ... (1913)

MÄDCHEN

Der Baum trat in meine Hände ein,
Der Saft stieg in meinen Armen auf,
Der Baum wuchs in meiner Brust –
Abwärts,
Und Äste schlugen aus mir wie Arme.

Baum bist du,
Moos bist du,
Veilchen bist du mit dem Wind darüber.
Ein Kind – *so* groß – bist du,
Und all das ist Torheit für die Welt.

Δώρια

Sei in mir wie die steten Launen
    des kahlen Windes, nicht
Wie Dinge die vergehen:
    blumenbunt.
Nimm mich in der harten Öde
    sonnloser Felsen
Und grauer Gewässer.
    Laß die Götter in späteren Tagen
Leise von uns erzählen.
    Die Schattenblumen des Orkus
Gedenken dein.

IN EINER STATION DER METRO

Das Erscheinen dieser Gesichter in der Menge:
Blütenblätter auf einem nassen, schwarzen Ast.

ALBA

Kühl wie die bleichen, feuchten Blüten
der Maiglöckchen
Lag sie an meiner Seite in der Früh.

APRIL

Nympharum membra disjecta.

Drei Geister fanden zu mir
Und zogen mich beiseite,
Wo Olivenäste
Nackt am Boden lagen:
Blasses Gemetzel in diesigem Licht.

FISCH UND SCHATTEN

Die Lachsforelle steht im Bach,
Die Seele der Lachsforelle gleitet über dem Bach,
Eine kleine Waffel aus Licht.

Der Lachs treibt durch da seichte, licht-durchwirkte Meer. …

Leicht wie der Schatten, den ein Fisch durchs Wasser wirft,
Trat sie ins Zimmer durch das Treppenhaus;
Gähnend kam sie, der Schlaf lag noch auf ihr.

»Ich stand erst auf. Noch bin ich ganz verschlafen.
Komm. Ich hatte einen langen Traum.«
Und ich: »Von jenem Wald?
Zwei Lenze sind verronnen.«
»Nicht so entfernt, nein, nicht mehr so entfernt,
Da ist ein Ort – kein andrer kennt ihn –,
Ein Feld in einem Tal …
Qu'ieu sui avinen,
Ieu lo sai.«

Sie spricht wohl von der Zeit
Des Arnaut de Mareuil; ich dachte, *»qu'ieu sui avinen«.*

Leicht wie der Schatten, den ein Fisch
Durchs bleiche, grüne Wasser wirft.

HEIMKEHR

Seht, sie kehren zurück; ah, seht den tappenden
Schritt, die schleppenden Füße,
Das Wanken im Gang und das unsichere
Taumeln!

Seht, sie kehren zurück: nacheinander,
Voll Angst, wie halbwach;
Als zaudre der Schnee
Und raune im Winde,
                    beinah umkehrend;
Das waren die »Schrecken-Beschwingten«
                    Die Gefeiten.

Götter des Flügelschuhs!
Mit ihnen die silberne Meute
                    schnuppert die Fährte der Luft!

Haie! Haie!
Sie hatten es eilig zur Hatz;
Sie hatten scharfe Wittrung;
Sie lechzten nach Blut.

Träg an der Koppel
                    und bleich die Jäger!

EINE WEIBLICHE TYPOLOGIE

Was die Frauen betrifft, so liefert das griechische Pantheon eine ebensogute Typologie, wie nur irgend ein späterer Autor vermochte: Ceres, die Mütterliche, die eingefleischte Mutter, die alles bemuttert, was ihr unter die Finger gerät, ein Typus, der bei der Eugenic Society* hoch im Kurs steht.

Juno, Typ der britischen Matrone, hat Wohlanständigkeit und gesellschaftliches Prestige in ihrer Hut, ohne Rücksicht auf irgendwessen Wohlbefinden. Frauen dieses Typus sind von jeher von ihren Ehemännern betrogen worden und so wird es (Gott sei's gedankt) auch bleiben.

Aphrodite – schade um jedes Wort. Pallas Athene, die viel belächelte Blaustrümpfige. Und Artemis.

Die Artemis-Pose war und ist groß im Schwang und doch hat sich in der Psychologie noch niemand tiefschürfend mit ihr beschäftigt.

Trotzdem hält sich bei uns, vielleicht weil wir ein junges und unerfahrenes Volk sind, der Glaube an diesen Typ – keineswegs ein unkomplizierter Typ – desgleichen der Glaube an eine Zärtlichkeit, an eine Art inniger Sympathie, die nicht sexuell ist.

Unsere Sippenbindung ist so dehnbar, daß wir eine zusätzliche Familie um uns sammeln, mit der wir nicht blutsverwandt, sondern temperamentsverwandt sind. Und mir scheint, dem Europäer fällt es sehr schwer, zu verstehen, wie wir dahin kommen.

»Besitzinstinkt«, sagte ich oben. »Was etwas ganz Grundlegendes ist«, ergänzte ein britischer Verleger. (1909–1913)

AUFTRAG

Geht, meine Lieder, zu den Einsamen, den Unbefriedigten,
Und zu den Überreizten, geht zu denen, die von
Konvention unterjocht sind,
Entbietet ihnen meine Verachtung der Unterdrücker.
Geht wie eine Welle kühlen Wassers,
Entbietet meine Verachtung den Unterdrückern.

Sprecht gegen unbewußte Unterdrückung,
Gegen die Tyrannei der Phantasielosen,
Sprecht gegen Bande.
Geht zu der Gnädigen, die an Langeweile eingeht,
Zu den Frauen der Vorstadt.
Geht zu den lieblos Vermählten,
Geht zu denen, deren Scheitern versteckt ist,
Zu den unselig Gepaarten;
Geht zur erworbenen Gattin
Und zu der Frau, die verbrieft ist.

Geht zu denen mit heiklen Gelüsten,
Deren Verlangen durchkreuzt wird,
Geht und versehrt wie ein Meltau die Stumpfheit der Welt,
Geht mit der Klinge dagegen,
Stärkt die geschmeidigen Sehnen,
Bringt Vertrauen den Algen und Fühlern der Seele.

Gehet auf freundliche Art und
Mit freimütiger Rede.
Fahndet mit Eifer nach neuem Übel, nach neuem Guten,
Hadert mit allen Arten der Unterdrückung;
Geht zu denen, die mit den Jahren dumpf wurden,
Die ihr Interesse verloren.

Geht zu den Halbwüchsigen, die in Familie erstickt sind –
Oh, wie widerlich der Anblick
Dreier Generationen eines Geschlechtes alle beisammen

Wie ein alter Baum mit Geilwuchs
Und manchem morschen Ast, der abfault.

Ziehet aus und trotzet der Meinung,
Geht gegen die vegetabilen Bande des Blutes
Und gegen alle toten Hände.

ORTUS

Wie lag ich in den Wehen?
Wie lag ich nicht in den Wehen,
Daß sie ihrer Seele genese,
Den Elementen hier Namen und Nabe gäb!
Sie ist schön wie das Sonnenlicht und ebenso flutend.
Sie hat weder Namen noch Standort.
Wie hab ich getrachtet, ihre Seele zur Entbindung zu bringen,
Ihr Namen und Wesen zu geben!

Du bist verstrickt und befangen,
Vermengt mit ungeborenen Elementen bist du;
Einen Strom, einen Schatten, hab ich geliebt.

Ich bitte dich, trete dein Leben an.
Ich bitte dich, lerne »ich« sagen
Wenn ich dir Fragen stelle;
Denn du bist kein Glied, sondern ein Ganzes,
Kein Bestandteil, sondern ein Wesen.

TENZONE

Wird man sie hinnehmen?
        (d.h. diese Lieder).
Wie eine zage Dirn vor dem Zentaur
        (oder Zenturione)
Fliehn sie bereits, aufheulend vor Schrecken.

Wird die Lebenswahrheit es ihnen antun?
    Ihre jungfräuliche Blödheit bleibt unverführt.
Ich bitt' dich, liebe Kritik,
Nimm es nicht auf dich, mir Leser zu finden.

Ich paare mich mit meiner freien Art
    auf Felsengraten; die Höhlen
Hören das Hallen meines Schritts,
    im kühlen Licht
    in Dunkelheit.

GRUSS

Oh, ihr Geschlecht der gänzlich Selbstgerechten,
                        der gänzlich Verklemmten,
Ich habe Fischer gesehen die in der Sonne Brotzeit machten,
Ich hab sie gesehn, mit ungebührlichen Familien,
Ich hab ihr zähnebleckendes Lächeln gesehn,
                    ihr ungeschlachtes Lachen gehört.
Und ich bin glücklicher als ihr,
Und sie war'n glücklicher als ich;
Und Fische schwimmen im See und haben nicht mal Kleider.

DER PARK

En robe de parade.
Samain

Wie ein Seidengarn verheddert und zerbläst,
So geht sie den eingezäunten Pfad entlang in
Kensington Gardens,
Und sie stirbt ratenweise
an einer Art Anämie der Gefühle.

Und ringsum trollt sich
Die derbe, dreckige, nicht-umzubringende Brut
der ganz Armen.
Sie werden das Erdreich besitzen.

In ihr ist das Ende der Züchtung.
Ihre Langeweile ist gesucht und maßlos.
Sie säh's gern, wenn jemand sie anspräch
Und hat beinah Angst, ich
würde so unmöglich sein.

LADENMÄDCHEN

Sekundenlang nur lehnte sie an mir
Wie eine Schwalbe, die der Wind gegen die Hauswand bläst –
Da reden sie von Swinburnes Frauen,
Und von der Schäferin, die Guido traf,
Und von den Huren Baudelaires.

PORTRAIT D'UNE FEMME

Dein Sinn und du sind ein Sargasso-Meer,
London umspült dich beinah zwanzig Jahr,
Und Schiffe ließen dies und das Entgelt,
Ideen, alten Klatsch und manchen Ramsch,
Seltsames Wissensgut und trübe Warentrift.
Mangels andrer sucht dich mancher große Geist.
Von jeher warst du Zweite. Aber tragisch?
Nein. Du ziehst es vor dem allgemeinen Brauch:
Ein fader Mann, ergeben, abgestumpft,
Ein Durchschnitts-Hirn, das jährlich weniger denkt.
Geduldig bist du – hab dich sitzen sehn,
Wo etwas treiben mochte, stundenlang.
Jetzt zahlst du einem. Du bist recht ergiebig.
Du bist ein Mensch, der interessiert, man kommt zu dir,
Nimmt wunderlich Gewinn:
Trophäen aufgefischt; manch seltsam Wink;
Tatsachen, die nichts taugen, die und jene Mär,
Alraunen-schwanger, oder andres noch
Was dienlich sein mag und es niemals ist,
Auf keine Ecke paßt noch Nutzen bringt
Noch seine Stunde hat in dem Geweb der Zeit:
Das taube, bunte, herrlich alte Werk;
Götzen und Ambra, köstlich Mosaik,
Dies ist dein Schatz, dein Vorrat, und dennoch:
In diesem Meeres-Hort Vergänglichkeit,
Fremdhölzern halb durchweicht und neuem buntem Zeug,
Im trägen Fluß von wechselnd Licht und Tiefe,
Nein! Da ist nichts in diesem Allerlei,
Was gänzlich dir gehört.
Doch das bist du.

DIE SELBSTMODERNISIERUNG

Aus einem Brief an Harriet Monroe, London, Januar 1915

Liebe H. M. – Dichtung muß ebensogut geschrieben sein wie Prosa: ihre Sprache muß eine schöne Sprache sein; sie darf in keiner Weise vom Gesprochenen abweichen – außer durch erhöhte Intensität (d. h. Schlichtheit); es darf in ihr keine Buchworte geben, keine Umschreibungen, keine Umkehrung der Wortfolge. Sie muß so einfach sein wie Maupassants beste Prosa und so hart wie die von Stendhal.

Es darf keine eingeschobenen Ausrufe geben. Keine Worte, die sich in nichts verflüchtigen. Zugegeben, man kann nicht auf jeden Wurf Vollendung erzielen – doch sollte das *die Absicht* sein.

Rhythmus muß Sinn haben. Er kann nicht nur ein achtlos Hingeworfenes sein, das keinen Griff, keinen eigentlichen Halt auf Wort und Sinn ausübt – ein tamti tam tamti tam tam ta.

Es darf keine *Clichés*, keine fixen Phrasen, kein stereotypes Journalistisch geben. Man entrinnt dem nur durch Präzision – einem Ergebnis der konzentrierten Aufmerksamkeit auf das, was man schreibt. Der Prüfstein des Dichters ist die Fähigkeit zu solcher Konzentration *und* sein Vermögen, diese bis ans Ende seines Gedichtes durchzuhalten – ob es nun zwei Zeilen lang ist oder zweihundert.

Objektivität. Und nochmals: Objektivität und Ausdruck: kein Hinterteil-nach-vorne, keine gegrätschten Adjektive (wie: »wirre Moose feucht«), keine »poesievolle« Sprache. Nichts – nichts, was man nicht unter dem Ansturm der Gefühle tatsächlich sagen könnte. Jedes Literatentum, jedes Buchwort vertut ein Stück von der Geduld des Lesers, ein Stück von seinem Glauben an deine Ehrlichkeit. Wenn man wirklich denkt oder fühlt, stammelt man in einfacher Rede daher: – nur in der Hast, der seichten, schaumigen Erregung des Schreibens oder dem Rausch des Versmaßes verfällt man der leichten – allzu leichten Sprache von Büchern und Gedichten, die man gelesen hat.

Sprache ist aus konkreten Dingen gemacht. Allgemeine Äußerungen in nicht-konkreten Worten sind bloße Trägheit; sie sind Gerede, nicht Kunst, nicht Schöpfung. Sie sind die Reaktion des Dichters auf die Dinge, keine schöpferische Tat des Dichters.

Beiworte sind meist Abstraktionen. Das einzige Adjektiv, das ein Recht auf Anwendung hat, ist das für die Bedeutung des Abschnittes unentbehrliche, nicht aber das dekorative Rüschenadjektiv.

Wollte Gott, ich könnte in den Bestrebungen von *mes amis et confrères* ein wenig von der sophokleischen Strenge erkennen. Im allgemeinen liegt die Schwäche der Dichter aus den neuen Schulen in ihrer Schlaffheit, ihrem Mangel an rhythmischer Konstruktion und Intensität, und zweitens in dem Versuch, »Zierat anzubringen« – dasjenige, was ein *vortex* sein sollte, als Reklame oder Zauntünche zu gebrauchen. *Hinc illae lacrimae.*

ITÉ

Geht meine Lieder, legt es auf das Lob der Jungen an
und der Unduldsamen,
Laßt euch bloß ein mit denen, die das Vollkommene lieben.
Stellt euch stets in das harte sophokleische Licht
Freudig nehmt hin die Wunden, die es euch beibringt.

KOMMT MEINE GESÄNGE

Kommt meine Gesänge,
Kippen wir unsern Unmut auf einen Abladeplatz
und damit basta!
Heiße Sonne, klares Wasser, frischer Wind,
Laßt mich loswerden den Asphalt,
Laßt mich loswerden die Drucker.
Laßt kommen die Schönen
In rohseidnen Gewändern,
Laßt kommen die Redegewandten,
Laßt kommen die Schlagfertigen,
Laßt kommen die Unbeschwerten, die Dreisten,
die Unbändigen.
Wir sprechen von blaublanken Seen,
Von trockner Luft, klar wie Metall.

»PHASELLUS ILLE«

Freunde, das *papier-mâché*, was ihr seht,
Sagt, es wär der löblichste Redakteur.
Sein Verstand ward geformt »in den Siebzigern«
Und hält sich heut noch an dieselben Zutaten.
Es dient dazu, jene Denkart zu bekunden,
Die den Roßhaarstuhl zur Vollendung brachte.
Nicht mal das grause Dräun von Bernard Shaw
Kraust den versumpften Teich seiner Gewißheit.
Und höb die hehre Stimme aller Welt
Noch einmal an, nur um es anzuregen,
So rückt' es keinen Zoll von rechts nach links.

Käm barfuß von den Kykladen die Schönheit,
Fänd sie ein Vorbild für Sankt Anton hier
In dieses Wichts Gehabe und *decorum*.

MR. HOUSMANS BOTSCHAFT

O wehe, wehe,
Der Mensch kommt zur Welt und stirbt
Auch wir werden nächstens tot sein,
Also laßt uns so tun, als ob wir
schon tot wär'n.

Der Vogel sitzt im Hagedorn
Doch stirbt er gleichfalls, mit der Zeit.
Der wird gehenkt, den trifft ein Schuß
Wehsal ist des Menschen Los.
Wehe, wehe! undsoweiter . . .

London ist ein trüber Ort,
Shropshire ist viel netter.
So laßt uns schmerzlich lächeln nur
Der siechen Reize der Natur.
Oh weh, weh, weh undsoweiter . . .

GRUSS II

Ihr wurdet gelobt, meine Werke
weil ich frisch vom Lande hereinkam;
Ich war zwanzig Jahre hinter der Zeit zurück,
so fandet ihr das Publikum bereit.
Ich verleugne euch nicht,
verleugne nicht eure Nachfahren.

Da stehen sie ohne putzigen Kunstgriff,
Da stehen sie und haben nichts Altertümliches.
Seht nur das öffentliche Befremden:

»Ist dies«, sagt man, »der Blödsinn,
den wir von unsern Dichtern erwarten?«
»Wo bleibt das Pittoreske?«
»Wo bleibt der Strudel der Gefühle?«
»Nein! Sein erstes Werk war das Beste.«
»Der Ärmste hat seine Ideale verloren.«

Geht, kleine, nackte, ausgeschamte Lieder,
Geht leichten Fußes!
(Oder mit zwei leichten Füßen, von mir aus!)
Geht und tanzt ohne Scham!
Geht in ausgelassenem Tollen!

Grüßt die Gewichtigen und die Faden,
Macht ihnen lange Nasen!

Hier habt ihr Schellen und Konfetti.
Geht und macht alles jung.
Verjüngt sogar den »Spectator«.*
Geht und pfeift sie aus!
Tanzt und macht sie erröten,
Tanzt den phallischen Reigen,
Erzählt den Schwank von Kybele!

Sprecht vom anstößigen Benimm der Götter!
          (Sagt es Mr. Strachey)

Bläht die Röcke den Prüden,
          sprecht von ihren Knien und Knöcheln.
Vor allem aber, geht zu denen die für das Praktische sind –
          geht, laßt ihre Türglocken schrillen!
Sagt, daß ihr keine Arbeit tut
          und ewig am Leben sein werdet.

MONUMENTUM AERE ETC.

Ihr sagt, daß ich mir allerhand herausnehme;
Daß ich mich spreize im Talar der Anmaßung.

Ein paar Jahre und keiner denkt mehr an den *buffo*,
Keiner entsinnt sich des Nebensächlichen an mir,
Das ulkige Beiwerk wird abgehn.
Ihr aber modert in der Erde dann
Und es ist fraglich ob selbst euer Kompost genug hergibt

Um das Gras zu erhalten
Auf euren Gräbern.

DAS WACHE AUGE

Die kleinen Hunde schaun die Großen an:
Sie stellen klobige Ausmaße fest
Und seltsame geruchliche Mängel.
Hier ein Herrenabend;
Die jungen Männer schaun die Alten an:
Sie bedenken die ältliche Sinnesart
Und stellen merkwürdige Bezogenheiten fest.

Sprach Ts'en Ts'an
Nur bei kleinen Hunden und bei den Jungen
Findet sich feinste Beobachtung.

MEDITATIO

Betrachte ich so recht die Umgangsform des Hundes,
Komm ich zwangsläufig zu dem Schluß,
Daß der Mensch das höhere Tier ist.

Betrachte ich so recht die Umgangsform der Menschen,
Gesteh ich, Freund, ich werde ganz konfus.

ARIDES

Der schüchterne Arides
Hat eine garstige Frau genommen;
Er hatte leid das Leben, das er führte,
Lustlos und entmutigt, dacht er, es käm nicht
Darauf an, ob er dies oder was andres täte.

Sagte bei sich: »Mir selber bin ich zur Last,
Soll die, wenn sie mich mag, denn haben.«
Er schaufelte sein Grab.

EPITAPH

Leukis, die eine Große Leidenschaft vorhatte,
Tut's heute aus Gefälligkeit.

BEGEGNUNG

Dieweil man über die neue Sittlichkeit sprach,
Visitierten mich ihre Augen.
Und als ich aufstand, um wegzugehn,
Waren ihre Finger wie der Krepp
Einer japanischen Papierserviette.

BLENDWERKE

Warum geht die pferde-gesichtige Dame in den bewußten Jahren
Durch Longacre und rezitiert lautlos Swinburne vor sich hin?
Warum krabbelt das Kleinkind mit dem schmuddlig-weißen
Plüschpelzmantel
In dem sehr schwarzen Rinnstein unterm Traubenstand?
Warum nähert sich mir die wirklich ansehnliche junge Frau
in der Sackville Street
Und läßt sich vom offensichtlichen Alter meiner Klamotten
nicht abschrecken?

VORBILDER

Erinna ist ein Muster allen Eltern,
Von ihren Seitensprüngen haben die Kinder nie was erfahren.
Lalage ist auch ein Muster allen Eltern,
Ihre Brut ist fett und zufrieden.

PHYLLIDULA

Phyllidula ist splirrig aber brunstvoll.
So gut meinten die Götter es mit ihr,
Daß sie an Lust mehr erhält als sie geben kann;
Rechnet sie das nicht als Segen,
Mag sie ihr Bekenntnis ändern.

BEI PAGANI, DEN 8. NOVEMBER

Entdeck auf einmal in den Augen der bildschönen
normannischen Kokotte
Die Augen des hochgelahrten Bibliothekars im Britischen
Museum.

Tò Καλόν

Sogar in meinen Träumen hast du dich mir verwehrt
Und sandtest mir nur deine Mägde.

IM VORBEIGEHEN

Makellos wie Aphrodite,
Durchaus schön,
Hirnlos,
Der heimliche Duft deines Patschuli,
Heimlich wie die Kontur der Grausamkeit um dein Kinn,
Fällt mich an und tut mir fast ebenso wenig.

ZAHME KÄTZCHEN

»Es ruht mich aus bei schönen Fraun zu sein
Was soll man stets bei solchen Sachen lügen?
Ich sag nochmal:
Es ruht mich aus mit schönen Fraun zu plaudern,
Auch wenn wir nichts als lauter Unsinn reden.

Das Schwirren der unsichtbaren Fühler
Ist ebenso anregend wie berückend.«

DIE TEMPERAMENTE

9 Ehebrüche, 12 Affären, 64 Lottereien und etwas
ähnliches wie Notzucht
Lasten allnächtlich auf der Seele Florialis,
unseres zarten Freundes. –
Und doch ist der Mann so still und verschlossen
in seiner Art,
Daß er für blutlos – gar geschlechtslos gilt.
Dagegen wurde Bastidides, der von nichts als Begattung
redet und schreibt,
Vater von Zwillingen.
Doch dieses Kraftstück kam ihn teuer zu stehen,
Mußt er doch viermal zum Hahnrei werden.

WEITERE AUFTRÄGE

Kommt, meine Lieder, laßt uns den niederen Trieben Luft
machen,
Laßt uns unsrem Neid Luft machen auf den Mann in fester
Stellung ohne Zukunftssorgen.
Ihr seid sehr arbeitsscheu, meine Lieder.
Ich fürchte, mit euch nimmt es ein böses Ende.
Ihr steht auf den Straßen herum,
Ihr lungert an Ecken und Halte-Stellen.
Ihr tut so gut wie gar nichts.

Ihr drückt nicht einmal unsern Seelenadel aus,
Ihr werdet ein sehr böses Ende nehmen.

Und ich?
Ich hab schon beinah einen Knacks;
Soviel hab ich mit euch geredet,
daß ich euch fast sehn kann,
Freche kleine Biester, schamlos, unbekleidet!

Doch du, mein jüngstes Lied der Bande,
Bist noch nicht alt genug, viel ausgefressen zu haben.
Ich werde dir aus China einen grünen Rock verschaffen
Mit aufgewirkten Drachen,
Ich werde dir die scharlachroten Hosen geben,
Die das Bildwerk des Christkinds trägt in Santa Maria Novella,
Damit sie nicht sagen, daß wir geschmacklos sind
Oder daß die Familie hier nicht Klasse ist.

CODA

O meine Lieder,
Was gafft ihr den Leuten so gierig,
so vorlaut ins Gesicht?
Ob ihr eure Verschollnen dort findet?

INNISFREE

O Gott, o Venus, o Merkur, Schutzherr der Diebe,
Beschert mir mit der Zeit, ich fleh euch an, 'nen Tabakladen
Mit kleinen bunten Päckchen,
schön sauber auf Regalen aufgestapelt,
Und losem, duftigem Knaster und Shag
Und dem blonden Virginia zottig unter den blanken
Glasscheiben
Und eine Waage, die nicht allzu schmierig ist,
Und Nutten, die auf ein paar Worte 'reinschaun,
Und schnippisch sind und sich die Haare richten.

O Gott, o Venus, o Merkur, Schutzherr der Diebe,
Gebt mir 'nen Tabakladen, oder einen anderen Beruf,
Bloß nicht diesen verdammten Beruf des Dichtens,
bei dem man allweil seine ganze Grütze braucht.

DAS FRÜHJAHR

Ἦρι μὲν αἵ τε κυδώνιαι – IBYKOS

Cydoniens Frühling mit dem Festgeleit,
Mäliden, Wasservolk,
Schreitend im ungebärdigen Wind von Thrakien her,
Sät durch den ganzen Wald
Die hellen Knospen aus,
Und jeder Rebstock ist
Mit neuem Glanze angetan.
Und wilde Lust
Zuckt auf wie schwarzer Blitzstrahl.
O verwirrtes Herz,
Ob jeder Ast sein Laubwerk wieder hat,
Weilt sie, die unter den Zyklamen ging,
Dies Jahr nur als ein zarter Schatten hier.

»IONE, TOT JAHR UND TAG«

Leer sind die Wege,
Leer sind die Wege dieses Landes
Und die Blumen
beugen sich vornüber mit schweren Köpfen
– Umsonst.
Leer sind die Wege dieses Landes,
Wo einst
Ione ging und nicht mehr geht
Doch einer gleicht, die eben erst dahinschied.

L'ART, 1910

Grünes Arsen, auf ein ei-weißes Tuch geschmiert,
Zerquetschte Erdbeeren! Komm, laß die Augen schlemmen.

DAS SCHACHSPIEL

Dogmatische Aussage, das Schachspiel betreffend:
Motiv für eine Reihe von Bildern

Rote Springer, braune Läufer, helle Damen,
Setzen aufs Brett in farbkräftigen Knien,
Laden aus, stoßen im Zickzack zu, halten
einfarbige Fronten.
Dies Brett ist geflammt mit Licht: die Figuren leben aus
ihrer Satzung,
Ihre Züge sprengen und bilden aufs Neu das Gewirk:
leuchtend Grün von den Türmen,
Durchkreuzt vom X-Zug der Damen,
gekettelt in Rösselsprüngen.

Y-Bauern dämmen und brechen auf!
Quirlen! Zentripetal! Matt! König fällt in den Wirbel,
Ringen, verschränkte Kettfäden, grelle Bänder, gestrafft,
Blockiertes Licht drängt ein. Ausweg. Erneutes Treffen.

LIED VON DEN SCHATTENSTUFEN

I

Steh mir bei mit chinesischen Farben,
Denn ich glaube, das Glas ist heillos.

II

Der Wind fegt über die Ähren –
Mit silbernem Schrillen,
Ein heller Metallkrieg.

Ich hab die goldene Scheibe gekannt,
Ich hab sie über mir schmelzen sehn.
Ich hab die steinhelle Stätte gekannt,
Den Saal klarer Farben.

III

O glattes heilloses Glas, O Wirrsal der Farben!
O Licht in Garben, einwärts gebogen, O Seele in Haft,
Weshalb werd ich gewarnt? Weshalb weggesandt?
Weshalb ist dies Glitzern voll seltsamen Arges?
O Glas, glatt und tückisch, O zerstäubtes Gold!
O Bernsteinfaserung, zwielichtiges Schillern!

DER KOMMENDE KRIEG: AKTÄON

Ein Abbild von Lethe
        und den Feldern
Im fahlen Lichte
        noch golden,
Graue Klippen
        und darunter
Ein Meer
Harscher als Granit
        unstät, nimmer rastend;
Hohe Gestalten
        mit dem Gebaren der Götter,
Gefährlich der Anblick.
        Und einer sprach:
»Dies ist Aktäon.«
        Aktäon, mit goldnen Beinbergen!
Über lichte Wiesen,
Übers kühle Antlitz der Walstatt,
Unstät, immer friedlos,
Heerscharen eines uralten Volkes,
Das stumme Geleit.

PHANOPOEIA

I

ROSENWEISS, GELB, SILBER

Der Wirbel des Lichtes folgt mir über den Platz,
Der Weihrauch-Qualm
Steigt aus den vier Hörnern meiner Bett-Pfosten,
Der Wasserstrahl goldnen Lichtes trägt uns empor durch
            den Plafond;
Umleckt von der gold-farbenen Lohe steig ich herab durch
            den Äther.
Der Silberball formt sich in meiner Hand,
Er fällt und rollt zu deinen Füßen.

II

SALTUS

Der wirbelnde Ball ist aufgegangen,
und du wirst in die Himmel aufgerafft,
Verleibt bist du nun meinem Saphir.
Io! Io!

Erkannt hast du die Flammen-Klingen,
Das Flattern der scharfkantigen Sandalen.

Die hüllende, leckende Helle
Hat vor dir in der Luft gehalten.
Erkannt hast du das Laub der Flamme.

III

CONCAVA VALLIS

Die draht-artigen Farbgewinde steigen mir aus den Fingern;
Ich habe den Wind um deine Schultern gelegt,
Und das geschmolzene Metall deiner Schultern
biegt sich in die Drehung des Windes,

AOI!
Der wirbelnde Lichtstoff
ist gewebt und festigt sich unter uns;
Der meerklare Saphir der Luft, die meerdunkle Klarheit,
zerdehnt sowohl Seekliff wie Ozean.

DAS CHINESISCHE SCHRIFTZEICHEN UND DIE FOLGEN

Fenollosas Essay* war seiner Zeit vielleicht zu weit voraus, um ohne weiteres verstanden zu werden. Er verkündete seine Methode nicht als Methode. Er versuchte, das chinesische Ideogramm als ein Mittel der Übertragung und des Festhaltens von Gedanklichem zu erklären. Er kam der Sache auf den Grund, auf den Grund des wahren Unterschieds zwischen dem, was am chinesischen Denken gültig und an einem großen Teil der abendländischen Sprach- und Denkweise ungültig oder irreführend ist.

Die einfachste Fassung, auf die ich seine Absicht bringen kann:

> Wenn man in Europa einen Menschen auffordert, etwas zu definieren, entfernt sich seine Definition immer mehr von den einfachen, ihm vertrauten Dingen; sie entweicht in eine unbekannte Region, in eine Region abgelegener und immer weiter abgelegener Abstraktion.
> Fragt man ihn also, was rot ist, so sagt er, es ist eine ›Farbe‹.
> Fragt man ihn, was eine Farbe ist, so erklärt er, es sei eine Schwingung oder eine Brechung des Lichts oder ein Teil des Spektrums.
> Fragt man ihn, was eine Schwingung ist, so sagt er, es sei eine Erscheinungsform der Energie oder etwas Derartiges, bis man schließlich zu irgendeiner Modalität des Seins oder Nicht-Seins gelangt und den Boden unter den Füßen verliert; jedenfalls er.

Im Mittelalter, als es keine Naturwissenschaft in unserem heutigen Sinn gab, als Menschenwissen noch keine Autos in Fahrt brachte oder mittels Elektrizität Gesprochenes durch die Luft beförderte, kurzum, als die Gelehrsamkeit im Grunde nur in der Aufspaltung der Terminologie bestand, wandte man beträchtliche Sorgfalt auf die Terminologie, und die allgemeine Exaktheit im Gebrauch abstrakter Begriffe mag wohl größer gewesen sein; sie war es wahrscheinlich wirklich.

... Um auf die Anfänge der Geschichte zurückzugehen – es ist wahrscheinlich bekannt, daß es eine gesprochene und eine geschriebene Sprache gibt, und daß es zwei Arten von geschriebener Sprache gibt, von denen sich die eine an das Ohr und die andere an das Auge richtet.

Man spricht mit Tieren durch ein paar einfache Laute und Gebärden. Lévy-Bruhls* Darstellung der primitiven Sprachen Afrikas verzeichnet Sprachen, die noch an Nachahmung und Gebärde gebunden sind.

Die Ägypter endlich verwendeten vereinfachte Bilder, um Laute wiederzugeben; aber die Chinesen verwenden noch immer vereinfachte Bilder als Bilder; das heißt, das chinesische Ideogramm versucht nicht, einen Laut ins Bild zu bringen oder als Schriftzeichen einen Laut in Erinnerung zu rufen, es ist immer noch Abbild eines Dinges; eines Dinges in einer gegebenen Lage oder Beziehung, oder einer Zusammenstellung von Dingen. Es meint das Ding, oder die Handlung, oder die Situation, oder die Eigenschaft, die den verschiedenen abgebildeten Dingen zugehörig ist.

Gaudier-Brzeska*, der einen Blick für die wahre Gestalt der Dinge hatte, konnte eine Anzahl chinesischer Schriftzeichen ohne irgendein Studium lesen. Er sagte: ›Natürlich, man sieht, daß es ein Pferd ist‹ (oder ein Flügel oder sonst was).

Auf Tafeln, die ursprüngliche chinesische Schriftzeichen in einer senkrechten Reihe und daneben die heutigen ›konventionalisierten‹ Schriftzeichen zeigen, erkennt jeder sofort, wie das Ideogramm für Mensch oder Baum oder Sonnenaufgang sich entwickelte, oder ›aus etwas vereinfacht wurde‹, oder auf das Wesentliche des ersten Bildes von Mensch, Baum oder Sonnenaufgang gebracht wurde.

Daher

人 MENSCH

木 BAUM

日 SONNE

東 OSTEN, Sonne, die in den Ästen des Baumes verstrickt ist wie bei Sonnenaufgang.

Aber wenn der Chinese nun etwas Schwieriges, oder eine allgemeine Idee, abbilden wollte, wie ging er dann vor?

Er soll ›rot‹ definieren. Wie kann er das in einem Bild, das nicht mit roter Farbe gemalt ist?

Er (oder sein Vorfahre) stellt folgende gekürzte Bilder zusammen:

ROSE	KIRSCHE
ROST	FLAMINGO

Das ist ungefähr das, was (auf viel kompliziertere Weise) der Biologe tut, wenn er einige hundert oder tausend Abstriche zusammenträgt und herausliest, was er für seine allgemeine Aussage benötigt. Etwas, das auf den Einzelfall zutrifft, das für alle Fälle gilt.

Das chinesische ›Wort‹ oder Ideogramm für rot basiert auf etwas, das jedermann kennt.

(Wäre das Ideogramm in England entstanden, so hätten die Schreiber vermutlich die Vorderansicht eines Rotkehlchens oder etwas weniger Exotisches für den Flamingo gesetzt.)

Fenollossa erklärte, wie und warum eine Sprache, die auf solche Weise geschrieben wird, schlechterdings dichterisch bleiben mußte; wie sie gar nicht umhin konnte, dichterisch zu sein und zu bleiben, in einer Art und Weise, in der eine Spalte von Buchstaben im Englischen nicht unbedingt dichterisch zu bleiben braucht. (1934)

ABSCHIEDSTRUNK

Loser Regen liegt auf losem Staub
Die Weiden im Hof der Herberge
Werden immer grüner von nun an.
Ihr aber, Herr, tätet wohl, vor eurem Fortgehen noch Wein
zu trinken.
Denn es werden keine Freunde um Euch sein
Wenn Ihr westlich zum Yang-Pass gelangt.

Wang Wei

TRENNUNG AUF DEM YANGTZE-KIANG

Meng Hao-jan schifft westwärts von Huang-hao-lou,
Die Rauchblumen zerfasern überm Strom.
Sein einsames Segel sprenkelt den Horizont.
Und jetzt seh ich nichts als den Strom, den Kiang,
Der in den Himmel mündet.

Li T'ai Po

BEIM ABSCHIED VON EINEM FREUNDE

Blaue Berge im Norden der Wehr,
Weißer Fluß ringsum, der sie einfaßt;
Hier müssen wir auseinandergehn,
Von dannen ziehn, meilenweit durch totes Steppengras.

Sinn wie eine weite säumige Wolke
Abendrot wie der Abschied alter Bekannter,
Die sich von fernher verneigen über gefalteten Händen.
Unsre Pferde wiehern einander zu
als wir uns wenden.

Li T'ai Po

AUFBRUCH NACH SHU

»Ts'an-ts'ung, König von Shu, baute Straßen«

Man sagt, die Wege nach Shu sind steil,
Schroff wie das Gebirge.
Die Mauern ragen einem vorm Gesicht auf,
Gewölk wächst aus dem Berghang in Halfterhöhe.
Auf dem Straßenpflaster der Ch'in stehn laubige Bäume
Ihre Stämme bersten durchs Pflaster
Und Bächlein brechen durch ihr Eis
mitten in Shu, einer stolzen Stadt.

Das Menschenlos steht fest,
Man braucht keine Seher befragen.

Li T'ai Po

DIE TERRASSE DER PHÖNIXE IN CHIN-LING

Die Phönixe sind beim Spiel auf ihrer Terrasse.
Die Phönixe sind fort, der Fluß rinnt dahin, allein.
Blumen und Gras
Verdecken den dunklen Pfad
wo das Stammhaus der Wu stand.
Die bunten Tuche, die bunten Kappen von Chin
Liegen zuunterst in den alten Erdhaufen.

Die Drei Berge sinken unter den Himmelsrand,
Die Insel vom Weißen Reiher
trennt die Wasserläufe.
Die steilen Wolken verdecken nun die Sonne,
Ch'ang-an ist mir aus den Augen entschwunden
Und ich bin betrübt.

Li T'ai Po

INSCHRIFTEN

FU I

Fu I liebte die hohe Wolke und den Berghang,
Leider starb er an Alkohol.

LI PO

Und Li Po starb ebenfalls im Rausch.
Er wollte einen Mond umarmen
Der im Gelben Fluß stand.

DAS WEIB DES FLUSSHÄNDLERS

EIN BRIEF

Als das Haar mir noch quer über die Stirne fiel,
Spielte ich am Gatter rum und rupfte Blumen.
Du kamst vorbei auf Bambusstelzen und spieltest Pferd,
Gingst um das Haus herum, spieltest mit blauen Pflaumen.
So lebten wir dahin im Dorf von Ch'ang-kan:
Zwei Menschenkinder ohne Tadel oder Argwohn.

Mit vierzehn heiratete ich meinen Herrn: Dich.
Ich lachte nie, denn ich war schüchtern.
Ich senkte meinen Kopf und sah die Wand an.
Auch hundertmal gerufen, sah ich nie zurück.

Mit fünfzehn hörte ich zu bocken auf,
Und wollte meinen Staub mit deinem mischen
Für immer und für immer und für immer.
Was soll ich auf die Warte steigen?

Mit sechzehn fuhrst du fort.
Du fuhrst zum fernen Ch'ü-t'ang, am Fluß der quirlenden Wirbel.
Schon fünf Monde bist du fort.
Die Affen machen kläglichen Lärm in den Baumkronen.

Du schlepptest deine Füße, als du fortgingst.
Am Gatter ist das Moos gewachsen, viele Moose,
Zu dicht, um sie zu jäten!
Das Laub fällt zeitig diesen Herbst im Wind.
Die Schmetterlinge, zu zweit überm Rasen des Gartens
nach Westen,
Sind schon gelb vor August.
Sie tun mir weh. Ich werde älter.
Kommst du herab durch die Drei Flußengen,
Bitte, schick mir beizeiten Nachricht,
Dann komm ich dir entgegen
Bis nach Ch'ang-feng-sha.

Li T'ai Po

SENNIN-GEDICHT VON KUO P'U

Die rot und grünen Eisvögel gleißen zwischen Orchideen
und Klee,
Ein Vogel wirft seinen Lichtschein auf den andern.

Grüne Ranken hängen durch Baumkronen,
Flechten ein ganzes Dach über den Berg,
Der Einsame sitzt mit versiegter Sprache,
Er schnurrt und betatscht die klaren Saiten.
Er wirft sein Herz hinauf durch den Himmel,
Durchbeißt den Blütenstempel
und versprüht eine feine Fontäne.
Der Rot-Kiefern-Gott sieht ihn an und staunt.
Er reitet durch purpurnen Qualm, die Sennin zu besuchen,
Er packt den »Schwebenden Hügel«* am Ärmel,
Er patscht dem großen Wasser-Sennin auf den Rücken.

Aber ihr, ihr verflixtes Schnaken-Gezücht,
Erkennt nicht mal das Alter einer Schildkröte!

»DIE REGLOSE WOLKE«

»Feuchter Frühling«, sagt Tao Ch'ien,
»Feuchter Frühling im Garten.«

I

Die Wolken haben sich getürmt und getürmt,
der Regen fällt und fällt,
Die acht Schichten der Himmel
falzen sich zu einer Schwärze,
Und die weite flache Straße dehnt sich.
Ich halte in meinem Zimmer nach Osten ein, still, still,
Ich tätschle mein neues Weinfäßchen.
Meine Freunde sind abgefallen oder weit von hier,
Ich neige den Kopf und halte still.

II

Regen, Regen, die Wolken haben sich getürmt,
Die acht Schichten der Himmel sind Schwärze,
Das flache Land verwandelt sich zum Strom.
»Wein, Wein, hier ist Wein!«
Ich trinke an meinem Ostfenster.
Ich denke an Gespräche und Menschen,
Und kein Kahn, kein Wagen kommt.

III

Die Bäume in meinem Garten nach Osten zu
schlagen mit neuen Zweiglein aus,
Sie wollen zu neuer Zuneigung reizen.
Die Leute sagen, Sonne und Mond sind ewig unterwegs
weil sie keinen weichen Sitz finden.

IV

Die Vögel flattern in meinen Bäumen zur Rast
und ich glaub ich hör, wie sie sagen:
»Nicht daß es keine andern Menschen gäbe,
Aber den hier mögen wir am liebsten,
Doch wie sehr wir auch reden möchten
Er kann unser Leid nicht ahnen.«

T'ao Ch'ien

DAS IMAGE ALS BILDNENNER

... Das Nō ist zweifellos eine der ganz großen Kunstformen der Welt und vielleicht auch eine der undurchsichtigsten.

Im Nō haben wir eine Kunstform vor uns, die vom Gott-Tanz her angelegt ist, auf irgendeine lokale Legende oder Geistererscheinung zurückgeht oder auf Heldentaten aus Geschichte und Sage beruht; eine Kunst feierlicher Gebärden, in einer Einheit von Tanz, Gesang und Darstellung, die nicht mimetisch ist. Es ist natürlich unmöglich, auf dem Papier eine rechte Vorstellung vom Ineinander all der Faktoren dieser Kunst zu geben. Man kann nur dem Wortlaut der Texte nachspüren und sagen, daß die Worte gesprochen, in singendem Tonfall rezitiert oder gesungen werden zu den traditionellen, durchlaufenden Figuren und Farben, und daß sie für sich allein noch nicht das volle Nō ausmachen. Dennoch, trotz aller Schwierigkeiten der Wiedergabe, finde ich diese Texte wunderbar, und sie werden durchaus einleuchtend, wenn man – wie ein Freund es ausdrückt – »sie die ganze Zeit so liest, wie man einer Melodie folgen würde«.

Wenn man gewohnt ist, Dramen zu lesen und sich ihre Realisation vorzustellen, wird es einem nicht schwerfallen, sich die Bühne des Nō vor Augen zu rufen – so verschieden sie auch von der unsrigen und sogar von der Bühne des mittelalterlichen Abendlandes ist –, und zu spüren, wie das, was die Worte aussparen, von der Musik und den durchlaufenden Figuren ergänzt wird. Es ist eine symbolische Bühne, ein Spiel mit Masken – zumindest werden für die Darstellung der Geister, Götter und jungen Frauen vom Hauptdarsteller Masken vorgenommen. Es ist ein Theater, das ganz im Sinne sowohl von Mr. Yeats als auch Mr. Craig wäre. Anders als unser Theater ist es keine Stätte, von der alles Feinfühlige und Subtile verbannt ist; wo alle Wort- oder Tonabstufungen der Publikumswirksamkeit geopfert werden und wo die Schminke geradezu mit einem Besen aufgetragen werden muß. Es ist eine Bühne, auf der jede der Künste in ihrem Zusammenspiel mit den anderen dazu beiträgt, noch die leisesten Zwischentöne zum Ausdruck zu bringen und wo der Dichter sogar verstummen darf, indes die Gebärden, durch die Tradition von vier Jahrhunderten geheiligt, für sich den Sinn erhellen.

»Unser Werkstoff ist der reine Geist«, sagte Umewaka Minoru*, dessen Bemühungen es zu danken ist, daß das Nō die Revolution des Jahres 1868 und den Sturz des Hauses Tokugawa überdauerte.*

... Die Spannung liegt in der Erwartung eines übernatürlichen Ereignisses – das dann tatsächlich eintritt. Einige werden vergrämt sein durch eine Art Seelenleben, das im Westen den spiritistischen Séancen vorbehalten ist. Doch, wie immer man darüber denken mag, außer Zweifel steht, daß es ein solches Seelenleben gibt. Den ganzen Winter 1914–15 hindurch sah ich Mr. Yeats die Zeugnisse der Folklore (die Lady Gregory in irischen Katen gesammelt hatte) und die Unterlagen der okkulten Schriftsteller mit den Gepflogenheiten der Scharlatane von Bond-Street koordinieren. Wenn die japanischen Autoren diese Seelenkunde des Spuks nicht mit einer, für mein Empfinden sehr hochstehenden Poesie verbunden hätten, würde ich mich kaum damit befassen.

Dem Leser wird das Gefühl der Spannung abgehen, solange er sich nicht in die Haut des Priesters versetzen kann, der darauf brennt – »und sei es in einer Vision« – der unter den Jahren verschütteten Schönheit ansichtig zu werden: »den Schatten des Gewesenen in leuchtender Form« zu sehen. Ich sage nicht, daß es leicht ist, sich in die Lage des Priesters zu versetzen. Diese Einstellung ist uns zu fremd, als daß wir uns ohne Anstrengung in sie hineinfühlen könnten. Aber wenn man einmal den Zugang zur Welt des Nō gefunden hat, so steht man fraglos einer neuen Art des Schönen gegenüber. Ich habe gefunden, daß es den Versuch sehr wohl lohnt, und kann nur hoffen, daß es anderen ebenso ergehen wird.

Aus der Aneinanderreihung von fünf oder sechs Nō-Spielen zu einem Programm erhellt zum Teil der Anschein des mangelnden Aufbaus in einzelnen Stücken; doch sind alle Stücke auch in sich durchaus gegliedert, nach einer inneren Notwendigkeit, die etwa den Gesetzen der Tonsetzung entspricht.

Wenn ein Text am Ende des Spiels »sich in Nichts aufzulösen« scheint, sollte der Leser im Sinn behalten, »daß die Unbestimmtheit und Blässe der Worte aufgewogen wird durch die emotionale Spannkraft des abschließenden Tanzes«, denn das Nō-Spiel hat seinen Zusammenhalt im Emotionalen. Ebenso besitzt es etwas, das man als ›Einheit des Image‹ [der Anschauung] bezeichnen möchte.

Zumindest sind die wesentlichen Nō-Spiele alle auf die Potenzierung eines einzigen bestimmten Bildes hin angelegt: der roten Ahornblätter und der Schneegestöber in NISHIKIGI, der Kiefern in TAKASAGO, der blau-grauen Wasser- und Wellenmuster in SUMA-GENJI, des Federmantels in dem danach benannten Spiel HAGOROMO.

Diese Potenzierung des Image, diese innere Gliederung, ist für mich als ›Imagist‹ natürlich von besonderem Interesse, denn wir Imagisten hatten, als wir von uns aus aufbrachen, keine Ahnung von diesen Dramen. Diese Spiele sind mithin zugleich die Antwort auf eine Frage, die man mir oft entgegenhielt: »Kann man nach der Methode des Imagismus ein langes Gedicht schreiben, ja kann man überhaupt im *vers libre* ein langes Gedicht schreiben?« (1914)

NISHIKIGI

(Die Brokat-Hölzer)
Von Seami Motokiyo

Personen:
Shite: Geist des Freiers
Tsure: Geist der Frau
Waki: ein Priester
Chor

Inhalt:
Nishikigi sind brokatbunt gefärbte Holzstäbe, die der werbende Mann nach altem japanischem Volksbrauch als »Braut-Maie«, als Zeichen seiner Zuneigung, vor die Tür des angebeteten Mädchens legt. Nimmt sie das meist reichverzierte, ellenlange Brokat-Holz ins Haus, so bedeutet das, daß sie mit einem Stelldichein einverstanden ist und den Mann erhören will. Läßt sie den Stab aber draußen liegen, so kann es sein, daß sie von diesem Mann nichts wissen will, aber auch, daß sie seine Liebe nur auf die Probe stellen möchte; und der Mann muß Abend für Abend wiederkommen und einen Holzstab vor ihre Tür legen, bis dort hundert oder mehr Stäbe liegen, um die Ernsthaftigkeit seiner Absichten zu beweisen. Im Nō-Spiel NISHIKIGI *ist dieses Motiv der Brautwerbung – wie schon im populären »Ärmeltaschenbüchlein« – mit einem anderen verbunden, mit dem von Hosonuno, dem ›Schmaltuch‹. Aus der Provinz Michinoku kommt ein feingewobenes Tuch von besonders schmaler Bahn und eigenartiger Stoffmusterung von aufgepreßten wilden Gräsern, das ›Schmaltuch‹ genannt wird. Auch der Name des Ortes Kefu – wo die Frauen dieses Tuch weben – bedeutet ›Schmaltuch‹. Das Ärmeltaschenbüchlein zitiert zu Hosonuno dieses Volksliedchen:*

> *Wie das Schmaltuch-Gewand von Michinoku*
> *nicht über der Brust zusammengeht,*
> *so werde ich von unerfüllbarer Leidenschaft gequält.*

So steht Hosonuno sinnbildlich für die Liebesqual eines Menschen, der Unerreichbares will. Einem wandernden Priester begegnen

Mann und Frau, die Nishikigi und Hosonuno zu Markt tragen; sie klären ihn über die Bedeutung dieser Dinge auf und führen ihn zur ›Brokat-Höhle‹, wo sie verschwinden. Im Traum erscheinen sie ihm in ihrer wahren Gestalt; er erfährt ihre Geschichte, hört vom langen vergeblichen Werben des Mannes und träumt, daß sie in der tausendsten Nacht schließlich durch die Gnade Buddhas vereint werden. Im kalten Morgen erwacht der Priester. (Der Übers.) *Das Stück spielt bei Kefu in der Provinz Michinoku.*

Erste Szene

PRIESTER
Noch niemand hat vom Berg Shinobu gehört, den nicht die Sehnsucht gepackt hätte, ihn zu sehen. So wandre ich hier dahin auf diesem vielbegangenen Weg, einer der Priester, die unterwegs sind, um wenigstens etwas von jedem Landstrich zu erfahren.
Ich habe mich noch nie im Osten umgetan, doch nun steht mir der Sinn, so weit zu gehen, wie die Erde geht, und warum sollte ich nicht soweit gelangen? Ich, der herumzieht und das Herz an keinen Platz hängt, so schön er auch sei, niemandem verpflichtet, und so wenig an irgend etwas geknüpft, wie's eine Wolke ist.
Es wird dunkel: die Nacht senkt ihr Fahnentuch auf mich herab. Ob ich hier wohl ans Meer gelange oder in das kleine Nest Kefu, das dicht daran liegt?
MANN
zur Frau
Seit Jahr und Tag bin ich nun hier und lege diese hellen Runenstäbe aneinander, dies seidenglatte Holz, auf das die Zeichen meiner Liebe so zart gemalt sind wie die Gräsermuster auf den Stoffen von Shinobu. Sie bieten sie noch immer feil in Kefu am Berghang unten.
MANN und FRAU
Wir sind ineinander verwoben,
wir sind ineinander verstrickt.
Wessen Schuld war's denn, Liebste?

Ineinander verwoben wie die Grasmuster
sich verschlingen auf diesem leichten Stoff,
wie die Stimmen der kleinen Grillen,
die du hörst aus Knäueln von trockenem Seetang.
Wir wissen nicht mehr,
wohin unsere Tränen versickert sind
im Gestrüpp dieser ewigen Wirrnis.
Wir schlafen nicht und sind nicht wach,
unsere Nächte schleichen dahin in Weh,
und auch das ist am Ende nur Wahn ...
Was sagen uns da die Bilder des Frühlings?
Noch im Schlaf an jemanden denken,
der keinen Gedanken für dich hat,
ist das denn mehr als ein Traum?
Und dennoch ist's die Art,
in der wir alle lieben.
Unsere Herzen sind schwer,
wie unsere Körper leicht sind,
und wir vermögen gar nichts mehr,
nur die Wasser jenes Stromes schwellen wir an,
der ein Strom unserer Tränen ist.

CHOR

Schmal kommt die Stoffbahn vom Webstuhl,
aber wild der Sturzbach vom Berg,
er schäumt zwischen den Liebenden,
zwischen Mädchen und Mann.
Das Tuch, das sie einstmals gewebt,
ist lange verschlissen,
die tausendste Nacht
wurde vergeblich durchwacht,
auch sie hat keine Erfüllung gebracht.

PRIESTER

erkennt nicht die wahre Natur der Sprecher

Seltsam, hier Stadtleute zu finden!
Sie sehn aus wie Mann und Frau,
und die Frau scheint etwas zu halten,
das aussieht wie ein Stoff,

der aus lauter Federn gewirkt ist,
und er hält einen hölzernen Stab,
ein lackiertes Szepter, verziert mit Zeichen.
Fremd sind die Dinge da!
Wie mag man sie wohl nennen?

FRAU

Dies ist die schmale Stoffbahn, ›Hosonuno‹* genannt,
nur grad so breit wie der Brustbaum am Webstuhl.

MANN

Und dies ist weiter nichts als ein bemaltes Holz,
doch ist dieser Ort berühmt
durch eben diese Dinge.
Möchtet Ihr sie wohl von uns kaufen?

PRIESTER

Wohl weiß ich, daß die Web- und Lackarbeiten dieses Ortes berühmt sind. Oft hörte ich von ihren Vorzügen – und doch wundert es mich, daß sie in so hohem Rufe stehn.

FRAU

Nun, das heiß ich eine Ernüchterung! Da nennt man landein, landaus den Holzstab ›Nishikigi‹ und den Stoff ›Hosonuno‹ – und Ihr kommt des Weges und wollt noch nie gehört haben, warum sie so heißen, und nie ihre Geschichte? Ist es zu glauben?

MANN

Ach, mir kommt's verständlich vor. Wie kann man erwarten, daß die Menschen etwas von derlei Dingen wissen, da sie kaum mit den eigenen mitkommen?

MANN und FRAU

zum Priester

Ihr seht aus wie einer, der sich von der Welt abgewandt hat – da mag es wohl sein, daß ihr nichts wißt von der Macht der Liebeshölzer und der Gespinste, auf denen die Zeichen der Liebe gemalt, die mit den Malen der Liebe gezeichnet.

PRIESTER

Das ist eine gute Antwort! Und Ihr wollt damit sagen, daß Nishikigi und Hosonuno Namen sind, die mit Liebe zusammenhängen?

MANN
Es sind Namen im Buch der Liebe.
Jeden Tag, bis das Jahr,
bis drei volle Jahre um sind,
muß man die Runenstäbe auslegen,
solang, bis das Tausend erreicht ist.
Und die Lieder singen davon,
heute und künftighin.

FRAU
Es sind Namen, die sprichwörtlich sind.
Weil der Stoff Hosonuno in schmalen Bahnen liegt,
weil er schmäler ist als die Brüste der Weberin,
nennt man mit diesem Namen eine Frau,
an deren Brüste kein Mann gelangt.
Es ist ein Name in den Annalen der Liebe.

MANN
Es ist ein trauriger Name,
traurig, sich daran zu erinnern.

FRAU
Tausend Brokat-Hölzer bewirkten nichts.
Ein trauriger Name aus einer traurigen Mär.

MANN
Flugsamen des Ahorns ...
Der Samen verkümmert.
Wir fanden nie zueinander.

FRAU
Laß ihn die Sage zu Ende hören,
daß er sich's zusammenreimt.

CHOR
Und sie vergessen es, sie vergessen.
Die Brokat-Hölzer werden nicht mehr dargebracht,
dahin ist dieser Brauch.
Das schmale Tuch von Kefu
schließt sich nicht über der Brust.
So geht die Sage
von Hosonuno und Nishikigi,
so geht die Mär:

als Gespenster gehn sie hier um,
die ein Gespinst war'n, dessen Fäden
niemals ineinandergriffen.
Sie konnten zusammen nicht kommen,
nicht bis zu dieser Stund.
Wohl ward hier zuschanden die Liebe,
eine Mär, den Göttern zur Schande!
Namen der Liebe,
noch eine kleine Weile gebannt,
nur solang die Beschwörung noch Macht hat,
eine Beschwörung, so hinfällig
wie das Zueinanderstecken
der Schuppen von Tannenzapfen,
über die man bei Sonnenuntergang
einen Wunsch sprechen darf ...
wir kehren heim, heim in unsere Behausung ...
Die untergegangene Sonne
läßt ein paar Schatten zurück.*

PRIESTER

Fahrt fort, bringt Eure Geschichte zu Ende.

MANN

Es gibt hierzuland einen alten Brauch. Wir fertigen Stäbe an und schmücken sie mit Runen der Liebesbeschwörung. Suchen wir uns ein Mädchen zu gewinnen, so legen wir diese Stäbe vor ihre Schwelle.

FRAU

Und wir Frauen heben den Runenstab des Mannes auf, mit dem wir uns treffen wollen, und lassen die anderen liegen, auch wenn ein Mann hundert Nächte hindurch kommt, oder drei Jahre lang, durch tausend Nächte, bis hier tausend Stäbe lägen im Schatten der Berge. Wir kennen die Grabhöhle eines solchen Mannes, eines, der tausend Nächte durchwacht hat. Eine Höhle ists voll bunter Farben, denn man hat ihn mit all seinen tausend Brokat-Hölzern begraben. Sie wird die ›Höhle der Liebesbeschwörung‹ genannt.

PRIESTER

Ich möchte diese Höhle der Liebe besuchen,

das gibt eine Geschichte für mein Heimatdorf.
Wollt Ihr mir den Weg dorthin zeigen?

MANN

Wohlan – ich will Euch den Pfad weisen.

FRAU

Sag ihm, er soll hier entlang kommen.

MANN und FRAU

Da gehen sie beide, ein Paar,
vor dem Priester einher.

CHOR

Den lieben langen Tag haben wir
bis zur Abendstunde
das hohe Gras beiseite gebogen
auf dem überwachsenen Pfade bei Kefu,
und kamen doch nicht zur Höhle.
Ihr dort, die Ihr das Gras mäht auf den Hängen,
wo ist der rechte Weg?
»Ihr fragtet wohl auch nach dem Tau,
wenn der Rauhreif schon liegt auf der Straße.
Wer ließe sich ein auf derlei Fragen?« –
Doch seid gewiß, wir werden zur Höhle finden.

MANN

Uns faßt ein Frösteln, wie kalt ist der Herbst!
Die Nacht bricht herein ...

CHOR

Und es stürmt. Die Bäume geben das Laub auf,
geschüttelt von plötzlichen Schauern.
Herbst! Unsere Schuhe sind durchnäßt
von den taufeuchten dichten Laubhaufen.
Die Berge werfen den ewigen Schatten.
Die Eule ruft aus dem Efeu,
das schwer an den Föhren hängt.
Versteckt unter Orchideen und Chrysanthemen
ist nun der heimliche Fuchs Herr der Liebeshöhle,
die leuchtet in den Farben der Ahornblätter,
Brokat – in Gold und Braun.
Dies ließen sie zu uns sagen, denn –

Seht! Das Paar geht ein in die Höhle!
Zeichen für den Abgang von Mann und Frau

Zweite Szene

Der Priester nimmt die Haltung des Schlafs ein. Sein andächtiger Besuch der Höhle beginnt sich auszuwirken.

PRIESTER
ruhlos
Es scheint, ich soll heut nicht schlafen,
nicht einmal so lang wie die Augsprossen eines jungen Rehbocks.
Unter dem Oktoberwind, unter den Kiefern, unter der Nacht
So will ich denn meditieren ...
Er verrichtet die Gesten eines Rituals

FRAU
Ehre sei Euch, mein Vater!
Ihr taucht nicht zweimal in den Fluß,
nicht zweimal in desselben Baumes Schatten
ohne hinüberzuwirken auf andere.
Hört, ich sage was wahr ist.
Wir sind einander begegnet,
die wir getrennt waren von Anbeginn
bis ans Ende unserer Zeit und noch darüber hinaus,
wir sind einander begegnet.
Eine Brücke, geträumt über das wilde Gras,
über das Gras, da ich wohne.
Dank sei und Ehre dir! Weckt mich nie wieder auf!
Ich sehe, die Zeit ist erfüllt.

MANN
gilt als unsichtbar
Es war ein gutes Werk, das Ihr an uns getan, Herr!
Ein Werk, das ausstrahlt hin in beide Welten
und ausheilt eine unvordenklich alte Liebe,
die sich verzehrte zwischen hier und dort.
Tausend Tage und Nächte hab ich durchwacht.
Zu hoher Ehre wird es Euch angerechnet,

denn dies Zusammenkommen untersteht einem harten Gesetz.
Und nun will ich mich zeigen als Nishikigi,
will mich zeigen in meiner wahren Gestalt.

CHOR
Die drei Jahre sind vorbei und vergangen,
sie sind eine Geschichte, die ruht.

MANN
Zu träumen, im Traum kehren wir wieder.
Drei Jahre ... und das Stelldichein heut!
Einmal ums andere trat diese Nacht ein,
doch nur dies eine Mal finden wir zueinander.

CHOR
Dorthin schaut, auf die Höhle
unter den Ahornstämmen.
Aus dem Schatten der Liebesgräser
seht sie heraufkommen und erscheinen,
einen Augenblick lang ... die Schemen!

MANN
Im Schoße der Hölle
trennt man nicht Fürst von Bettler.
Verdammt ist verdammt, geht das Sprichwort.

PRIESTER
Seltsam – was erst eine modrige Höhle zu sein schien,
glitzert und flimmert im Innern
wie flackerndes Feuer
und nimmt sich aus wie eine bewohnte Stätte.
Einen Webstuhl stellen sie auf
und schichten die Brokat-Hölzer zuhauf.
Uralt die Wandteppiche da.
Ists Wahn? Ists Täuschung?

FRAU
Unsere Herzen wurden umwölkt vom fallenden Schnee*,
im Treiben gingen wir irr.
Ihr mögt es besser wissen als wir,
wieviel von alledem Wahn ist,
Ihr, die Ihr auf Erden seid.

Uns trieb es durch die Mühlen des Schnees,
wo das Erdendasein verfliegt.

MANN

Narihira, der mit den Jahren dahinging,
sagte in alten Tagen:
»Nur einer, der fest in der Welt ist,
versteht wohl, was wirklich geschieht!«
Eure Sache ist es, Wanderer,
zu sagen, wieviel von alledem wahr ist.

PRIESTER

Soll es ein Traum sein, eine Vision,
oder was immer Ihr wollt: ich frag nicht danach.
Doch zeigt mir die verflogene Zeit,
die Zeit, begraben unter soviel Schnee.
Jetzt, gleich, solange die Nacht hält.

MANN

So seht hin – die alten Zeiten sind sichtbar,
blaß, wie der Schatten des Grashalms sich zeigt,
in den Gräsern, aus denen er wächst.
Ihr habt nur den Mond, der Euch leuchtet.

FRAU

Die Frau tritt ein in die Höhle.
Sie stellt den Webstuhl auf,
um Hosonuno zu weben, den Stoff,
so dünn wie die Spinnwebfäden im Herbst ...

MANN

Der Freier aber klopft ans verriegelte Tor,
die Hand voll brokatener Hölzer ...

FRAU

In alter Zeit kam keine Antwort.
Kein Flüstern kam durch die Tür, nur –

MANN

– das leise Schackern des Webstuhls.

FRAU

Es klang lieblich wie das Zirpen der Grillen,
gedämpft wie die Stimme des Herbstes.

MANN
Nacht für Nacht konnt ichs hören.
FRAU
Kiri.
MANN
        Hatari.
FRAU
                Tscho.
MANN
                        Tscho.
CHOR
das Zirpen der Grillen nachahmend
Kiri, hatari, tscho, tscho,
kiri, hatari, tscho, tscho,
Die Grille näht fort und fort ihr Kleid,
webt das Wiesengras mit ein ...
tscho, tschurr, ischo ... wie das Weberschiffchen schwirrt.
CHOR
Gegenstrophe
Das ist es ... sie weben so schmale Stoffe in Kefu,
mit dem Muster von Gräsern,
in Kefu, am Ende der Welt, dem Ort ohnegleichen.
MANN
Wahrlich, ein alter Brauch –
doch der Priester hier will die Vergangenheit sehen.
CHOR
Selbst der Fremde wirds eingestehen:
und wenn wir tausend und aberhundert Nächte lang
das Tuch, Hosonuno, webten
und die Brokat-Hölzer vor die Schwelle legten,
tät das unsere Sehnsucht nicht löschen,
nicht lösen, nicht stillen.
MANN
Bis zum heutigen Tag
ist das Versäumnis unserer Begegnung nicht vergessen,
es blieb bewahrt in den Liedern.

CHOR

Auf daß wir Gnade erlangen mögen,
selbst noch als Schatten.
Wir wollen Euch noch einmal erscheinen –
wir sind einander begegnet,
und sei es auch bloß ein Traum –
wollen Euch unsere Buße zeigen:
Erklärt die Bewegungen von Mann und Frau
Da trägt er seine Stäbe,
und sie wollte gar nicht umworben sein.
Seht sie dort in der Höhle,
Hört das Grillengezirp: sie webt!
Die Gräser und die Hecke, die zwischen ihnen stehn,
sind Zeichen ihrer Fremdheit.
Schon ist es Nacht geworden.
Erklärt die Gedanken des Mannes
Gedanken der Liebe sind in ihm hochgetürmt,
hoch wie die Stäbe,
hoch wie die Hölzer, einst bunt bemalt,
nun verblaßt zuhauf liegen in der Höhle.
Und er weiß, daß sie verblassen. Er sagt:
Da lieg ich, bloßer Körper,
wo kein Mensch von mir weiß,
im Moos begraben, ein morscher Ast.
Es wär wohl an der Zeit,
daß ich aufhörte, Gedanken der Liebe zu denken …
Die Brokat-Hölzer verblassen und modern schon,
und dennoch hat das Gerücht unserer Liebe
Fuß gefaßt und geht um in der Welt.
Wir konnten zusammen nicht kommen.
Aber das salzige Wasser der Tränen
hat eine helle Knospe getrieben
aus dem buntbemalten Holz unserer Liebe.*

MANN

Sagt mir: wie hätt ichs voraussehen,
wie hätt ichs wissen können, wie viele Tage, wie viele Nächte

dereinst auf ihrer Weblade liegen sollten?

CHOR

Hundert Nächte und länger geschlafen,
ohne wirklich zu schlafen,
verkrümmt und verkümmert geschlafen,
und nun macht man ein Lied darauf, eine Sage!
Nicht bloß ein Jahr oder zwei,
sondern bis die Tage zuhauf liegen,
wie der Sand sich schichtet bei Kefu.
Bis der Herbst alle Dinge rot färbt,
rot wie hier diese Hölzer,
blieben die tausend Nächte umsonst.
Ich steh mit ihnen auf dieser Seite des Tors,
du läßt mich nicht ein,
du zeigst dich nicht,
nicht, bis ich verblaßt bin
bis an die Ärmel meines Gewands …
Sag, bei den Tränen, die mir wie Perlen
die Ärmel besticken:
warum läßt du mich niemals zu dir?
Wir sind alle verdammt, zu gehen
woher wir kamen:
du, meine Ärmel, die Tränen.
Und du wußtest es nicht einmal,
als die drei Jahre vorüber waren …
Grausam warst du, grausam.
Die Runenstäbe …

MANN

… brachte ich tausendmal:
damals, heute und allezeit.

CHOR

Soll er mir denn nimmer vergönnt sein,
dieser Blick ins verborgene Brautgemach,
in das nie eines Mannes Blick drang?

MANN

Freude zuletzt und ein glücklicher Stern:
nun kommt der Abend der Trauung.

Wir kommen zusammen
und leeren den Kelch.

CHOR
Wie Schneeflocken wirbeln
die Ärmel im Tanz!

MANN
Stellt Euch zum Tanz!

CHOR
Stellt Euch zum Tanz und spielt auf!
Dieser Tanz ist für Nishikigi!

MANN
Für die Abendspiele,
für die Webestühle.

CHOR
Für die Zeichen vom Liebsten zur Liebsten,
fürs Spiegeln von Becher zu Becher ...
Seht! Das Frührot kommt,*
und wir gehören nimmer hierher,
laßt uns gehn, eh das Licht heraufsteigt!

zum Priester

Wir bitten Euch, wacht nicht auf!
Wir alle schwinden dahin,
die Liebeshölzer und dieser Stoff der Träume!
Nun verlaßt Ihr langsam den Schlaf,
überquert die Webkanten des Traums –
und das Nichts wartet schon auf Euch.
Ja, alles was Ihr saht, löst sich auf,
die Liebeszeichen und dieser Stoff der Träume.
Nichts ist hier als die Höhle im Morgendunst.
Nur der Wind des neuen Tags regt sich
in den Föhren. Ein wüster Ort,
unwirtlich, dunkel und leer.

DREI MÖGLICHKEITEN, WORTE AUFZULADEN

... Wenn wir all jene Einteilungen hinauswerfen, die sich auf die äußere Gestalt oder den Anlaß eines Werkes beziehen, wenn wir das betrachten, was tatsächlich geschieht – sagen wir, in der Dichtung –, so werden wir finden, daß die Sprache auf verschiedene Weise geladen und gespannt wird.

Will sagen, es gibt »drei Arten Dichtung«:

Melopoeia, wodurch Worte über ihren baren Sinn hinaus mit einer musikalischen Eigenschaft geladen werden, welche Tragweite und Richtung dieses Sinnes steuert;

Phanopoeia, wodurch Bilder auf die visuelle Einbildungskraft projiziert werden;

Logopoeia, »Der Tanz des Geistes unter den Worten«, das heißt: die Worte werden nicht nur wegen ihrer sinnfälligen Bedeutung gebraucht; hier werden auf besondere Art die Gepflogenheiten mit in Anschlag gebracht, der Zusammenhang, in dem wir das Wort *erwarten*, seine üblichen Begleitworte, sein überkommener Sinn und das Spiel der Ironie. Diese Art zeitigt jenen ästhetischen Gehalt, der nur dem Gebiet der wörtlichen Äußerung eigen ist und weder von der Musik noch von der Plastik vermittelt werden kann. Sie ist zeitlich das jüngste und vielleicht auch das heikelste und unzuverlässigste Verfahren.

Melopoeia kann von einem Ausländer mit feinem Gehör wahrgenommen werden, auch wenn er die Sprache, in der das Gedicht geschrieben ist, nicht kennt. Es ist nahezu unmöglich, sie von einer Sprache in eine andere zu übersetzen oder zu übertragen, außer vielleicht durch eine Himmelsfügung und abgesehen von einer gelegentlichen Halbzeile.

Phanopoeia andererseits kann beinahe oder völlig unversehrt übersetzt werden. Wenn sie etwas taugt, ist es dem Übersetzer fast unmöglich, sie zu zerstören, es sei denn durch krasse Stümperei und durch das Außer-acht-Lassen von recht wohlbekannten und darlegbaren Regeln.

Logopoeia läßt sich nicht übersetzen; wohl aber kann die Geisteshaltung, die sie ausdrückt, in die Paraphrase eingehen. Man könnte auch sagen, daß sie nicht »örtlich« zu übersetzen sei, daß man aber, nachdem man den Gemütszustand des Dichters ermittelt hat, einen abgeleiteten oder gleichgerichteten Ausdruck finden kann, oder auch nicht ...

In der *Phanopoeia* haben wir den Antrieb zu äußerster Präzision des Wortes; diese Kunst besteht fast ausschließlich dank ihr.

In der *Melopoeia* haben wir eine Gegenströmung, eine Kraft, die oft dazu neigt, einzulullen oder den Leser vom genauen Sinn der Worte abzulenken. Es ist Dichtung an der Grenze der Musik, und Musik ist vielleicht die Brücke zwischen dem Bewußtsein und der nicht denkenden, fühlenden, vielleicht sogar zu der fühllosen Welt. (1927)

DEM SEXTUS PROPERTIUS ZUR HULDIGUNG

III

Mitternacht, da trifft von unsrer Liebsten ein Brief ein:
Heißt mich nach Tibur kommen:
*So*fort!
»Blanke Knöpfe ragen hervor aus Zwillingstürmen,
Anios Traufe ergießt sich in flache Tümpel.«

Was fang ich *nun* an?
Soll ich mich etwa dem Schattengestrüpp anheimgeben,
Wo man vielleicht freche Hand legt an meine Person?

Doch wenn ich den Gehorsam vertage
dieser biederen Bange zulieb,
Setz ich mich ihrem Gejammer aus, das schlimmer ist als ein
nächtlicher Anschlag.
Noch dazu bringe ich mich ins Unrecht,
was dann gewiß zwölf Monde lang vorhält,
Denn ihre Hände sind nicht unbedingt liebreich zu mir,

Übrigens gibt es wohl keinen, dem Liebende nicht gefeit sind
um Mitternacht
Und auf der Via Sciro.

Wenn einer liebt, kann er getrost
an der skythischen Küste lustwandeln,
Keine Barbarei ginge soweit, ihm etwas anzuhaben,
Der Mond wird ihm die Kerze halten,
die Sterne ihm die Stolperstellen zeigen,
Kupido trägt die hellen Fackeln vor ihm her
und bewahrt seine Waden vor bösen Hunden.
So sind die Straßen völlig sicher
zu jeder Tag- und Nachtzeit;

Wer wäre so ungehobelt und vergösse das dünne Blut eines
Freiers?!
Cypris sein Cicerone.

Und wenn schon Leichenträger mir nachschlichen,
wäre ein solcher Tod sterbenswert.
Sie würde ja Weihrauch und Kränze an meine Bahre bringen,
Sie säße ja auf meinem Scheiterhaufen als Ornament.

Götter, gebt, daß mein Gebein nicht an einem volkreichen
Ort, lieg,
Wo Menschenmassen zu geschäftig drüber hinweg gehn;
Denn so wird das Grab von Liebesleuten am meisten
verunglimpft.

Möge ein lauschiger und abgelegener Ort mich zudecken
mit seinem Laub,
Oder mög ich eingescharrt sein unter einem Haufen noch
unvermessenen Sands;
Jedenfalls soll man meine Grabschrift nicht an der Haupt-
straße finden.

IV
MEINUNGSVERSCHIEDENHEIT MIT LYGDAMUS

Sag, was du Wahrhaftes hörst von unsrer standhaften
Holden, Lygdamus,
Und mög das gekaufte Joch einer Gnädigen
billig auf deinem Nacken ruhn;
Denn ich bin aufgebläht von nichtiger Genugtuung
und genasführt von deiner Anspielung
Auf Dinge, die ich – deiner Meinung nach – gern glaubte.

Kein Bote sollte völlig Nichtiges ausrichten,
und ein Sklave meide das allzu Augenfällige;
Und Unterhaltung ist so gut wie eine Bleibe haben.
Raus damit, sag es mir, alles von Anfang an,
Ich verschling's mit gespitztem Ohr.

Also? Sie weinte ins ungekämmte Haar?
Du hast es gesehn.
Wolkenbrüche aus ihren Augen?
Du, du, Lygdamus,
Hast sie gesehn, auf's Bett hingestreckt –
es war kein Spiegelbild;
Kein Klunker auf der schneeigen Hand, keine Bijouterien,
Kläglich hing das Kleid an ihren schlanken Armen.
Am Fußende ihres Betts stand verschlossen
die Schmökertruhe.
Schwermut hängt überm Haus und die niedergeschlagnen
Hausangestellten
Sind niedergeschlagen, weil sie ihnen ihre Träume erzählt hat.

Sie saß umflort inmitten jenes Hauses,
Feuchte verknautschte Taschentücher vor die strömenden
Augen gedrückt,
Nur ein wimmernder Laut kam auf unsre besorgte
Vorhaltung.
Für sowas erwartest du von mir ein Trinkgeld, Lygdamus?
Viel reden ist so gut wie eine Bleibe haben.

Und die andere hat mich auch nicht »bestrickt
durch ihre leichte Art,
Sie hat mich rangekriegt mit giftigen Kräutern,
sie kreiselt das Rautenrad,
Sie schmort geschwollne Frösche, Schlangenknochen und
die abgemauserten Federn von Eulen,

Sie wickelt mich mit Bahrtuchfetzen ein.
Mögen schwarze Spinnen weben in ihrem Bett!

Mögen ihre Liebhaber sie frühmorgens anschnarchen!
Möge Gicht ihre Füße verkrümmen!

Freut es ihn, daß ich allein hier schlafe,
Lygdamus?
Wird er garstig über mich reden bei meinem Begräbnis?«

Und das soll ich dir glauben
nach zwölf Monaten Unliebsamkeit?

...

V,2

Aber du fragst, wieso ich soviele Liebeslieder verfasse,
Und woher dies zärtliche Buch mir auf die Lippen kommt.
Weder Kalliope noch Apollon bliesen mir dieses ein.
Ein Mädchen nur ist mein Genie.

Wenn sie mit Elfenbeinfingern ein Lied durch die Lyra flicht,
Sind wir bei der Sache.
Wie leicht die beschwingten Finger; sind ihr die Haare
zerzaust auf der Stirn,
Geht sie einher in einem Hauch aus Kos, einem Fähnchen
aus buntem Tuch,
Gibt das Stoff für ein ganzes Buch; wenn ihr die Lider
sinken im Schlaf,
Sieht sich der Dichter vor neuen Werken;
Und spielt sie mit mir ohne ihr Hemd,
Fertigen wir viele Iliaden an.
Und was sie auch sagt oder tut –
Spinn ich aus garnichts ein langes Garn.

So hat mir's das Schicksal zugeteilt, Mäcenas, und selbst wenn
Ich das Zeug hätt, Helden in Harnisch zu bringen,
tät ich's nicht
Tät weder von Titanen schmettern, noch vom Ossa,
der dem Olymp aufgestockt ist,

Noch von Zufahrtstraßen über Pelion,
Noch von Theben in seiner Ehrenfestigkeit,
noch von Homers Ruhm zu Pergamon,
Noch von Xerxes' doppelläufigem Reich,
noch von Remus und seiner adligen Sippschaft,
Noch von Karthagos Charakterköpfen,
Noch von zimbrischen Zechen und des Marius
Verdienst daraus.
Und Cäsars Geschäfte wären da noch zu erwähnen …
als Hintergrund,
Obwohl Kallimachos ohne sie auskam
und ohne Theseus,
Ohne Inferno, ohne Achilles, dem die Götter schön taten,
Ohne Ixion und ohne Menoitios' Söhne, ohne Argo
und ohne Zeus' Grabstatt und die Titanen.

Denn meine Herzkammern flattern nicht für cäsarisches *ore rotundos*,
Noch zu der Weise der phrygischen Väter.

Der Seemann versteht sich auf Winde, der Pflüger
auf Ochsen,
Der Soldat auf die Zahl seiner Wunden, der Schafhirt
auf Lämmer;
Wir auf unsrer schmalen Bettstatt, wir kehren uns weg von
den Kriegen:
Jeder Mann braucht sein Zeitliches auf nach seiner Art
wie er's vermag.

…

VI

Dann, wann nur immer der Tod unsre Lider zutut,
Setzen wir nackt über Acheron,
Sieger und Besiegte auf einem Nachen,
Marius und Jugurtha zusammen,
ein Schattengewirr.

Cäsar hat es auf Indien abgesehn,
Tigris und Euphrat sollen von nun an auf sein Geheiß fließen,
Tibet soll von römischen Schutzleuten wimmeln,
Die Parther sollen sich an unsre Standbilder gewöhnen
und einen römischen Glauben annehmen;
Ein Floß auf den verhangenen Fluten des Acheron,
Marius und Jugurtha zusammen.

Auch soll, wenn ich beigesetzt werde, kein langer Zug
hinterher gehn mit angestammten Laren und Bildern,
Keine Tuba von meiner Hohlheit tönen,
Auch soll es nicht auf attalischem Pfühl sein;
Die wohlriechenden Tücher verbät ich.
Nur ein Kleine-Leute-Umzug.
Genug, genug, ja reichlich
Drei Bücher werden da sein, bei meinem Leichenbegängnis,
Die ich Persephone mitbring, keine unbeträchtliche Gabe.

Du wirst folgen mit bloßer zerschundener Brust,
Wirst auch nicht müde werden, meinen Namen zu rufen,
noch zu müde
Den letzten Kuß auf meine Lippen zu geben
Wenn der syrische Onyx aufgeschraubt wird.

»Er, der jetzt lediger Staub ist
War einst Sklave der einen Leidenschaft:«
Nichts weiter zur Grabschrift:
»Tod, was kommst du so spät?«

Du wirst bisweilen dem verlorenen Freunde nachtrauern,
Denn es ist ein Brauch:
Dies Hängen an Heimgegangenen,
Seit Adonis auf Idalion durchbohrt ward und Kytheräa
Aufweinend dorthin rannte mit fliegendem Haar,
Umsonst rufst du zurück den Schatten,
Umsonst, Cynthia. Umsonst rufst du verstummte Schemen,
Was könnten auch Knochenreste dir sagen?

VII

Ich selig, Nacht, Nacht voller Helle;
O Lager, selige Stätte meines langen Schwelgens;
Wieviele Worte machten wir bei Kerzenschein;
Gerangel als das Licht man fortnahm;
Nun mit entblößten Brüsten maß sie sich mit mir,
die Tunika gab Verzug;
Dann, wie sie meine Lider auftat, die im Schlaf
Zufielen, mit ihren Lippen und ihr Mund sprach:
Faulpelz!

So viele Stellungen, so verschlungne Arme,
Ihre Küsse, soviele, spür ich auf meinem Mund.
»Mach Venus nicht zum blinden Sich-Bewegen,
Augen sind Lotsen der Liebe,
Paris nahm Helena nackend' wie sie kam aus Menelaus' Bett,
Endymions nackter Körper, blanker Köder für Diana«
– so wenigstens die Sage.

Derweil unser Leben verzwirnt wird, laben wir unsre Augen;
Denn lange Nacht befällt uns
und ein Tag, da kein Tag mehr kommt.
Daß die Götter in Banden uns schlügen
damit kein Tag sie je löse.

Narr, der dem Liebesrasen eine Frist setzen wollte,
Denn die Sonne fährt eher ein schwarzes Gespann,
das Erdreich treibt Weizen aus Gerste,
Der Strom steigt zurück zur Quelle,
Als Liebe Maß halten kann –
Eh wird der Fisch im trocknen Bett schwimmen.
Nein, nun und solang es angeht, soll das Leben Frucht tragen.

Welke Kränze streun Blüten
ihre Stengel ein Flechtwerk,
Heute holen wir noch den großen Atem der Liebe,
morgen holt uns das Schicksal.

Gibst du auch all deine Küsse,
gibst du zuwenig.

Auch kann ich mein Leid nicht verlagern auf andre –
noch im Tode gehöre ich ihr.
Wenn sie mir solche Nächte mehr gewährt
ist lang mein Lebtag, lang an Jahren,
Gibt sie mir viele,
bin ich Gott auf Zeit.

...

DIE DICHTUNG IST EIN KENTAUR

... Offenbar ist es keineswegs leicht, ein großer Dichter zu sein. Wäre es das, so hätten es viel mehr Menschen fertiggebracht. Zu keiner Zeit gebrach es der Welt ja an Leuten, die es einigermaßen verlangte, große Dichter zu werden, und nicht wenige verlegten sich mit großer Strebsamkeit darauf, es zu sein.

Ich bin mir bewußt, daß Beiwörter der Größe im Geruch der Barbarei stehen. Indessen haftet dem Begehren, große Geschenke zu geben, nichts Beschämendes an, und der einsichtige Kritiker zieht keine abwertenden Vergleiche zwischen Villon und Dante. Die sogenannten großen Dichter haben meist ein eigenstes Geschenk entrichtet; aber die Bezeichnung »groß« ist im Grunde ein Geschenk, das ihnen Chronos machte. Womit ich sagen will, daß sie auf den Glockenschlag geboren wurden, als ihre Stunde anbrach, und daß es ihnen gegeben war, die Früchte der Mühen vieler Menschen einzuheimsen, sie anzuordnen und in Einklang zu bringen. Eben diese Gabe der Verquickung ist ja ein Bestandteil ihres Genies und dabei irgendwie eine Art Bescheidung und Selbstlosigkeit. Sie haben nicht nach Eigenheit getrachtet.

Man erinnert sich der Menschen, bei denen Dante Anleihen machte, eben, weil er bei ihnen borgte, und auch ihrer eigenen Arbeiten wegen. Zugleich aber gab er sein Eigenstes, und kein bloßer Zusammensteller und Einreiher der Entdeckungen anderer wird jemals auf die Dauer ein »großer Dichter« genannt.

Wenn Dante nicht bedeutend mehr ausgerichtet hätte, als Reime von Arnaut Daniel und Theologie von Aquinas zu borgen, würde er nicht in diesem Jahr der Gnade, 1913, von Dent herausgebracht werden.

Man möchte beinah glauben, daß es in der Kunst auf eine Art Energie ankommt, auf etwas mehr oder minder Elektrisches, Radioaktives, eine Kraft, die leitet, ineinanderfügt, verschmilzt, zusammenschließt. Eine Kraft, die dem Wasserstrahl gleicht, wenn er durch sehr hellen Sand aufschießt und ihn in rasche Bewegung setzt. Man kann sich nach Belieben ein Bild [*image*] davon zurechtlegen.

Ich weiß nicht recht, ob es einen Sinn hat, Antwort auf die oft gestellte Frage: »Worin unterscheiden sich Dichtung und Prosa?« zu geben.

Ich glaube, daß die Dichtung eine höhere Spannkraft hat. Aber diese Dinge sind relativ. So sagen wir, eine gewisse Temperatur sei heiß und eine andere kalt. So sagen wir, ein bestimmter Prosaabsatz sei »Dichtung«, womit wir ein Lob aussprechen wollen, und ein bestimmter Vers-Absatz sei »die reine Prosa«, womit wir ihn schlecht machen wollen. Und zugleich wird »Dichtung!!!« als Synonym für »Blech! Quatsch! Blödsinn!« verwendet. Im Grunde zählt nur das »gute Schreiben«.

Und »gutes Schreiben« ist vollkommene Beherrschung. Und es ist ganz leicht, eine Sache zu beherrschen, der keine Energie innewohnt – wofern sie nicht zu gewichtig ist und man sie nicht in Bewegung setzen will.

Und da all die Worte, die man beim Schreiben über diese Dinge benutzen müßte, die verschwommenen Worte der Alltagssprache sind, ist es nahezu unmöglich, mit wissenschaftlicher Präzision über »Dichtung und Prosa« zu schreiben, es sei denn, man verfaßte eine vollständige Abhandlung über die »Kunst des Schreibens« und definierte jedes Wort, so wie man die Begriffe in einer chemischen Abhandlung definieren würde. Und deswegen sind all die Essays über Dichtung meist nicht nur fade, sondern auch daneben geraten und gänzlich unbrauchbar. Deswegen wird auch ein tüchtiger Maler, den man fragt, was er auf seiner Leinwand auszudrücken suche, vermutlich unbeholfen mit den Händen fuchteln und stammeln, daß er »äh ... äh ... nicht darüber sprechen« könne und schon »ganz zufrieden« sei, »wenn man äh ... äh ... überhaupt irgend etwas darin sieht.«

Dennoch hat es schon immer für schmählich gegolten, wenn ein Mann nicht fähig war, seine Taten und Worte zu begründen. Und so einem nicht an dem Ruf eines Bauernfängers liegt, tut man wohl daran, sich annähernd Antworten auf Fragen zurechtzulegen, die in gutem Glauben gestellt werden. Vielleicht wäre es angebrachter, die Sache in einer gebührend sorgfältigen Abhandlung gründlich zu erledigen; aber man hat ja nicht immer zwei/drei Jahre zur Verfügung; dann ist dies auch ein überaus heikler und verworrener Gegenstand, und dann bleibt immer noch die Algebra der Logik selber strittig.

Annähernd also: Gut Schreiben ist Schreiben, das der Schreibende gänzlich in der Gewalt hat: er sagt genau das, was er meint; er sagt es mit vollkommener Klarheit und Schlichtheit; er kommt mit der kleinstmöglichen Anzahl von Worten aus. Das soll nicht heißen, daß er mit Papier knausert oder sich verschachtelt wie Tacitus, damit sein Denken auf kleinstmöglichem Raum zusammengedrängt werde. Zugegeben, daß zwei Sätze mitunter leichter zu verstehen sind als einer, der den zwiefachen Sinn enthält; aber der Autor sucht mit dem Leser möglichst ohne Umschweife in Verbindung zu treten, außer da, wo er dies aus einem von vierzig x-beliebigen Gründen nicht wünscht.

Ferner gibt es verschiedene Sorten Klarheit. Wir haben die Klarheit der Bitte: »Schick mir vier Pfund Nägel zu einer Mark«, und wir haben die syntaktische Einfachheit der Bitte: »Kauf mir einen Rembrandt von der Art, die ich mag.« Das letztere ist ein ausgesprochenes Kryptogramm. Es setzt eine umfassendere, eingehendere Kenntnis des Sprechers voraus, als die meisten von uns je von einem Menschen erlangen. Es hat fast soviele Bedeutungen, wie es Leute gibt, die es sprechen könnten. Einem Fremden sagt es gar nichts.

Das beinah unentwegte Bemühen des Prosaisten gilt der Übersetzung der zweiten Art von Klarheit in die erste: »Kauf mir einen Rembrandt von der Art, die ich mag« in die Ausdrucksweise von »Schick mir vier Pfund Nägel zu einer Mark«.

Es ist alles eine Evolution. Zu Anfang genügten einfache Worte: Essen, Wasser, Feuer. Sowohl Dichtung wie Prosa sind bloß eine Erweiterung der Sprache. Der Mensch will sich mit seinem Nächsten verständigen. Er will eine immer kompliziertere Verständigung. Gesten genügen bis zu einem gewissen Grade; Sinnbilder tun es manchmal auch. Wenn man etwas haben will, das dem Auge nicht gegenwärtig ist, oder wenn man Ideen mitteilen will, muß man sich schon an die Sprache halten. Mit der Zeit möchte man etwas mitteilen, das nicht ganz so kahl und farblos ist wie eine Idee. Man möchte eine Idee übermitteln und deren Modifikationen, eine Idee mit einer Reihe ihrer Folgen, Stimmungen, Widersprüche. Man möchte fragen, ob eine bestimmte Formel sich in allen Fällen bewährt oder bis zu welchem Prozentsatz usw. usw., und man gelangt zu dem Roman von Henry James.

Man möchte eine Idee mit ihren gefühlsmäßigen Verkettungen mitteilen oder ein Gefühl mit seinen ideenmäßigen Verkettungen oder eine Sinnesempfindung mit den daraus abgeleiteten Gefühlen oder einen Eindruck, der gefühlsbedingt ist usw. usw. Man fängt mit Jaulen und Bellen an und steigert sich zu Tanz und Musik, zu Musik mit Worten, zu Worten mit Musik und endlich zu Worten mit einem schwachen Nachhall von Musik, Worten, die eine Musik in den Sinn rufen, abgemessenen Worten oder Worten in einem Rhythmus, der einen bezeichnenden Zug des gefühlsmäßigen Eindrucks oder das Wesentliche der tragenden oder ursächlichen Erregung beibehält.

Wenn dieser Rhythmus bzw. die Melodie oder Sequenz der Vokale und Konsonanten tatsächlich an dem Gefühlsgehalt teilzuhaben scheint, den das Gedicht (denn wir sind endlich beim Gedicht) vermitteln soll, dann sagen wir, dieser Teil des Werkes sei gelungen. Und »dieser Teil des Werkes« ist bereits Handwerk. Jenes »dürre, stumpfsinnige, pedantische« Handwerk, gegen das die Afterkünstler alle wettern. Es ist bloß die eine Unterteilung des Handwerks: es ist Rhythmik, Kadenz und Gruppierung der Laute. Auch das »Prosaische«, die Worte und ihr Sinn, müssen derart sein, daß sie sich dem Gefühl anpassen. Oder von der anderen Seite her gesehen, müssen Ideen bzw. Ideen-Bruchstücke, der Gefühlsgehalt und die mitlaufenden Gefühle dieses »intellektuellen und emotionalen Komplexes« (denn wir sind bei dem intellektuellen und emotionalen Komplex angelangt) im Einklang stehen, sie müssen einen Organismus bilden, müssen eine Eiche sein, die aus einer Eichel entsprungen ist ...

Kluge Leute regen bisweilen an, die Dichter sollten sich die Vorzüge der Prosa zu eigen machen. Dies ist eine Erweiterung dessen, was oben betreffs »Beherrschung« gesagt wurde. Prosa bedarf keiner Gefühle. Sie kann versuchen, ein Gefühl darzustellen, braucht es aber nicht.

Die Dichtung ist ein Kentaur. Die denkende, wort-setzende, lichtende Gabe muß in Schritt und Sprung mit den voranpreschenden, fühlenden, musikantischen Gaben paß gehen. Eben diese Schwierigkeiten eines beidlebigen Daseins drückt ja auf den Bestand an guten Dichtern ... (1913)

HUGH SELWYN MAUBERLEY
Kontakte und Leben

»Vocat æstus in umbram«
Nemesianus, Ec. IV.

E. P. ODE POUR L'ELECTION DE SON SEPULCHRE

I
Drei Jahre lang, im Mißton mit der Zeit,
Versuchte er die tote Kunst der Dichtung
Zu wecken; das »Erlesene« zu erhalten,
Wie man es einst verstand. Von Anbeginn verfehlt –

Wohl kaum! Indes geboren in halbwildem Land,
Und hintenan, war er darauf versteift,
Der Eichel Lilien abzuringen;
Kapaneus; künstliche Fliegen zum Forellenfang;

"Ἴδμεν γάρ τοι πάνθ', ὅσ' ἐνὶ Τροίῃ
Verfängt sich im horchenden Ohr;
Er gab den Felsen kaum Abtrift,
Die Kopfsee hielt ihn deshalb, in jenem Jahr.

Seine wahre Penelope war Flaubert,
Er angelte an eigensinnigen Inseln;
Beachte das Zierliche in Circes Haar
Mehr als die Sprüche auf Sonnenuhren.

Unberührt vom »Zeitgeschehen«
Entschwand er menschlichem Gedächtnis
In *l'an trentuniesme de son eage;* der Fall
Gereicht den Musen nicht zum Ruhm.

II

Die Zeit verlangte ein Abbild
Ihrer zuckenden Grimasse,
Etwas für moderne Bühnen,
Jedenfalls keine attische Anmut;

Nicht, gewiß nicht, jenes dunkle Sinnen,
Nicht den Blick nach Innen;
Lieber gelogen
Als Klassiker übertragen!

»Die Zeit verlangte« vor allem einen Gipsabguß,
Verfertigt ohne Zeitverlust,
Ein Kinema der Prosa, nie, niemals Alabaster,
Noch den »Meißel« des Reims.

III

Das tee-rosa Teekleid, etc.,
Verdrängt den Musselin von Kos,
Das Groschenklavier
»Ersetzt« Sapphos Barbitos.

Christos folgt auf Dionysos,
Phallisch und ambrosial,
Bricht der Kasteiung Bahn;
Caliban bannt Ariel.

Alle Dinge fließen,
Sagt der weise Heraklit;
Das Wohlfeile aber
Wird uns wohl überdauern.

Auch die christliche Schönheit
Versagt – nach Samothrake;
Nun sieht man τὸ καλὸν
Auf dem Markte verfügt.

Uns ward nicht Faunenfleisch zuteil
Noch des Heiligen Schau.
Wir haben die Presse zur Hostie;
Wahlrecht zur Beschneidung.

Alle sind gleich vorm Gesetz.
Befreit von Peisistratos,
Wählen wir Schuft oder gar Eunuch
Zum obersten Boß.

O lichter Apollon,
τίν' ἄνδρα, τίν' ἥρωα, τίνα θεόν,
Welchen Gott, Mann oder Heroen
Krön ich mit dem Zinnkranz nun!

IV

Jene kämpften auf jeden Fall,
und manche gläubig,
        »pro domo auf jeden Fall ...«

Manche rasch zum Raufen,
manche für Abenteuer,
manche aus Angst vor Schwäche,
manche aus Angst vor Tadel,
manche voll Blutrunst – in der Phantasie –
sich später wandelnd ...
manche, erst voll Angst, lernen Lust am Gemetzel;

Manche starben »pro patria«,
        nicht »dulce«, nicht »et decor« ...
schritten bis an die Augen hinan in der Hölle,
glaubten die Lügen der Greise, kehrten dann heim
ohne Glauben, heim zu der Lüge,
heim zu vielfachem Trug,
zu alten Lügen, neuer Niedertracht;
Wucher steinalt und versteint
und Lügner von Amts wegen.

Wagemut wie nie zuvor, Leerlauf wie nie zuvor.
Junges Blut, heißes Blut,
Helle Wangen, grader Wuchs;

Standhaftigkeit wie nie zuvor,

Freimut wie nie zuvor,
Ernüchterung wie nie in alten Zeiten,
Hysterien, Laufgraben-Beichten,
Gelächter aus toten Bäuchen.

V

Es starben Millionen,
Darunter die Besten,
Für eine alte Sau mit Zahnfäule,
Eine verfahrene Zivilisation.

Liebreiz, im heilen Munde ein Lächeln,
Lebende Augen unters Erden-Lid,

Für zwei Gros zerbrochene Standbilder,
Für einige tausend zerfledderter Bücher.

VORTIZISMUS
DAS PROGRAMM DER MODERNE

... Gemäß seiner Ankündigung umfaßt Vortizismus bestimmte Mal- und Bildwerke und in der Verskunst den *imagisme*. Ich werde den *imagisme* erläutern und dann dazu übergehen, seine innere Beziehung zu gewissen modernen Bildern und Skulpturen aufzuweisen.

Der *imagisme* ist, wenn überhaupt, vor allem als eine stilistische Bewegung bekannt geworden, eine Entwicklung in der Kritik mehr als im Schaffen. Dies ist natürlich, weil – trotz der größtmöglichen Eile in der Veröffentlichung – die Allgemeinheit stets notgedrungen um ein paar Jahre hinter dem wirklichen Denken des Künstlers zurückbleibt. Fast alle sind heute bereit, den *imagisme* als eine Abteilung der Dichtung gelten zu lassen, beinahe wie man die »Lyrik« als Abteilung der Dichtung hinnimmt.

Es gibt eine Art der Dichtung, worin Musik, reine Melodik, gleichsam in Worte auszubrechen scheint.

Es gibt eine andere Art der Dichtung, in der die Malkunst oder die Plastik gleichsam »in Worte überzugehen« scheinen.

Die erste Art der Dichtung nennt man seit langem »lyrisch«. Man unterscheidet aus Gewohnheit ohne weiteres zwischen »lyrisch«, »episch« und »didaktisch«. Man ist imstande, die »lyrischen« Abschnitte eines Dramas oder eines längeren Gedichtes, das ansonsten nicht »lyrisch« ist, zu finden. Diese Aufteilung steht in Grammatiken und Schulbüchern, und man ist mit ihr groß geworden.

Die andere Art der Dichtung ist ebenso alt und ehrenwert wie die lyrische, hatte jedoch bis vor kurzem keinen Namen gefunden. Schon Ibykus und Liu Shï brachten das *image* (das Bildhafte). Kraft dieser Gabe ist Dante ein großer Dichter – und Milton mangels dieser Gabe ein Salbaderer. Das *image* ist der Rhetorik durchaus artfremd. Rhetorik ist die Kunst, irgendeinen nichtssagenden Gegenstand so aufzudonnern, daß die Zuhörer vorderhand darauf reinfallen. Das wäre, was wir für heute über die allgemeine Einordnung zu sagen hätten. Schon Aristoteles unterscheidet zwischen Rhetorik, »welche Überredung ist«, und der analytischen Untersuchung der Wahrheit. Als »kritische« Bewegung nahm sich der *Imagisme* der Jahre 1912 bis 1914 vor: »Die Dichtung auf die Höhe der Prosa zu bringen.« Kein Mensch wäre so versponnen, zu wähnen, die zeitgenössische Dichtung bekleidete einen derartigen Rang …

Flaubert und De Maupassant erhoben die Prosa auf die Stufe einer Kunst; man hat keine Nachsicht mehr mit zeigenössischen Dichtern, die sich um alle Schwierigkeiten der unendlich schweren Kunst guter Prosa drücken, indem sie sich in lappigen Versen entladen.

Die Künste haben in der Tat »irgendein gemeinsames Band, eine Artverwandtschaft«. Dennoch finden gewisse Gemütsregungen oder Motive ihren eigensten Ausdruck in einer spezifischen Kunst. Das Kunstwerk, das am »lohnendsten« ist, ist zugleich dasjenige, das zu seiner Auslegung hundert Werke einer anderen Kunstgattung notwendig machte. Ein erlesenes Bildwerk ist der Kern für hundert Gedichte. Ein erlesenes Gedicht ist der Kern für zwanzig Symphonien. Es gibt Musik, die hundert Bilder nötig hätte, um sie auszudrücken. Es gibt kein Synonym für die *Nike von Samothrake*, für Epsteins *flentes*. Es gibt kein Gemälde von Villons *Frères humains*. Solche Werke sind, was wir Werke »erster Dichte« nennen.

Ein beliebiges Motiv oder Gefühl ist demjenigen Künstler oder Künstlertyp zu eigen, der am innigsten und intensivsten mit ihm vertraut sein muß, eh er es wirksam in seine Kunst übertragen kann. Ein Maler muß weitaus mehr über einen Sonnenuntergang, den er auf die Leinwand bringen soll, wissen als ein Schriftsteller. Doch wenn der Dichter vom »Morgen, mit rotem Mantel angetan« spricht, stellt er etwas dar, das der Maler nicht darzustellen vermag.

Ich sagte im Vorwort zu meinem *Guido Cavalcanti*, daß ich an einen absoluten Rhythmus glaube. Ich glaube, daß jede Empfindung und jede Empfindungs-Phase irgendeine tonlose Phrase, eine rhythmische Phrase enthält, die ihr Ausdruck gibt.

(Dieser Glauben führt zu *vers libre* und zu Experimenten mit dem Zeitmaß.) Ein gleicher Glauben an eine Art fortdauernde Metapher ist, so wie ich es verstehe, »Symbolismus« im tieferen Sinne. Es ist nicht unbedingt ein Glauben an eine fortdauernde Welt, aber es ist ein Glauben in dieser Richtung.

Imagisme ist kein Symbolismus. Die Symbolisten machten in »Assoziation«, also in einer Art Anspielung, fast in einer Allegorie. Sie erniedrigten das Symbol zum Stand eines Wortes. Sie machten es zu einer Art Metonymie. Man kann beispielsweise ungeheuerlich »symbolisch« sein, wenn man den Begriff »Kreuz« für »Prüfung« verwendet. Die *Symbole* des Symbolisten sind festgelegte Größen wie Zahlen in der Arithmetik, wie 1, 2 und 7. Die Bilder (*images*) des Imagisten sind veränderliche Größen wie die Zeichen *a, b* und *x* in der Algebra.

Übrigens läßt man sich nicht gerne einen Symbolisten nennen, weil der Symbolismus meist mit einem weichlichen Stil zusammengebracht wird. Andererseits ist der *Imagisme* kein Impressionismus, wenn man auch manches von der impressionistischen Arbeitsweise borgt oder borgen könnte. Jedoch ist dies eine bloß negative Begriffsbestimmung. Wenn ich hier eine psychologische oder philosophische Begriffsbestimmung »von innen heraus« geben soll, kann ich dies nur autobiographisch tun. Die präzise Darlegung einer solchen Sache muß von dem eigenen Erleben ausgehen.

Auf der »Suche nach sich selber«, auf der Suche nach »echter Selbstverwirklichung« tappt man umher, stößt auf scheinbare Wahrheit. Man sagt, »ich bin« dies oder jenes, und hört auf, es zu sein, eh noch die Worte verklungen sind.

Diese Suche nach dem Wesen begann ich mit einem Buch, *Personae* genannt, in dem ich gleichsam mit jedem Gedicht eine fertige Maske des Selbst abtat. Ich fuhr mit einer langen Reihe von Übersetzungen fort, die lediglich kunstvollere Masken waren.

Zweitens machte ich Gedichte wie »Heimkehr«, das eine objektive Wesenheit ist und eine vielschichtige Bedeutsamkeit hat, etwa wie Mr. Epsteins »Sonnengott« oder Mr. Brzeskas »Junge mit Kaninchen«. Drittens schrieb ich »Heidland«, das eine Bewußtseinslage darstellt, bzw. sie »einbegreift« oder einbezieht.

Ein russischer Korrespondent, der es erst als symbolistisches Gedicht bezeichnet hatte und dann überzeugt worden war, daß dies kein Symbolismus sei, meinte bedächtig: »Ich begreife: Sie wollen den Leuten neue Augen geben und sie nicht bloß dazu bringen, irgendetwas Besonderes, Neues zu sehen.«

Die beiden letzteren Arten von Gedichten sind unpersönlich, und dieser Umstand bringt uns wieder auf das, was ich über die absolute Metapher sagte. Sie sind *Imagisme*, und in dem Maße, in dem sie *Imagisme* sind, stimmen sie mit den neuen Bildern und der neuen Skulptur überein.

Whistler schreibt irgendwo in *The Gentle Art:* »Das Bild ist nicht deshalb interessant, weil es Trotty Veck zeigt, sondern weil es eine Zusammenstellung von Farben ist.« Hat man das einmal eingeräumt, so öffnet man dem Dschungel Tür und Tor; man läßt die Natur herein und die Wahrheit und die Fülle und den Kubismus und Kandinsky und uns samt und sonders. Whistler und Kandinsky und manche Kubisten waren erpicht darauf, auszuscheiden, was nicht zu ihrer Kunst gehörte; sie warfen die literarischen Werte hinaus. Die Flaubertianer reden viel über »Konstatierung«. Die neunziger Jahre erlebten eine Abkehr von Rhetorik. Ich glaube, all diese Dinge laufen miteinander, wenn sie auch selbstverständlich nicht im Schritt gehen. Die Maler haben eingesehen, daß Form und Farbe das sind, worauf es ankommt. Die Musiker haben seit geraumer Zeit eingesehen, daß die Programmusik nicht das Letzte in der Musik ist. Beinahe jeder sieht ein, daß es meist auf sehr mäßige

Kunst hinausläuft, wenn man ein Symbol mit *zugeordnetem oder absichtlichem Sinn* anbringt. Wir alle erinnern uns an die Kronen, Kreuze, Regenbogen und Dingsbumse in scheußlich muffigen Farbtönen. Die bildhafte Vorstellung (*image*) ist des Dichters Werkstoff. Der Maler sollte seine Farben anbringen, weil er sie sieht oder spürt. Mir kommt es nicht so sehr darauf an, ob er gegenständlich oder ungegenständlich arbeitet – *verlassen* muß er sich selbstredend auf den schöpferischen, nicht auf den nachahmenden oder schildernden Bestandteil seiner Arbeit. Ebenso ist es beim Dichten; der Autor muß sein *image* anbringen, weil er es sieht oder spürt, *nicht* weil er meint, es ließe sich als Stütze irgendeines Bekenntnisses, seiner Sitten- oder Wirtschaftslehre gebrauchen.

Ein *image* in unserem Sinne ist wesenhaft, weil wir es unmittelbar erleben. Hat es einen uralten, überlieferten Sinn, so mag dies dem beflissenen Forscher der Symbologie beweisen, daß wir auch einmal im unsterblichen Licht gestanden oder in irgendeinem besonderen Laubengang seines überkommenen Paradieses gewandelt sind; aber das ist nicht unsere Sache. Unsere Sache ist es, das *image* so zu geben, wie wir es wahrnahmen oder erfuhren.

Brownings »Sordello« gehört zu den großartigsten *Masken*, die je vorgetragen wurden. Dantes »Paradiso« ist das herrlichste *image*. Womit ich nicht sagen will, daß es durchwegs eine imagistische Arbeit ist. Das Bleibende daran ist *Imagisme;* der Rest, die Zwiesprache mit dem ganzen Kalender von Heiligen, die Erörterung der Beschaffenheit des Mondes, ist Philologie. Die Form von Sphäre über Sphäre, die mannigfachen Tragweiten des Lichtes, die Kleinarbeit der Perlen auf den Stirnen, all dies sind Bestandteile des *Image*. Das Bildhafte (*image*) ist der Werkstoff des Dichters; wenn ihr euch das vor Augen haltet, könnt ihr ohne weiteres Kandinsky anwenden, könnt sein Kapitel über die Sprache von Form und Farbe transponieren und es fürs Verseschreiben geltend machen. Da ich nicht darauf zählen kann, daß ihr Kandinskys Werk *Über das Geistige in der Kunst* gelesen habt, muß ich mit meiner Autobiographie weitermachen.

Vor drei Jahren stieg ich in Paris an »La Concorde« aus einem Zug der »Métro« und erblickte auf einmal ein schönes Gesicht und dann wieder eines und wieder eines und dann ein schönes Kindergesicht und wieder eine schöne Frau; und ich versuchte den ganzen Tag lang Worte für das zu finden, was es mir bedeutet hatte, und ich konnte keine finden, die mir so schön wie jenes jähe Gefühl oder seiner wert schienen. Und an jenem Abend auf der Rue Raynouard auf dem Heimweg suchte ich immer noch und fand plötzlich den Ausdruck. Nicht etwa, daß ich Worte gefunden hätte, aber es kam mir plötzlich eine Gleichsetzung ... nicht in Sprachliches, sondern in kleine Farbflecke. Ja, das war es, ein »Muster«, oder noch nicht einmal ein Muster, wenn man unter »Muster« etwas versteht, das eine »Wiederholung« enthält. Aber es war ein Wort und für mich der Anfang einer Sprache in Farben. Das will nicht heißen, daß mir die Kindergartengeschichte mit den Farben, die gleich musikalischen Noten sein sollen, unbekannt war. Ich halte das alles jedoch für Unsinn. Wenn man versucht, Töne in eine feste Entsprechung mit bestimmten Farbtönen zu bringen, ist es, als hänge man enge Deutungen an Symbole.

An jenem Abend in der Rue Raynouard wurde mir lebhaft deutlich, daß ich, wenn ich ein Maler wäre oder wenn ich *diese Art* Gefühlsregung häufiger hätte oder auch wenn ich die Energie besäße, mir Farben und Pinsel zuzulegen und dabei zu bleiben, wohl eine neue Richtung in der Malkunst, eine »gegenstandslose« Malkunst, begründen würde, die bloß durch farbliche Zusammenstellungen sprechen würde.

So kam es, daß mir nicht vieles neu war, als ich Kandinskys Kapitel über die Sprache von Form und Farbe las. Ich empfand nur, daß ein anderer begriff, was ich begriff, und es sehr klar niedergelegt hatte. Es kommt mir ganz natürlich vor, daß ein Künstler ebensogroße Freude am Anordnen von Flächen oder von einem Figuren-Muster hat wie am

Porträtieren vornehmer Damen oder an der Darstellung der Mutter Gottes, wie es uns von den Symbolisten geheißen wird.

Wenn ich sehe, daß die Leute die neue Kunst lächerlich machen oder sich über die unbeholfenen, befremdlichen Ausdrücke amüsieren, die wir verwenden, wenn wir uns darüber unterhalten wollen – wenn sie darüber lachen, daß wir von dem »Eisblockhaften« an Picasso sprechen –, so glaube ich, sie tun es nur, weil sie nicht wissen, was Denken heißt, weil ihnen bloß Argument, Spott und Ansicht geläufig sind. Das heißt, sie können sich nur an dem freuen, was man sie gelehrt hat, erfreulich zu finden, oder an dem, was irgendein Essayist in wohltönenden Wendungen besprochen hat. Sie denken bloß »die Schalen des Denkens«, wie de Gourmont es nennt; die Gedanken, die schon von anderen ausgedacht wurden.

Jeder Verstand, der dieses Namens wert ist, muß Bedürfnisse haben, die über die vorhandenen Kategorien der Sprache hinausgehen, wie ein Maler mehr Farbtöne oder -stufen kennen muß, als Farbnamen vorhanden sind. Vielleicht genügt dies zur Erklärung der Worte in meinem »Vortex«: »Jeder Einfall, jede Gefühlsregung stellt sich dem lebendigen Bewußtsein in irgendeiner Grundform dar und gehört der Kunstgattung dieser Form an.« Das heißt, mein Pariser Erlebnis hätte in Farben umgesetzt werden müssen. Hätte ich anstelle der Farben aufeinander abgestimmte Töne oder Flächen wahrgenommen, so hätte ich es in Musik oder Plastik ausdrücken müssen. Die Farbe war in diesem Falle der »primäre Werkstoff«; ich meine, sie war die erste Gleichsetzung, die in den Sinn trat und aufging. Der Vortizist arbeitet mit dem »primären Werkstoff«. Vortizismus ist Kunst vor der Verbreitung ins Schlaffe, in Ausschmückung und untergeordnete Anliegen. Was ich von der einen vortizistischen Kunst gesagt habe, kann in eine andere transponiert werden. Aber nun laßt mich mit meiner eigenen Art Vortizismus weitermachen, die ich vermutlich weitaus einleuchtender vorbringen kann.

Eine dichterische Sprache ist immer eine erkundende Sprache. Seit Anbeginn des schlechten Schreibens haben die Dichter *images* (Bildhaftes) zur *Ausschmückung* verwendet. Der Sinn des *Imagisme* ist nun eben der, Bildhaftes nicht als Ausschmückung zu verwenden. Das *image* (Bildhafte) ist selbst Sprache. Das *image* ist das Wort jenseits des Formulierten.

Ich sah einmal, wie ein kleines Mädchen zum Lichtschalter ging und sagte: »Mama, kann ich das Licht *aufmachen?*« Es bediente sich der uralten Sprache der Erkundung, der Sprache der Kunst. Es war eine Art Metapher, aber nicht als Ausschmückung verwendet.

Man ist der Ausschmückungen müde; sie sind allesamt Kniffe, und jeder aufgeweckte Mensch kann sie erlernen.

Die Japaner haben den Sinn für Erkundung besessen. Sie haben das Schöne dieser Art des Erkennens erfaßt. Ein Chinese sagte einmal vor langer Zeit, daß ein Mensch, der das, was er zu sagen hat, nicht in zwölf Zeilen fassen kann, lieber schweigen sollte. Die Japaner haben die noch kürzere Form des *Hokku* entwickelt.

»Die abgefallne Blüte fliegt an ihren Ast zurück:
Ein Schmetterling.«

Das ist der Inhalt eines sehr berühmten *Hokku*. Victor Plarr berichtet mir, daß er einmal mit einem japanischen Marineoffizier über den Schnee ging; sie kamen an eine Stelle, an der eine Katze ihren Weg überquert hatte, und der Offizier sagte: »Halt, ich mache ein Gedicht«. Und das Gedicht ging ungefähr so:

»Die Fußstapfen der Katze im Schnee:
(sind wie) Pflaumenblüten.«

Die Worte »sind wie« würden im Urtext nicht vorkommen; ich füge sie der Klarheit halber hinzu.

Das »Ein-*Image*-Gedicht« ist eine Form der Überlagerung; das heißt, es ist eine Vorstellung, die über eine andere geschichtet ist. Diese Form fand ich von Nutzen, um aus der Sackgasse herauszukommen, in der ich nach meinem Erlebnis in der Métro verblieben war. Ich schrieb ein Gedicht von dreißig Zeilen und vernichtete es, weil es ein Werk »untergeordneter Spannkraft« war, wie wir das nennen. Sechs Monate später machte ich ein Gedicht, das bloß halb so lang war; ein Jahr danach schrieb ich folgenden Hokku-ähnlichen Satz:

»Das Erscheinen dieser Gesichter in der Menge:
Blütenblätter auf einem nassen, schwarzen Ast.«

Freilich wird es sinnlos bleiben, solange man nicht in eine gewisse Denkbewegung geglitten ist. In einem Gedicht dieser Art versucht man, den genauen Zeitpunkt festzuhalten, in dem eine äußere, objektive Sache in eine innere, subjektive Sache umgebildet wird, bzw. umspringt.

Diese besondere Bewußtseinslage ist nicht mit impressionistischer Kunst gleichgesetzt worden. Ich halte sie für beachtenswert.

Die impressionistische Kunst läuft logischerweise auf den Kinematographen hinaus. Die Gemütsverfassung des Impressionisten wird leicht kinematographisch. Oder, anders ausgedrückt, der Kinematograph hebt die Notwendigkeit impressionistischer Kunst zum großen Teil auf.

Es gibt zwei gegensätzliche Weisen, sich einen Menschen vorzustellen: erstens als etwas, auf das die Wahrnehmung zukommt, als einen Spielball der Verhältnisse, als eine formbare Masse, welche Eindrücke *erhält;* zweitens als etwas, das eine bestimmte Kraft gegen die Verhältnisse richtet, als *begreifend,* nicht bloß als widerspiegelnd und beobachtend.

Es wird nicht behauptet, daß die eine Art und Weise besser sei als die andere; es wird eine Ungleichheit der Temperamente festgestellt. Die beiden Heerlager wird es immer geben. In den achtziger Jahren standen die Symbolisten den Impressionisten entgegen; heute haben wir den Vortizismus, welcher, grob gesagt, Expressionismus, Neo-Kubismus und *Imagisme* in dem einen Lager vereint, und im anderen den Futurismus. Der Futurismus stammt vom Impressionismus ab. Er ist als künstlerische Bewegung ein weitergeführter Impressionismus. Er ist eine Kunst der

Expansion, der Oberflächengestaltung, im Gegensatz zum Vortizismus, der intensiv ist.

Dem Vortizismus fehlt jener eigenartige Tick, die Herrlichkeiten der Vergangenheit auszumerzen. Für mich ist es keine Frage, daß Italien Herrn Marinetti nötig hatte; aber er hat das Ei, aus dem ich geschlüpft bin, nicht bebrütet, und da ich seinen ästhetischen Grundsätzen durchaus abhold bin, sehe ich nicht ein, weshalb man von mir und verschiedenen anderen Leuten, die meiner Meinung sind, verlangt, wir sollten uns Futuristen nennen. Wir wollen uns dem Vergleich mit der Vergangenheit gar nicht entziehen. Aber es ist uns lieber, wenn dieser Vergleich von einem gescheiten Menschen gezogen wird, dessen Vorstellung von »Tradition« nicht durch die konventionellen Vorlieben von vier oder fünf Jahrhunderten und einem Kontinent begrenzt ist.

Vortizismus ist eine intensive Kunst. Darunter verstehe ich, daß einen die je eigene Intensität oder Eindringlichkeit verschiedener Ausdrucksweisen beschäftigt. Man trachtet nach der intensivsten; manche Formen *sind* nämlich intensiver als andere. Sie sind dynamischer. Womit nicht gesagt ist, daß sie nachdrücklicher oder schreiender sind. Ich kann das, was ich sagen will, am besten anhand der Mathematik erklären.

Es gibt vier Intensitätsgrade mathematischen Ausdrucks, welche dem durchschnittlich intelligenten Studenten bekannt sind, nämlich: die arithmetische, die algebraische, die geometrische und die analytische.

Man kann seine Gleichung

$3 \times 3 + 4 \times 4 = 5 \times 5$ schreiben,
oder auch $3^2 + 4^2 = 5^2$.

Das ist bloßes Gespräch oder »gesunder Menschenverstand«. Es ist die einfache Aussage einer Tatsache und begreift keine andere mit ein.

Zweitens ist es richtig, daß

$3^2+4^2=5^2, 6^2+8^2=10^2, 9^2+12^2=15^2, 39^2+52^2=65^2$ sind.

All dies sind gesonderte Tatsachen; man möchte vielleicht die zugrunde liegende Gleichartigkeit anführen; es ist lästig, jede eigens der Reihe nach zu erwähnen. Man drückt ihre »algebraische Relation« als

$$a^2+b^2=c^2 \text{ aus.}$$

Dies ist die Sprache der Philosophie. Sie *schafft kein Bild*. Diese Art Aussage begreift eine Menge Tatsachen in sich, bemächtigt sich aber nicht des Himmels.

Drittens erfährt man beim Studium des Euklid, daß die Relation von $a^2+b^2=c^2$ auf das Verhältnis der Quadrate über den beiden Katheten eines rechtwinkligen Dreiecks und dem Quadrat über der Hypotenuse zutrifft. Man schreibt sie noch immer $a^2+b^2=c^2$; aber man spricht bereits über Form. Eine weitere Eigenheit oder Eigenschaft des Lebens hat sich in die Gleichung eingeschlichen. Bisher hatte man es bloß mit Zahlen zu tun. Aber auch diese Feststellung *schafft* keine Form. Das Bild wird einem mit dem Lehrsatz vom Quadrat über der Hypotenuse des rechtwinkligen Dreiecks, das gleich der Summe der Quadrate über den beiden anderen Seiten ist, gegeben. Sätze der gewöhnlichen darstellenden Geometrie sind wie Gespräche über Kunst. Sie stellen eine Kritik der Form dar. Die Form wird nicht von ihnen geschaffen.

Viertens gelangen wir zur kartesischen oder »analytischen Geometrie«. Der Raum wird als etwas von zwei oder drei Achsen Aufgeteiltes gedacht (je nachdem man die Form in einer oder in mehr Ebenen behandelt). Man bezieht mittels einer Reihe von Koordinaten Punkte auf diese Achsen. Ist einem diese Sprache vertraut, so ist man imstande, *tatsächlich schöpferisch zu sein*.

So erfahren wir, daß die Gleichung $(x-a)^2+(y-b)^2=r^2$ den Kreis bestimmt. Sie ist der Kreis. Sie ist kein besonderer Kreis, sie ist der Kreis schlechthin. Sie ist nichts, was kein Kreis ist. Sie ist der Kreis, frei von zeitlichen und räumlichen Schranken. Sie ist das Universale, das in Vollkommenheit Bestand hat, in der Freiheit von Raum und Zeit. Mathematik ist schal, bis man zur Analytik kommt. Mit der Analytik aber kommen wir zu einer neuen Art und Weise, sich mit Form auseinanderzusetzen. Und auf eben diese Weise verfährt die Kunst mit dem Leben. Der Unterschied zwischen Kunst und analytischer Geometrie ist bloß ein Unterschied des Gegenstands. Die Kunst ist in dem Maße interessanter, in dem das Leben und das menschliche Bewußtsein komplexer und interessanter als Formen und Zahlen sind.

Diese Feststellung beeinträchtigt »Eingebung« und »Intuition« oder deren Funktionen in der Kunst nicht im mindesten. Ich bestand meine letzte Prüfung in der Mathematik rein durch »Intuition«. Ich erkannte, wo die Linie hin *mußte*, so klar, wie ich nur je ein *image* sah oder *caelestem intus vigorem* spürte.

Die Aussagen der Analytik sind »Herr« über die Tatsachen. Sie sind die Machthaber und Hoheitsgebiete, die über Form und Wiederkehr regieren. Und ebenso gebieten große Werke der Kunst über Tatsachen, über uranfängliche, immer wiederkehrende Gefühlslagen und über das Künftige. Große Werke der Kunst enthalten diese vierte Art der Gleichung. Sie rufen Formen ins Leben. Unter *image* verstehe ich solch eine Gleichung; keine mathematische Gleichung, nichts, das mit *a, b* und *c* zu tun hat und von Form handelt, sondern etwas, das mit *Meer, Felsen, Nacht* zu schaffen hat und von Gefühlslagen handelt.
Das *image* ist keine Idee. Es ist ein ausstrahlendes Schwingungszentrum, eine Ballung; es ist das, was ich nicht umhin kann, einen *Vortex* zu nennen, aus dem, durch den und in den immerfort Ideen dringen. Man kann es, um ihm gerecht zu werden, nur einen *Vortex* nennen. Und aus dieser Unumgänglichkeit entstand der Name »Vortizismus«. *Nomina sunt consequentia rerum*, und nie traf dieser Ausspruch Thomas von Aquins mehr zu als auf die vortizistische Bewegung.

Der Name kennzeichnet die Malkunst und die Plastik ebenso wie die Dichtkunst. Mr. Wadsworth und Mr. Lewis verwenden statt der Worte Gestalt und Farbe. Mr. Brzeska und Mr. Epstein verwenden »aufeinander bezogene Flächen«; sie setzen sich mit einer Beziehungsweise der Flächen auseinander, die von den geometrisch erfaßten Flächenbeziehungen abweicht; daher der sogenannte »Drang nach organischen Formen in der Bildhauerei«. Ich hoffe, daß dies deutlich werden ließ, was ich unter »intensiver Kunst« verstehe. Die vortizistische Bewegung ist keine Mystifikation, wenn auch, wie ich glaube, viele »wohlmeinenden« Menschen daran irre geworden sind ...

Mr. Epstein ist so berühmt, daß er in diesem Aufsatz nicht vorgestellt zu werden braucht. Mr. Brzeskas Plastiken sind bei allen Kunstrichtungen anerkannt, so daß man ihnen nicht das Wort zu reden braucht. Mr. Brzeska hat das plastische Empfinden als »das Verständnis für in Bezug gesetzte Massen« bezeichnet, die Gabe des Bildhauers als »das Abheben solcher Massen durch Flächen«. Man kommt einmal soweit, daß man von jener Form der Intelligenz, die »Massen in Beziehung setzen kann«, tiefer berührt wird als von der Verbindung von Geduld und Taschenspielerei, die Marmorketten mit beweglichen Gliedern anzufertigen vermag oder Bronze ausspinnt, bis sie die Federn auf einem Generalshut nachbildet ... Es kann nicht klar genug gesagt werden, daß das Werk der Vortizisten und das »Gefühl des inneren Zwanges« vor dem allgemeinen Trara über die Vortizisten da waren. Wir arbeiteten getrennt, wir fanden eine tiefere Übereinstimmung, wir entschlossen uns zu einem gemeinsamen Stand.

Belege

Es gibt noch einen weiteren Aspekt der »Erhebung«, wie man das nennt, den man auf Whistler zurückführen kann. Nämlich den der »Kunst für die Intelligenten«.

Ich glaube, wir sind die Verherrlichung der tatkräftigen Dummheit allmählich leid. Die Kunst des Dummen, von den Dummen, für die Dummen ist nicht all-genügend. Whistler war der erste Mensch, der erste Maler wenigstens, der im vorigen Jahrhundert zu verstehen gab, daß der intelligente und nicht nur der gänzlich schimmerlose und ungebildete Mensch ein Anrecht auf Kunst hätte ...

Nach einer unausstehlichen Generation finden wir wiederum dieses Erwachen, nicht an einem Ort bloß, an vielen. Wyndham Lewis, Gaudier-Brzeska, James Joyce, T. S. Eliot, sie alle beweisen einzeln und von sich aus, daß ein gewisses Maß an Verstand, Bildung, Aufgeklärtheit den Menschen nicht unbedingt die künstlerische Gestaltungskraft kosten muß …

Jede Tätigkeit der Intelligenz ist selbstredend eine »Erhebung» gegen die teig-artigen Eigenschaften und Anlagen der Gattung. Es bedürfte keiner »Erhebung«, wenn das einmal Gesagte von den Hörern überdacht würde … »Die Natur enthält die Elemente«, sagt Whistler. Wobei zu beachten wäre, daß uns kein Element, kein Schlüssel, verwehrt ist – etwa weil es geologisch statt pflanzlich ist oder weil es dem Bereich magnetischer Kraftfelder angehört, den mechanischen Kräften von Stahlstreben statt dem Baumeln von Grashalmen oder den Umrissen des Gemeindefriedhofs.

»Der Künstler«, spricht Whistler, »ist dazu da, daß er wählt und sichtet, daß er solche Elemente wissenschaftlich zusammenstellt, auf daß das Ergebnis schön sei – wie der Musiker seine Noten zusammensucht und seine Akkorde bildet.«

Wiederum haben wir hier einen gemeinsamen Ausgangspunkt. Wir verwenden Form wie der Musiker Klang. Man ahmt nicht die Waldtaube nach – oder beschränkt sich wenigstens nicht darauf, dies zu tun –, sondern verbindet und gliedert die Töne oder Formen in Bachsche Fugen oder in farbliche Anordnungen oder in »aufeinander bezogene Flächen«.

Was haben diese vortizistischen Künstler für mich getan?

Sie haben meinen Sinn für Formen geweckt, sie haben mir »einen neuen Sinn für Formen gegeben« oder wie ihr es nennen wollt. Ich entsinne mich einer Zeit (es war auf dem Lande und liegt daher nicht soweit zurück, wie man in London meinen möchte), da orientalische Kunst neu und seltsam war, einer Zeit, da die chinesische Malerei übel aufgenommen wurde, und es begegnen mir immer noch Menschen, die finden, alle japanischen Holzschnitte sähen gleich aus.

Ich erinnere mich noch, wie der Impressionismus, also die Werke von Manet und Monet und ihrem Gefolge, uns den Farbensinn, bzw. den Sinn für Licht erschlossen, da wir anfingen, purpurne Schatten statt der schwarzen, oder wie man sie sich sonst gedacht hatte, zu sehen; auf jeden Fall waren wir wieder farbempfindlich geworden. Ich habe mit Leuten gesprochen, die »noch nicht so weit waren« wie diese Maler ...

»Whistler gab den Leuten Augen für die Schönheiten von Nebel und Nacht an der Themse« usw.

Diese Neuen haben mich empfänglich gemacht für Form; sie haben mir das Aussehen des Himmels, wo er zwischen Häusern herunterhängt, erst zu Bewußtsein gebracht, das helle Muster aus Sonnenlicht, welches das Badewasser auf die Zimmerdecke wirft, die großen Licht-Vs, die aus den Luken über den Vorhangringen springen; all das sind neue Saiten, die angeschlagen werden, Schlüssel für neue Entwürfe ... All das bedeutet neues Leben, bietet neues Aroma, neuen Eifer, wach zu bleiben ... Wenn der Vortizismus mir das geben konnte, kann er es wohl den anderen auch. Den anderen? ...

Freilich, die übrige Welt verlangt es womöglich gar nicht nach einem neuen Formensinn, beziehungsweise einem neuen Sinn für irgend etwas. Ich glaube, de Quincey schreibt von dem »Wunder«, das vollbracht werden kann, »wenn nur ein Mensch etwas lebhafter empfindet, inniger kennt, als irgend jemand es zuvor empfunden oder gekannt hat.« Ein solches Wunder hat sich in unserer Umgebung ereignet.

Ich glaube schon, daß auf diese Weise viele Wunder an den wenigen vollbracht wurden. Ich staune immer wieder über die Kärglichkeit der menschlichen Begabung zum Leben, über die Vielzahl der Dinge, welche die Menschen so bereitwillig in ihrem Dasein missen ...

»Ich habe mich Gott nicht versagt in seinen Offenbarungen«, spricht der altägyptische Dichter. Heute sehe ich viele, die das nicht oder kaum von sich behaupten dürften; denn diese Offenbarungen sind ja gerade am intensivsten, wo es die Offenbarungen von Menschen in der Weißglut des künstlerischen Schaffens sind, von Menschen, die Instrumente bauen; denn die höchste Kunst besteht vielleicht nur im Bauen von Instrumenten.

Ein Klavichord, ein Bildwerk oder ein Gedicht, aus Menschenaltern des Könnens geschaffen, aus feinsinniger Wahrnehmung und Kunstfertigkeit, damit ein anderer Mensch, damit hundert Menschen in Augenblicken des Mattwerdens mit wenig Mühe Töne wecken können, damit sie aus der Welt der Plage hinausgetragen werden ins Reich der Wahrheit, in die wandellose Welt, in die Welt des hohen sinnlichen Lebens, in die Welt der reinen Form ... (1914)

CANTO I

Und gingen hinunter zum Schiff.
Kiel gegen Brecher gestellt, Bugspriet aufs heilige Meer,
Und wir holten Segel und Raa an, auf jenem schwarzen
Schiff,
Schleppten Schafe anbord, alsbald auch uns selber,
Blindgeweint; und Fahrwind von achtern blies uns
Voran auf die raume See mit bauchiger Blahe.
Zirzes Zauberkraft das, der Göttin im Zopfschmuck.
Saßen dann mittschiffs, Pinne vom Wind festgekeilt,
Gestreckte Segel, fuhren so übermeer bis ans Tagesend.
Sonne hinüber, Schatten von allen Seiten,
Kamen alsdann zur Scheide der tiefsten Wasser,
In kimmerische Lande und noch bewohnte Städte;
Nebel umspinnt sie, ein dichtes Netzwerk,
Niemals durchbrochen von Sonnengefunkel,
Nie von Sternen bezogen: kein Himmel blickt abwärts,
Pechschwarze Nacht starrt auf die Sterblichen dort.
Der Ozean rücktriftend, führte uns
Zu dem Ort, den Zirze bezeichnet.
Perimed und Eurylochus begannen die Riten,
Ich zog mein Schwert vom Gehenk
Und hob die Grube aus, eine Ell ins Geviert;
Trankopfer sprengten wir den Verblichenen allen,
Met erst, dann süßen Most, Mehl in Wasser gemengt.
Ich schwor's den verhärmten Häuptern der Toten:
Verschnittene Rinder zu opfern, von den Besten;
Nach Ithakas Brauch den Scheiterhaufen mit Gaben
zu schichten,
Ein Schaf für Tiresias eigens, schwarz und ein Leittier.
Blut floß ins Erdloch, dicklich,
Seelen aus Erebos, olmig und fahl, von Bräuten,
Von Burschen, von Betagten die viel ertrugen;

Seelen noch tränennaß, blutjunge Mädchen,
So mancher Mann, gemetzt vom bronzenen Speer,
Am Blachfeld geblieben, weißgeblutet in seiner Brünne.
Zahllose umzingelten mich, zeternd; aschfahl
flog mich Furcht an,
Ich schrie meinen Mannen mehr Tiere zu holen,
Stachen die Herde ab, machten die Schafe hin,
Vergossen das Salböl. Laut riefen wir Götter an,
Pluto den Mächtigen, priesen Proserpina;
Ich baute mich auf mit blank gezogener Klinge
Und wehrte den rand-und-bandlosen Toten,
Bis daß mir Tiresias Rede stund.
Doch erst kam Elpenor, unser Freund Elpenor,
Unverscharrt, der Erde nicht wiedergegeben,
Leib, den wir letzthin bei Zirze verließen,
Nicht beklagt, nicht zu Grabe getragen – andrer
Fährnis wegen,
Elendiger Schatten. Und ich rief ihn an, überstürzt:
»Elpenor, sag, wie kamst du an diesen dunklen Strand?«
»Gingst du zu Fuß und hängtest uns Segler ab?«

Drauf er mit schwerer Zunge:
»Heillose Fügung und Fülle von Wein. Schlief ein
»Auf Zirzes Altan. Fiel dann linkisch die Leiter hinab,
»Häuptlings gegen den Pfeiler, zerschlug den Nerv im
Genick,
»Die Seele suchte Avernus. Dich aber König bitt ich:
»Denke an mich, unbeweint, übererdig; türm meine Wehr
auf zum Grabmal,
»Am Meersaum sei es, pflanze mein Ruder darauf,
das ich regte
»Mit den Gefährten, aufs Ruderblatt schreib:
»*Dem unseligen Mann, künftigen Menschen zur Kunde.*«

Und Antiklea kam, die ich abschlug; und der Theber
Tiresias,

Den goldenen Stab in der Hand, erkannt' mich und sprach:
»Ein zweites Mal? Was, Mann der bösen Sterne,
»Nahst du den lichtlosen Toten und diesem elenden Land?
»Zurück von der Grube, laß mich zum blutigen Brunn,
»Der Labe des Sehers.«
Ich trat zurück
Und er, blutstark, begann: »Odysseus,
»Kehrst heim trotz Neptuns Groll über dunkle Meere.
»Doch ohne Gefährten.« Dann kam Antiklea.
Lieg still, Divus. Das heißt, soweit Andreas Divus,
Gedruckt »In officina Wecheli«, 1538, nach dem Homer.
Und er stach in die See, vorbei an Sirenen,
voran und fernhin
Und kam zu Zirze.
»Venerandam«,
Mit den Worten des Kreters, die im goldnen Stirnreif,
Aphrodite,
»Cypri munimenta sortita est«, fröhlich, orichalchi,
mit goldnen
Gürteln und Busenspangen, mit rauchdunklen Lidern, du
Führest den goldenen Zweig von Argicida. Sodaß:

CANTO VII

Eleanor – sie erlosch im britischen Klima
"Ελανδρος und Ἑλέπτολις, und
der arme alte Homer blind,
fledermausblind,
Ohr, Ohr fürs Tosen der See;
das Raspeln von Greisenstimmen.
Und dann die Spiegelung: Rom
Marmor-Reihn, tucheng zu sitzen,
»Si pulvis nullus«, spricht Ovid,
»Erit, nullum tamen excute.«
Dann Rautenzahn, Kerzen, les mestiers escoutes;
Schauplatz nur für Fehden, dennoch Schauplatz,

Wimpel, Standarten, cavals armatz
Kein bloßes Gestrichel, sichtlose Aufzählung,
Bis zu Dantes *ciocco*, dem Brand, Treffer im Spiel.

Un peu moisi, plancher plus bas que le jardin.

»Contre le lambris, fauteuil de paille,
»Un vieux piano, et sous le baromètre ...«

Die greisen Stimmen unter Säulen in Marmor-Ausführung,
Die modische, gebrochene Wandtönung,
Diskret mit Gold versetzt, die Täfelung
Dazu zu denken, weil dem Pachtvertrag
Ein kleiner Formfehler anhängt ... etwa drei Paneele;
Das Haus zu massig, die Gemälde
Ein wenig dick gefirnißt.
Und die mächtige Schädelkuppe, *con gli occhi onesti e tardi*
Zieht mir voran, Phantom mit wuchtendem Gang,
Gravi incessu, trinkt es »den Ton« der Dinge,
Und die greise Stimme hebt an
                    und webt einen Satz ohne Ende.
Auch wir machten Geistervisiten, und das Treppenhaus
Das uns ehdem gekannt, fand uns wieder auf seinem Absatz,
An leeren Zimmern anpochend und um verblichene
                                                                                Schönheit;
Doch die braungebrannten, kühlen, anmutigen Finger heben
Den Riegel von geschweifter Bronze nicht, keine Empire-
                                                                                Klinke
Spricht an, wenn der Türklopfer fällt; keine Stimme antwortet.
Fremder Concierge statt dem gichtfüßigen.
Skeptisch gegen all das, sucht man nach Leben,
Irre am Augenschein. Die welken Blumen,
Ausgeräumt an die sieben Jahr, vergebens.
Vermaledeite Trennwand! Braunes Packpapier, straff gespannt,
Vermaledeite, windige Trennwand.
                    Ione, tot Jahr und Tag.
Mein Türsturz, Liu Che's Schwelle.

Zeit ausradiert mit dem Gummi.
Das Elysée führt einen Namen fort
Und der Bus hinter mir gibt ein Datum zum Dübel;
Niedrer Plafond, der Erard und das Silber,
Diese haben statt in der »Zeit«. Vier Stühle, die
vorgebauchte
Anrichte, das Pult mit eingelassner Tuchfilz-Platte.
»Bierflasche auf dem Sockel des Standbilds!
»Das, Fritz, ist die Ära, das Heute an dem Gestern,
»Zeitgerecht.« Und die Leidenschaft läßt nicht los.
Statt Tätlichkeiten Aroma. Räume statt ihrer Annalen.
Smaragdos, chrysolithos; da Gama trug Schlitzhosen
in Afrika
Und »Wogenberge kamen nieder mit Truppen«;

La vieille commode en acajou:
Bierflaschen aus vielen Schichtfolgen,
Aber ist sie denn tot wie Tyro? Sieben Jahre danach?
Ελέναυς, ἕλανδρος, ἑλέπτολις
Das Meer wäscht an im Sand-Riffel und kollert die losen
Kiesel,
Eleanor!
Der tiefrote Vorhang wirft einen zartroten Schein
Nachtlicht in Buovilla, e quel remir,
Und jenen ganzen Tag
Hielt vor mir her Nikäa
Die kalte graue Luft kam ihr nicht bei
Samt ihrer nackten Schönheit und schreckte nicht die
sonnenheiße Haut,
Die langen schmalen Füße setzten auf den Bordstein
Und ihre ragende Höhe glitt mir voran,
Wir nur waren seins-stark.
Und jenen ganzen Tag, ein andrer Tag:
Dünne Spelzen, die ich als Menschen gekannt,
Dürre Bälger abgelebter Zikaden
äußern eine Schale der Sprache ...
Zwischen Stuhl und Tischkante geklemmt ...

Worte wie Zikaden-Bälge, trächtig von keinem Sein;
Ein Dürres, das um Tod anhält.

Ein andrer Tag, in den vier Wänden eines Kitsch-Mykene,
»Toc« Sphinxe, Säulen »auf Memphis« gemacht,
Und unter der Band eine Rinde, Stille und Starre,
Gehäus vom älteren Haus.
Braungelbes Holz und der fehlfarbne Anstrich,
Schüttres, professorales Gespräch ...
jetzt über den wummernden Takten,
Haus von diesem Haus geräumt.

Breite gerade Schultern und die seidne Haut,
Wangen der Tänzerin, hinüber;
Die toten Wortschwaden, verpufft
Seit zehn Jahren, wölken sie immer noch ein:
Glassturz, Einschluß in der Luft.
Das abgeschmackte Herrenzimmer trumpft auf;
Die jungen Männer, niemals!
Bloße Spelzen der Sprache.
O voi che siete in piccioletta barca,
Dido, von Weinen gewürgt um ihren Sichäus,
Liegt mir schwer in den Armen, Totgewicht,
in Tränen ertränkt der neue Eros,
Und das Leben geht weiter, mondblind auf kahlen Hängen;
Flamme sticht aus der Hand, der Regen, unlustig,
Trinkt dennoch von unsern Lippen den Durst,
greifbar wie Widerhall,
Leidenschaft: eine Form zu zeugen in den Regenschlieren,
Doch Eros versackt, wassersatt, halbtot
Um den toten Sichäus.

Bewegung, wahnschaffnes Leben:
Denn die Bälge vor mir regen sich,
Die Worte raspeln: Hülsen von Hülsen gedroschen.
Der Lebende, aus Verliesen und Ländern,
rüttelt an trocknen Schoten, stochert

Desmond Fitzgerald

Nach früherem Trachten, nach alten Banden, und die
großen Zikadenbälge
Neigen sich zur protzigen Tischplatte hin,
Führen Löffel zu Mündern, stechen Gabeln in Koteletts,
Und geben Laute von sich als wie Stimmen.
Lorenzaccio
Leibhafter als sie, der Flammen und Stimmen mehr mächtig.
Ma se morisse!
Credesse caduto da sé, ma se morisse!
Und der baumlange Gleichmut setzt sich in Gang,
Hülle, in der es west,
Drift in der Schicksalsluft, fleischloser Spuk und doch heil.
O Alessandro, Haupt, dreifach gewarnt, Betrachter,
endlos Betrachter der Dinge,
Der Dinge, der Menschen, der Lüste.
Augensterne flott in der dürren Luft,
E biondo, mit glas-grauer Iris, mit gerader Haartolle
Die starren, stillen Züge.

CANTO XIII

Kung ging vorbei
am kaiserlichen Ahnentempel
Durch den Zedernhain
und fürbaß am Unterlauf des Flusses,
Und bei ihm waren Ch'iu, Ch'ih
und Tien mit der leisen Art;
»Wir stellen nichts vor« sagte Kung,
»Willst du den Wagenlenker machen?
Dann stelltest du etwas vor.
»Soll ich zum Wagenlenker übergehn? Zum
Bogenschießen?
»Oder soll ich Volksreden halten?«
Und Tzu-lu sprach: »Ich brächte Wehr und Waffen in Ordnu
Und Ch'iu sprach: »Wenn ich eine Provinz unter mir hätte,
»Hielt ich besser Ordnung als hier herrscht.«

Und Ch'ih sprach: »Mir wär ein kleiner Bergtempel lieber,
»Mit Ordnung in der Verrichtung
und dem rechten Einhalten der Riten.«
Und Tien sprach, mit der Hand am Griffbrett der Laute
Die Töne leise nachzitternd
als er die Hand von den Saiten nahm und
Der Klang verkräuselnd wie Rauch unterm Laubdach
Dieweil sein Blick ihm nachhing:
»Die alte Badestelle,
»Wo die Buben von den Planken ins Wasser platschen
»Oder im Unterholz sitzen und Mandoline schlagen.«
Und Kung lächelte allen gleich zu.
Und Tseng Hsi wollte wissen:
»Wer gab nun die richtige Antwort?«
Und Kung sprach: »Alle gaben die richtige Antwort,
»Nämlich jeder nach seiner Natur.«
Und Kung hob seinen Stock gegen Yüan Jang,
Yüan Jang, der doch der Ältere war,
Weil er am Wegrand hockte und tat
als ob er das Gras wachsen hörte.
Und Kung sprach: »Du alter Narr, nun mach einen Punkt,
»Steh auf und sieh nach dem Rechten.«
Und Kung sprach:
»Haltet hoch was im Kind angelegt ist
»Von dem Augenblick da es Atem holt,
»Aber ein Fünfziger, der nichts dazugelernt,
Ist keiner Achtung wert.«
Und: »Erst wenn der Fürst die Weisen und Künstler
»Alle herangeholt hat, tritt sein Vermögen in Kraft.«
Und Kung sprach und schrieb's auf Blätter von Pipal:
»Wenn ein Mann innen nicht Ordnung hat,
»Wird er nicht Ordnung wirken nach außen,
»Und, wenn ein Mann innen nicht Ordnung hat,
»Wird sein Fleisch und Blut die Ordnung nicht halten,
»Und, wenn ein Fürst innen nicht Ordnung hat,
»Kann er nicht Ordnung bringen dem Volke.«
Und Kung gab das Wort aus: »Ordnung«

Und: »brüderliche Scheu«
Sagte nichts übers »Jenseits«
Bloß:
»Ins Unmaß verfallen kann jeder,
»Übers Ziel zu schießen ist leicht
»Schwer, unentwegt in der Mitte zu stehn.«

Und sie fragten: »Wenn ein Mann einen Mord begeht,
Soll sein Vater sich vor ihn stellen?«
Und Kung sprach:
»Er soll sich vor ihn stellen.«

Und Kung gab seine Tochter dem Kung-yeh Ch'ang,
Wenn der auch im Kerker lag,
Und gab seine Nichte dem Nan Jung,
Wenn der auch des Amts enthoben war.
Und Kung sprach: »Wen herrschte mit Maßen,
Und der Staat hatte seinen rechten Gang;
»Ich selbst habe noch eine Zeit gekannt
»Als die Historiker Lücken ließen in ihrem Text,
»Nämlich für Dinge, die sie nicht wußten,
»Aber diese Zeiten sind wohl dahin.«
Und Kung sprach: »Ohne Gesinnung
vermagst du nichts über dein Instrument,
»Und dein Spiel wird nicht zu den Oden stimmen.
»Die Blüten der Aprikose
verwehen von Ost nach West
»Und ich wollt ihrem Abblättern wehren.«

CANTO XVI
(Auszug)

... Und sie zogen den Bolschewiken auf, der dabei war:
Schau nur was euer Trotzki hat gemacht:
einen Schand-Frieden!!
»Was, er soll gemacht haben einen Schand-Frieden?
»Nennt Brest-Litowsk einen Schand-Frieden! Ha!
»Seht ihr denn nicht:
»Er hat den Krieg gewonnen!
»Die Niemcy sind abgezogen von Ost-Front, oder?
»Und bis sie kommen an West-Front
»Wieviel können sein?
»Und die ankommen, sind Rewolucjonista!
»Kommen dann Francuzy, die sagen: ›Was!‹
»Und die Niemcy, die sagen:
»›Ihr nix gehört? Bei uns schon Rewolucja!‹«

Darauf kommt's an bei einer Menschenmenge:
sie auf die Beine und die Straßen bringen.
Und immer mehr zogen herbei
Und überquerten den vereisten Strom.

Da war ein Mann, der sprach
Zu jeweils einem Tausend, ganz kurz, dann
Schickte er sie weiter. Der sagte:
Ja, diese Leute sind in Ordnung, sie
Verstehen sich auf vieles, nur aufs Handeln nicht.
So hört sie euch ruhig an. Aber wenn die fertig sind,
Kommt zu den Bolschewiki ...

Und als es soweit war, stand das Volk drüben
Und die Kosaken hüben wie seit eh und je,
Bis auf das eine, die Kosaken sagten:
»Poshalujsta«.
Und das machte die Runde in der Menge.
Und ein Leutnant der Infanterie, der gab

Befehl ins Volk zu schießen –
                es war dort wo der Newskij ausläuft
Auf dem Platz vor dem Moskauer Bahnhof –
Und keiner von den Männern rührte sich.
Und ein Student lachte hellauf,
Da rannte ihn der Leutnant durch.
Und ein Kosak am andern End des Platzes
Ritt aus seiner Formation heraus
Und säbelte den Leutnant nieder
Und es war die Revolution ...
                sobald ihr Name fiel.

Und sie werden nicht *gemacht*,
Keiner ahnte, daß sie bevorstand. Ja, die alte Bande war berei
MGs auf den Dächern von Postamt und Palast
Doch keiner von den Führern ahnte ihr Bevorstehn.

Und es gab ein paar Tote in den Kasernen,
Doch das war unter den Soldaten.

So hörte man es immer in der Oper,
Daß sie nicht unter Haig sein wollten;
                und daß der Vormarsch bereits angelaufen,
Daß er anlaufen würd noch in der Woche.

CANTO XX

(Auszug)

...

                        Dschungel:
Glasgrün und rote Fieder, Dschungel,
Wurzelgrund der Erneuerung, Erneuerungen;
Grünes Schlingzeug des Dschungels wuchert über die Seele,
Rhomben im Pflasterstein, klargegliedert,
Zersprengt, aus den Fugen, zeitloser Bestand,
Dickicht der Erneuerungen, Wirrsal,

Wurzelgrund der Erneuerung, Rückhalt,
Glasgrün des Dschungels;
Zoë, Marozia, Sothis,
laut über die Fahnen,
Glasgrün der Traube, das Brandrot,
HO BIOS,
cosí Elena vedi,
In dem Sonnenstrahl, Tor aus Schatten geviert;
Dann fazettierte Luft:
Treibend. Drunter, meergemahlen, Gerölle.
Treibend, jeder auf heimlichem Floß,
Auf der steigenden Woge, der heimlichen Flut,
Über das Flachland getragen, zurückgelehnt,
Rechter Arm unterm Kopf gewinkelt,
das Handgelenk zum Pfühl,
Die linke Hand wie ein Kelch,
Daumen an der Kuppe des Mittelfingers,
Zeigefinger zurückgestielt, die Hand als Lampe,
Ein Kelch.
Von Kopf zu Fuß
Als wie von Weihrauch, das purpurne, bläuliche Wolken;
Jeder vom Burnus umwallt, Rauch, als wärs Olibanum,
Jagend, als jauchzt' er.
Umwallt. Treibend. Und der bläuliche Weihrauch
Jagend empor, dann träge im Wind
wie Äolus übers Bohnenfeld,
Wie Heu in der Sonne, wie Olibanum, Safran,
Wie Myrrhen ohne Styrax;
Jeder in seiner Hülle für sich, als ob auf dem Floß,
in der heimlichen Springflut;
Und weiter zum Wasserfall hin;
Dann über den Katarakt,
In der Luft, harsch, grelle Lohe, V-förmig;
»Nel fuoco
D'amore mi mise, nel fuoco d'amore mi mise ...«
Grellgelb, Safran, croceo;
Und wie der Weihrauch hochleckt zur Flamme,

Verglühn die Leiber so in Luft geflammt,
»... Mi mise, il mio sposo novello.«
Geschnellt vom Strom in Spiralbahn,
Oder ziehn mit dem Wasserlauf. Oder sehn zurück
auf die Wirbel;
Andere nahn jenem Katarakt,
Wie auf die Früh zu aus Schatten, die lappenden Hüllen
Nun orangerot und purpurn;
Das blaue Wasser, dämmrig unter ihnen,
stürzt dort in den Katarakt,
Mit Dröhnen von Seen auf Gerölle,
Aufprall mit:
hah hah ahah thmm, thunb, ah
woh woh araha thumm, bhaaa.
Und von den Leibern, treibend, Weihrauch-Gebläu,
purpurn im Aufwind.
Riff der Lotophagoi,
Flüchtig, in Äther getieft.
Hingelagert,
Mit der silbernen spilla,
Die Pille wie zäher Bernstein, gespult, ausgezogen, gedreht.
Lotophagoi mit den schmucken Nägeln, still, überlegen,
Voce profondo:
»Scheuten nicht Tod noch Pein für dies Schöne;
Falls schädlich, nur unser Schaden.«
Darunter: die klaren Knochen, klaftertief,
Tausend und abertausend.
»Welchen Gewinn bei Odysseus,
»Denen, die im Meeresschlund starben
»Nach soviel vergeblichen Mühen,
»Genährt von geraubtem Fleisch, an Ruderbänke gekettet?
»Daß er einen großen Ruhm davon hab
»Und nachts bei der Göttin liegt?
»Deren Namen ist nicht in Bronze geritzt,
»Deren Ruder steckt nicht bei Elpenors;
»Denen steht am Meersaum kein Grabmal.
»Die sollten nie mehr die Ölbäume unter Sparta sehn,

»Die Blätter grün, dann nicht grün,
»Das Lichterflirrn in ihren Kronen;
»Die nicht den erznen Saal gekannt, noch den Altan,
»Noch bei den Mädchen der Herrin gelegen,
»Die hatten nicht Kirke zum Kebsweib, Kirke Titania,
»Noch Kalypsos Speisen gekostet, hatten nicht
»Ihre Seidenröcke gefühlt, über die Schenkel fahrend.
»Gib! Was gab man denen?
Ohr-Pfropfen.
»Gift und Ohr-Pfropfen,
und ein Salzgrab an der Rindertrift,
»*neson amumona*, ihre Köpfe wie Seekrähn in der Gischt,
»Schwarze Fladen, Seetang unter Blitzstrahl,
»Corned Beef des Apollon, zehn Dosen auf ein Boot.«
Ligur' aoide.

CANTO XXVII
(Auszug)

... Sed et universus quoque ecclesiae populus,
Alles schwärmte aus, den duomo zu baun,
Traten wie ein Mann an, ohn jeden Vormann
Und das vollkommene Maß nahm Gestalt;
»Da Glelmo ciptadin« spricht der Stein, »per so amore,
»Und der Steinmetz war Nicolao«
Wie sich das auch zusammenreime.
Und sie schrieben ein Jahr übers andre,
Feilten am Kriterium
Oder standen auf, da das Oberste abstieg;
Brumaire, Fructidor, Petrograd.
Und Towaristsch lag in dem Wind
Die Sonne lag auf dem Wind,
Und drei Gestalten erstanden in Luft
Und bambelten über ihm.
an dem daß er sprach:

Diese Maschinerie ist uralt,
wir haben doch schon mal davon gehört.
Und die Wellen wie ein Wald
Wo der Wind in den Kronen schwerelos
Lebt und webt
wo Laut über Laut aufläuft
Xariten, geboren aus Venus und Wein.

Fugenrecht, Stein auf Stein.
Doch im Schlaf, im wachenden Traum, wird
Blütengelippt die Luft;
Zweig, wo erst Wind-Bruch gewesen;
Schwanker Ast, wurzellos
in Helios Kraft.
So daß die Xariten sich neigten über Towaristsch.
Und dies sind die Taten von Towaristsch:
Daß Towaristsch in der Scholle gelegen,
Daß er aufstand und das Haus auf die Tyrannen fiel,
Und daß Towaristsch dann in der Scholle gelegen,
Und die Xariten neigten sich über Towaristsch.

Dies sind die Taten von Towaristsch:
Daß Towaristsch das Haus der Tyrannen zu Fall gebracht
Und aufstand und Bafel auf Bafel geredet
Und von dannen zog und in der Scholle lag,
Und die Xariten neigten sich über Towaristsch.

Und daß Towaristsch Fluch und Segen ins Blaue erteilte,
Das sind die Taten von Towaristsch.
Und er bezeugt:
»Mich hat Kadmos gesät in die Scholle
Und mit dem dreißigsten Herbst
Sink ich zurück in die Scholle, der ich entsprossen.
Sollen die übrigen Fünf die Mauer aufführen;
Ich säe nicht, ich mähe nicht.
Ob er mit den goldenen Schiffen kam, Kadmos,
Ob er mit der Weisheit rang,

Kadmos, der mit goldenen Steven. Nichts säe ich
Und mähe
Nichts; mit dem dreißigsten Herbst
Schlaf ich, schlaf nicht, ich modre,
Und führ keine Mauer auf.
                Wo die Mauer des Eblis gestanden
Zu Ventadour, sind heut die Immen
Und in dem Hof dort blühn Gräser, daran sie weiden
Daß sie es sammeln im Mauerriß
Wo lose Stein haftet auf Stein.
Ich fuhr nimmer zur See mit Kadmos,
                fügte nie Stein auf Stein.«

»Gebacken und als Brot gebrochen!
»Gebacken und gebrochen, Towaristsch, mein Freund,
»Das ist deine Mär. Und wieder aufgestanden
»Wider sie. Türmtest nie Stein auf Stein.«

»Laubgewordene Luft.
»Blütenährig hängt dort Akanthus,
»Kennst du das Unten vom Oben?«

CANTO XXIX
(Auszug)

... Unlust schreiet zur Unlust
                rund um den *marshmallow*-Grill
(Rühren wir an die Osmose der Menschen)
Das Quäken des Phonographen hat sie durchsetzt bis ins Mark
(Rühren wir ...
Das Quäken des Pornographen ...)
    Die Zikaden lassen sich nicht beirren.
Mit einer schalen Aufgebrachtheit
Mit einer schalen Unerfülltheit kehrn die Jungfraun heim
Der Ephebe ist zubett gegangen,
Die Band hat gedröhnt und gedröhnt,

Der fünfzigjährige Herr hat es sich überlegt,
kām eh aufs Gleiche heraus.
Solls denn beim Alten bleiben.
Die mythologische Schicht liegt auf den Moosen des Waldes
Und stellt ihm die Frage nach Darwin.
In einem Anflug von Schwärmerei
entgegnet er »Deh! nuvoletta ...«
Damit ihr sein Scheiden weh tue.
Algendrift in der Bucht: ihr Sinn
Steht nach einem Meister und Mentor, er
Will die Stufenleiter aufrücken mit Ehren,
Wie seine Väter vor ihm;
ein größeres Aneinandervorbei?
Es gibt kein größeres
Als zwischen jungen Leuten.
Junges Blut sucht zu verstehen;
Die reifen Jahre sich der Lust hinzugeben.
Seetang, bald welk, bald wallend,
Sinn, ankerlos, zage Jugend, Tang, ankerlos
Über den Fels gespreitet, bald ausgewaschen, bald wallend;
»Wein, Weib«, TAN AOIDAN
Vorweg unter diesen das zweite, das Weib
Ist ein Element, das Weib
Ist ein Chaos
Ein Kraken
Ein biologisches Werden
und wir trachten uns hinzugeben
TAN AOIDAN; unsrer Lust, ankerlos ...
Ailas, e quem fau miey huelh
Quar noi vezon so qu'ieu vuelh.
Das Weib, unser Maulbeerblatt, TAN AOIDAN,
»Nel ventre tuo, o nella mente mia,
»Ja, Milady, genau so, wenn Ihr die Sache
»Am rechten End aufzäumen wollt.«
»Faziamo tutte le due ...
»Nein, nicht im Wintergarten.« Die Dame meint, es sei
Zu kalt im Wintergarten. Des valeurs,

Nom de Dieu, et
    encore des valeurs.

Untermeerisch ist sie, ein Kraken, ist
Ein biologisches Werden,
So machte Arnaut dort kehrt,
Die Wellenmuster, steingeschrieben, zuhaupt,
Turmhelm wasserpaß mit dem Brunnenrand,
Darüber der Berchfried aus Werkstein, und sagte:
    »Das Leben nach dem Tode macht mir angst«
und nach einer Pause:
»Nun ist er doch noch entsetzt.«
Eines anderntags oder abends, auf Sonnenuntergang zu,
an der Arena (les gradins)
Ein paar Spitzen über den Handrist –
Nicht sehr saubere Spitzen ...
Sag ich: »Aber da setzt es bei mir aus,
»Ich fasse sie einfach nicht,
»Diese Todessehnsucht in ihnen.«
            Bedenken wir die Osmose der Menschen
nondum orto jubare;
Der Turm, Elfenbein, der Himmel glashell
Elfenbein randscharf vorm Sonnenstrahl
Und der reine, glashelle Himmel
Phoibos, schmalhüftig,
Das kühle Karat der Luft,
Blüte im Windschliff, aus Helios,
Herr des Lichtkeils, und April
Fegt um die Füße des Gottes;
Schönheit auf dem Eselkarrn
Thronend auf fünf Wäschebündeln
Es muß die Straße bei Perugia gewesen sein,
Die nach San Piero hinausgeht. Braun-topasen die Augen,
Quickborn über braunem Sand,
Die weißen Hunde am Hang,
Eilende Wasser, Lichter und Steven,
Silberne Schnäbel, der Nacht ausmündend,

Stein, Ast über Ast,
                    Lichtergetaumel im Wasser
Föhre gewinkelt zu ihrem Schattenstamm
Und auf dem Hang nichts als Schattenstämme
Die Bäume ertrunken in Luft.

CANTO XXXVI

Weil eine Schöne mir befiehlt,
daß ich erklär,
Was oft von Ungefähr das Blut aufwühlt,
Und ist doch edler Art – kurz, was man »Minne« nennt –
Wer sie verkennt, hör denn wie's drum bestellt.
Zwar meine Rede gilt nur dem, der eingeweiht,
Nicht für gemeine Leut
führ ich dies Wissen hier ins Feld.
Und was nicht von Natur erhellt,
will ich auf sich beruhen lassen
Um zu erfassen, wo sie entspringt,
Was sie zu Macht bringt und virtú,
Wie sie sich regt, was ihre Wesensart,
Die so betört, daß man es »lieben« nennt
Und obs vergönnt, daß man mit Augen sie gewahrt.

Wo die Erinnerung lebt
bezieht sie ihren Stand,
Ist diaphan bewandt, von Licht durchwebt, ein Flor.
Sie geht hervor aus einer Trübung, die vom Mars ausfällt
Und die anhält. Sie ist bedingt. Sinnlich genannt,
Der Seele Band,
des Herzens Hang.
Sie kommt in Gang als eine inn-gewordene Form,
Die sich festsetzt als Norm der möglichen Vernunft:
Ohn feste Unterkunft, Stillstand, Gewicht –
Da sie gezeitigt nicht von stofflicher Gestalt.
Dieweilen sie erstrahlt aus eigner Kraft für alle Zeit,
Nicht schwelgt in Seligkeit, nein, ist vom Schaun gestillt –
Auch in Ermangelung von jedem Gegenbild.

Sie ist nicht virtú, doch entstand vom gleichen Potenzial,
Dem Inbegriff, nicht sowohl rational erkannt,

Als dem Gefühl zuhand.
Sie nimmt Abstand vom eignen Seelenheil,
Da, für ihr Teil, Inbrunst das Walten von Vernunft aufwiegt,
Wodurch versiegt das Urteil dessen, der zur Schwäche neigt.
Ja ihre Macht erzeugt oft einen Tod
Wenn zu erlahmen droht
die virtú, die einwirkt im Gegensinn.
Nicht so, als wär dies Lieben der Natur abhold –
Wenn aber, ungewollt, der Mensch abfiel
Von seines Wesens Ziel, tritt ohne Frag
Und klar zutag der Minne Allgewalt
Denn ihren Halt wahrt sie an ihm selbst dann,
Wenn die Erinnerung ihn abgetan.

Minne tritt auf den Plan
als Willensdrang
Von solchem Überschwang,
Daß sie die Richte der Natur wirft schier aus der Bahn.
Bar aller Seelenruh, verfärbt bald, bald erglüht,
Angst zeichnet sie.
Von Dauer ist das nie.
Und das befällt zumal, wie man gewahrt,
Menschen von hoher Art.
Die Regung, so unzart, löst Seufzen aus.
Sie lenkt das Auge auf die inn-gewordene Spur,
Dann, voll Aufruhr, schlägts aus in lichter Glut.
(Nur der, der weiß, wie's tut, macht sich ein Bild.)
Sie selber holt, kraft ihrer Stille, zu sich alles herein
Und läßt sich weder ein auf eitel Wohlsein,
Noch ist erpicht auf Einsicht
Irgendeiner Art, ob groß, ob klein.

Leuchtkraft und Widerspiel zieht sie aus gleicher Seelenart,
Verleiht der Lust den Schein der Gegenwart.
Und wenn sich so die Seelen nahn, wird offenbar:
Nicht ist sie zahm, die Schöne, die den Augenblitz geschnellt
Das Ziel verfehlt der Mann, der hier erlahmt:

Die Seele, die's versehrt, wird auch erquickt.
Liebe wird nicht erblickt von Angesicht,
Sondern erfaßt in jenem weißen Licht,
Das da die Allheit ist.
Die Form, ihr wißt, bleibt an sich unsichtbar,
Man nimmt nur wahr, was von ihr ausgestrahlt.
Jenseits von Farbgestalt und abgerückt,
Vom Dunkel halb erstickt,
Glimmt noch – im Wechselspiel – ihr Licht,
Das Falschheit nie anficht.
Und dies allein verspricht
Ihm Huld und Zuversicht.

Canzone, magst von dannen ziehn getrost,
Nach deiner Lust –
Ich hab dich ausgeschmückt, daß ohne Fehl entzückt
Dein Argument den, der solch Minnen kennt – nur
ihn allein –
Mit anderm Volk machst du dich nicht gemein.

»Throne genannt, von Ballasrubin und Topas«
Erigena, zu Lebzeiten nicht verstanden
»Woraus sich vielleicht der verspätete Bannstrahl erklärt«
Und sie fahndeten nach Manichäern,
Doch fanden, soweit ichs erkunden kann, keine Manichäer
Also gruben sie Erigena aus und belegten den mit dem Bann
»Autorität entspringt rechter Einsicht
und nimmer anders herum«

Woraus sich vielleicht der verspätete Bannstrahl erklärt
Aquinas koppheister in einem Vakuum,
Aristoteles – wierum in einem Vakuum?
Nicht eben in einem Vakuum.
Sacrum, sacrum, inluminatio coitu.
Lo Sordels fo de Mantoana
von einer Burg namens Goito.

»Fünf Burgen!
»Fünf Burgen!«
(König verehrt ihm fünf Burgen)
»Was zum Teufel soll ich mit einer Färberei?«
Seine Heiligkeit hat einen Brief verfaßt:
»KARL dem Krätzigen von Anjou ...
... wie Ihr Euren Männern mitspielt, das stinkt
zum Himmel ...
Dilectis miles familiaris ... castra Montis Odorosii
Montis Sancti Silvestri pallete et pile ...
In partibus Thetis ... gute Weinlage
bestelltes Land
Brachland
pratis nemoribus pascuis
mit Gerichtsbarkeit
seinen Erben von beiderlei Geschlecht
... verkaufte den ganzen Krempel sechs Wochen später,
Sordellus de Godio.
Quan ben m'albir e mon ric pensamen.

CANTO XXXIX

Keine Seel auf dem First, wo der Kater saß,
Keine Seel auf dem Gatter, das er entlangschritt
Oder auf dem Eckpfosten, wo einst er die Sonne begrüßte.
Im Saumpfad: tkkh, tugkh«
vom Webstuhl
»Tughk, tkkh« und der Klang eines Liedes, klingenscharf
unter Ölbäumen
Als ich auf Kirkes Altan gelegen
Vernahm ich ein Lied dieser Art.
Beleibter Panther lag neben mir
Frauen sprachen vom Ficken, Tiere vom Fressen,
Alle bettschwer, befriedigte Fraun und füllige Parder,
Löwen dasig von Kirkes tisane,

Mädchen glasig von Kirkes tisane
κακὰ φάρμακ' ἔδωκεν
kaka pharmak edōken
Das Haus von behauenem Stein, das man von fernher sieht
λύκοι ὀρέστεροι ἠδὲ λέοντες
lukoi oresteroi ede leontes
Wolf, der sich für Futter liebtier macht
– geboren dem Helios und der Perse
Deren Zwilling Pasiphaë war
Venter venustus, cunni cultrix, mit samtner Schoßfuge
ver novum, canorum, ver novum
Lenz ausgesponnen zum Sommer
später Lenz in den laubreichen Herbst
καλὸν ἀοιδιάει
KALON AOIDIAEI
Ἢ θεὸς, ἠὲ γυνή ... φθεγγώμεδα θᾶσσον
é theos ée guné ... phtheggōmetha thasson
Erst Honig und Quark
Honig zuerst und dann Eicheln
Honig zum Einstand, dann Eicheln
Honig und Wein und dann Eicheln
Lied, das eine Klinge führt, ihr Beinschluß gleich einem Ästling
illa dolore obmutuit, pariter vocem
Ἀλλ ἄλλην χρὴ πρῶτον ὁδὸν τελέσαι, καὶ ἱκέσθαι
Εἰς Ἀίδαο δόμους καὶ ἐπαινῆς Περσεφονείης,
Ψυχῇ κρησομένους Θηβαίου Τειρεσίαο
Μάντηος ἀλαοῦ τοῦ τε φρένες ἔμπεδοί εἰσιν.
Τῷ καὶ τεθνηῶτι νόον πόρε Περσεφόνεια
Οἴῳ πεπνῦσθαι. τοὶ δὲ σκιαὶ ἀίσσουσιν.

Da Hathor beschlossen war in der Lade
flott auf dem Wellenberg
Kam Mawa geschwommen, zügig, Hand-über-Hand
Algen-Gesteck im Haar,
»Lade, was bist du für eine?«
»Ich bin Hathor.«
Che mai da me non si partì'l diletto

Fulvida di fulgore
Kam unbemerkt hierher mit Glaukos, nec ivi in haram
Nec in haram ingressus sum.
                    Es weiter bereden im Bett, sprach die Gnädige
Euné kai philoteti ephato Kirke
Εὐνῇ καὶ φιλότητι, ἔφατο Κίρκη
es thalamon
Ἐς θάλαμόν
Eurylochus, Marcareus, lieber dort bei der Eichelkost,
Als an dreißig Faden im Fischgrund, eine Krabbe zum Aug,
Grünes Huschen im Siebbein,
                    Unterm Säulentor Kirke ...
»Du mußt der Odysseus sein ...
                    nach dem Essen siehst du es anders ...
Immer Gewesenem nachhangend ...
Ad Orcum autem quisquam?
                    nondum nave nigra pervenit ...
Mal per Schiff zur Hölle gefahren?«

Sumus in fide
Puellaeque canamus
sub nocte ...
                    dort in der Waldschlucht
In Floras Nacht, mit Hyazinthen,
Mit Krokus (Lenz,
                    blattscharf im Gras),
Fünfzig und vierzig beisammen
                    ERI MEN AI DE KUDONIAI
»Bytuene Mersh and Averil«
                    steigen die Säfte im Zweig
Mit Pflaumenblüten darüber
                    Mandelblust aus dem schwarzen Ast
Mit Jasmin und Olivenblättern,
Im Schritt mit dem Zeitmaß
Von Sternen-Anstieg zu Zwielicht
Von Halblicht zu Halblicht
                    unaufhörlich das Zeitmaß

Miteinander ein Fleisch, an der Steilküste
          landaus die Augen der Göttin
Unterm Circeo, bei Terracina, weiße Augen von Stein
        über das Meer hin
Unaufhörlich in einem Zeitmaß:
          »Fac deum!« »Est factus.«
Ver novum!
          ver novum!
Also gezeitigt der Frühling,
Sahn nur ihre Augen im Dunkeln
          nicht seine grüne Astbahn.
Das Fleisch ausgeschlagen in Licht
Hat den Glutball verschlungen
A traverso le foglie
Seine Rute rammt Gottheit in meinen Schoß
          Sic loquitur nupta
          Cantat sic nupta

Dunkle Schultern haben den Blitzstrahl entflammt
Mädchenarme das Feuer behaust,
Nicht ich, die Dienerin legte den Brand
          Cantat sic nupta
Ich habe die Lohe verzehrt.

CANTO XLV

Bei Usura
Bei Usura hat keiner ein Haus von gutem Werkstein
die Quadern wohlbehauen, fugenrecht,
daß die Stirnfläche sich zum Muster gliedert
Bei Usura
hat keiner ein Paradies auf seine Kirchenwand gemalt
harpes et luz
oder die Kunde, die zur Jungfrau kommt
und Strahlenkranz, der vorkragt von der Kerbe

Bei Usura
kommt keinem Mann zu Augen Gonzaga, Kind, Kegel,
Konkubinen,
es ist kein Bild gedacht, zu dauern, noch damit zu leben,
sondern nur seinen Schnitt zu machen, rasch seinen Schnitt
zu machen
bei Usura, der Sünde wider die Natur
bleibt dir dein Brot fad alleweg wie Hadern
bleibt dir dein Brot trocken Papier,
kein Weizen vom Bergacker, kein kernig Mehl,
bei Usura wird breit der Pinselstrich
bei Usura verlaufen sich die Ränder
und keiner hat Baugrund für seine Hausung.
Steinmetz gelangt nicht zum Stein
Weber nicht zu seinem Zeugbaum
BEI USURA
kommt Wolle nicht zu Markt
Schaf wirft nichts ab bei Usura
Usura ist die Räude, Usura
macht stumpf die Nadel in der Näherin Hand
legt still der Spinnerin Rocken. Pietro Lombardo
nicht aus Usuras Kraft
Duccio nicht kraft Usura
noch Pier della Francesca; Zuan Bellin' nicht kraft Usura
noch ward kraft ihrer »La Calunnia« gemalt.
Nicht kraft Usura Angelico oder Ambrogio Praedis,
Und keine Kirche von behaunem Stein, gezeichnet:
Adamo me fecit.
Nicht kraft Usura Saint Trophime
Nicht kraft Usura Saint Hilaire
Usura setzt an den Meißel Rost
Und legt den Handwerkern das Handwerk
Nagt an des Webstuhls Werft
Kein Mensch weiß Gold zu wirken in ihr Muster;
Azur krebskrank an Usura, cramoisi wird nicht bestickt
Smaragd hat keinen Memling
Usura metzt das Kind im Mutterleib

Und wehrt des jungen Mannes Werben
Hat Schlagfluß in das Bett gebracht und liegt
zwischen der jungen Braut und ihrem Mann
CONTRA NATURAM
Man brachte Huren nach Eleusis hin
Und setzte Leichen zum Gelag
Auf Geheiß von Usura.

N. B. Usura, lat. (»Wucher«): Eine Gebühr, die für den Nießbrauch der Kaufkraft erhoben wird, ohne Rücksicht auf die Produktion, oft ohne Rücksicht auf die Möglichkeit der Produktion.

CANTO XLVII

Der selbst im Tod den Geist noch heil bewahrt!
So hallt es durch die Nacht:
Erst muß du fahren den Weg
zur Hölle
Und zu dem Hain von Ceres' Tochter Proserpina,
Durch überhangend Dunkel zu Tiresias,
Augenlos einst, nunmehr ein Höllenschatten,
So wissensstark, daß bullige Männer ihm nachstehn,
Eh kommst du nicht ans Ende deiner Fahrten.
Wissen – der Schatten eines Schattens,
Und doch mußt du in See gehen danach, der du
Nicht soviel weißt wie dormelige Tiere. *phtheggometha thasson*
φθεγγώμεθα θᾶσσον
Die Lämpchen treiben auf der Bucht,
Meerklaue rafft sie hinaus,
Neptun trinkt nach der Nippflut.
Tammuz! Tammuz!!
Die rote Flamme ist seeklar.
Durch diese Schranke wird dein Maß gegeben.
Aus Ruderbooten setzten sie die Lichter auf das Wasser,
Meerklaue rafft sie landaus.

Skyllas Meute geifert unten am Kliff,
Die weißen Fänge nagen den Mergel aus,
In der dämmerigen Nacht treiben die Lämpchen aufs Meer.
τυ Διώνα
TU DIONA

και Μοῖραι τ' ''Αδονιν
KAI MOIRAI T' ADONIN
Das Meer ist rot gemasert von Adonis,
Es zuckt von roten Lichtern in den kleinen Scherben.
Weizenkeimling grünt neu am Altar,
Blume aus raschem Samen.
Zwei Spannen, zwei Spannen dem Weibe,
Weiter reicht nicht ihr Glauben. Sonst kennt sie nichts.
Danach steht ihr Sinnen, ihr Trachten,
Dorthin ruft dich das ewig radlinige Trachten,
Ob nachts durch Eulenruf oder durch Säfte im Keim,
Nimmer müßig, von keiner Macht noch Machenschaft
abgelenkt,
Motte rufts über den Berg,
Stier rennt blindlings ins Schwert, *naturans*,
Dich rufts zur Grotte, Odysseus,
Durch Moly kommst du zu Atem zeitweilig,
Durch Moly wirst du ledig des einen Bettes,
daß du einem andern heimkehrest.
Mit den Sternen rechnet sie nicht,
das sind ihr nur wandernde Ösen.
Denke ans Pflügen
Wenn die Plejaden zur Rast gehn,
Denke ans Pflügen.
Vierzig Tage verweilen sie unterm Meersaum,
So sollst du es halten am Meersaum
Und in Gesenken zum Meer hin.
Wenn die Kraniche himmelhoch fliegen,
denke ans Pflügen.
Durch diese Schranke wird dein Maß gegeben.
Dein Tag liegt zwischen einer Tür und einer Tür.
Zwei Ochsen sind an den Pflug gejocht

Oder am Bergacker sechs,
Wuchtig-weiß unter Oliven, ein Zug
zum Steineabschleppen,
Auf dem Saumpfad Maultiere, mit Schiefer gegiebelt.
So der Ablauf der Zeit.
Sternschnuppen fallen nun vom Ölbaumzweig,
Ein Gabelschatten fällt auf die Erdstufe
Schwärzer noch als die Schwalbe im Gleitflug,
die deine Nähe nicht schert,
Ihre Flügelspur schwarz auf den Schindeln,
Und mit dem Lockruf gelöscht.
So leicht liegt deine Last auf Tellus,
Deine Nute nicht tiefer gekerbt
Deine Last so leicht wie der Schatten
Und hast doch den Berg durchnagt,
Skyllas Fänge sind nicht so scharf.
Fandst du ein Nest weicher als cunnus,
Oder fandst du bessere Rast,
Hattest du tiefere Pflanzung; treibt dein Todesjahr
Rascheren Keim?
Tratst du tiefer in den Berg ein?

Das Licht trat ein in die Grotte. Io! Io!
Das Licht stieg ab in die Grotte,
Licht über Lichtglanz!
Durch Kolter drang ich in die Hügel ein:
Daß Gras aus meinem Leibe sprieße,
Daß ich die Wurzeln miteinander raunen höre,
Die Luft ist neu auf meinem Blatt,
Die Forkeläste schwingen mit dem Wind.
Liegt Zephyrus auch so leicht auf dem Laub, Apeliota
Auf dem Mandelreis?
Durch diese Türe trat ich in die Grotte ein.
Fällt,
Adonis fällt.
Frucht kommt hernach. Die Lämpchen treiben mit der Ebbe
landaus,

Meerklaue rafft sie hinaus.
Vier Fahnen hat jede Blüte.
Meerklaue rafft die Lämpchen landaus.
Denk also ans Pflügen
Wenn der Siebenstern zu seiner Rast geht.
Vierzig Tage der Rast gebt ihm am Meersaum
Und in Gesenken zum Meer hin.
και Μοῖϱαι τ' ῎Αδονιν
KAI MOIRAI T' ADONIN
Wenn das Mandelreis zu züngeln beginnt,
Wenn zum Altar die grünen Keime kommen,
τυ Διώνα, και Μοῖϱαι
TU DIONA, KAI MOIRAI
και Μοῖϱαι τ' ῎Αδονιν
KAI MOIRAI T' ADONIN
der die Gabe des Heilens hat,
Der Macht hat über reißende Tiere.

CANTO XLIX

Für die Siebenseen und von Niemand diese Verse:
Regen, leerer Fluß, eine Bootsfahrt,
Feuer sticht aus der Hagelbank, schwere Schauer im Dämmer.
Unterm Kojendach hing ein Windlicht.
Tropflastig neigt sich das Schilf,
und der Bambus spricht unter Tränen.

Herbstmond. Hügel wachsen rings um die Seen auf
vor der sinkenden Sonne.
Abend fällt wie ein Wolkenvorhang,
schlierig über Windriffeln, durch den Flor
die lanzettlichen Blätter des Zimtbaums,
im Ried ein erkältendes Sirren.

Windgeführt hinterm Hügel
tönt die Glocke des Klausners.
Ein Segel glitt im April vorüber, kehrt vielleicht
im Oktober wieder. Boot zerrinnt mählich im Silber.
Sonnenglast einzig auf dem Flußlauf.

Wo der Abendbrand die Weinflagge trifft,
hier und da ein Rauchfang qualmt im Schräglicht

Stiebt Schnee dann über den Flußlauf,
ist eine Welt mit Jade verschalt,
treibt die kleine Barke wie ein Lampion,
das rinnende Wasser wie vor Kälte geflockt. Und die
von Shan-yin
leben ganz ihrem Müßiggang.

Graugänse im Federsturm auf die Schlammbank,
Wolken wachsen rings um die Fensterluke.
Wasserweiten. Gänse reihen sich ein für den Keilflug,

Kormorane rattern über die Lampen der Fischerkähne.
Ein Licht wandert die nördliche Kimm entlang,
wo die Buben nach Garnelen stochern unter Steinen.
In Siebzehnhundert kam Ch'ing an diese Seenplatte.
Ein Licht wandert die südliche Kimm entlang.

Soll dem Staat eine Schuld entstehn, da er den Wohlstand
schafft?
Dies ist Niedertracht, ist Geryon.
Wenn ihn der alte König auch zur Kurzweil anlegte,
führt dieser Kanal noch nach T'ientsin.

K E I	UN	RAN	K E I
K I U	M A N	MAN	K E I
JITSU	GETSU	K O	KWA
T A N	F U K U	T A N	K E I

Sonnenaufgang: ans Werk gehn
Sonnenrüste: zur Ruh gehn
Brunnen graben: vom Wasser trinken
Erde graben: Hirse essen
Kaisersgewalt? Was soll uns die?

Als vierte Dimension die Stille.
Und die Macht über reißende Tiere.

CANTO LXXIV
(Auszug)

Die ungeheure Tragik des Traums im krummen
Rücken des Bauern
. . .
und in Indien der Zins auf 18 Prozent gesunken
doch die dortigen Darlehnsläuse von fremden Bankiers
versorgt
so daß der Gesamtzins, aus indischen Bauern geschunden,
in Churchill'scher Großart stieg
wie damals, da er auf den faulen Goldstandard
zurückkam
was um 1925 war   O mein England
daß Redefreiheit ohne Radiofreiheit gleich null ist
und nur noch ein Komma braucht bis Stalin
man muß an sich die Produktionsmittel gar nicht
übernehmen;
Geld, das besagt: geleistete Arbeit, innerhalb eines Systems
nach Maß und Bedarf
»Ich habe mit meiner Hand nicht unnütze Arbeit verrichtet«
heißt es im Gebetbuch des r.-k. Feldkaplans
[Vorbereitung zur Beichte]
lärmend wie Lerchen über den Todeszellen
der Militarismus schreitet nach Westen fort
»im Westen nichts Neues«
und die Verfassung in Frage gestellt
und auch dies nichts sonderlich Neues

»aus Saphir, denn dieser Stein bringt Schlaf«
nicht Worte, an die man sich halte
noch Taten, die ein für allemal dastehn
wenn nur vogelfrohe Gerechtheit ein Nest baut
und um sich greift auf Erden

und Rouse fand, daß sie Elias sagten
wenn sie die Mär von Odysseus erzählten   ΟΥ̓ ΤΙΣ
ΟΥ̓ ΤΙΣ
»Ich bin Niemand, mein Name ist Niemand«
doch Wondjina ist, sagen wir mal: Wên jen
oder der Mann von Bildung
dem sein Vater das Mundwerk wegnahm
weil er zuviele *Dinge* machte
und so des Buschmanns Traglast anhäufte
siehe die Expedition der Frobenius-Schüler nach Australien
etwa 1938
Wên jen sprach und schuf so das Genannte
wodurch Anhäufung kam
die Geißel fahrender Männer
weshalb ihm sein Mundwerk wegkam
wie auf Bildern von ihm zu sehn ist
in principio verbum
Paraklet oder das verbum perfectum: sinceritas
Aus Todeszellen in Sichtweite des T'aischan à Pisa
wie des Fuji zu Gardone
als der Kater auf dem Gatter entlang schritt
und das Wasser still war am westlichen Ufer
auf die Villa Catullo zuströmend
wo mit immer-regsamem Laut
in winzigen Polyphloisboios
in der Stille, die über die Kriege hin anhält
»La Donna« sagte Nicoletti
»la donna,
la donna!«
»Cosa deve continuare?«
»Se casco« sprach Bianca Capello
»non casco in ginocchio«
und läs man nur einen Tag lang, hätte man schon den Schlüssel
Laute von Gassire. Hooo Fasa
kam ein löwenfarbner Welp und brachte Flöhe
und ein Vogel mit weißer Zeichnung, ein Stelzer
unter *les six potences*

. . .
Neger klimmen über die Hürden
in mittlerer Sichtweite
und Mr Edwards' prachtvolles Grün und Braun
in Käfig 4: Wohlwollen, hingegossen,
aus der Balubamaske: »sag du man bloß nicht,
daß ich dir den Tisch gemacht hab«
Urotropin erleichtert das Wasserlassen
und unter ihnen die größte ist Liebe
zu finden bei denen, die das Reglement
übertraten
natürlich nicht, als wären wir für –
doch mag Diebstahl im Kleinen
bei einer Regierung, die auf Diebstahl im Großen fußt
als Anpassung hingehn nient'altro
durch Recht zu erlösen
wer sein Geld nicht auf Wucher gibt
»mit der Elle, mit Gewicht, mit Maß«
XIX Levitikus oder
Erster Thessalonicher 4,11
300 Jahre Kultur einem Stifthammer ausgeliefert
der durchs Dach geschleudert wird
Wolke über Berg, Berg über Wolke
Ich lasse nicht ab vom Kaiserreich noch von den Tempeln
Mehrzahl
noch von der Verfassung, noch von der Stadt des Deiokes
jedes im Namen der eigenen Gottheit
die bei Terracina dem Meer entstieg, Zephyr in ihrem Rücken
und aus ihrer Gangart
wie einst Anchises
bis der Altar wieder weiß ist von Marmor
bis die steinernen Augen wieder landaus schaun
Der Wind gehört mit zum Ablauf
Der Regen gehört mit zum Ablauf
und der Siebenstern ist in ihren Spiegel gefaßt
Kwannon, dieser Stein bringt Schlaf;
bot die Weinschale

Gras nirgends fehl am Platz
χθόνια γέα, Μήτηρ,
durch deine Kräuter: Minze, Thymian, Basilikum,
von wem und an wen,
wird nie mehr nun sein als grad jetzt
bekam an einem Sonntag einen neuen knallgrünen
Heuschreck, smaragden, bleicher als Smaragd
ohne die rechte Luftschraube
dies Zelt gehört mir und ΤΙΘΩΝΩΙ
Esser des Traubenmarks
in coitu inluminatio
Manet malte die Bar in La Cigale oder in Les Folies damals
frisierte sie ihr Haar in Ringellöckchen, so à la 1880
rot, und ihr Kleid von Drecol oder Lanvin
eine große Göttin, Äneas kannte sie alsbald
durch Tempera unsterblich wie sonst keine Zeit
la France dixneuvième
Degas Manet Guys unvergeßlich
ein Mannstrumm das Farben ausschwitzt sprach Vanderpyl
über Vlaminck 40 Jahre danach
denn dieser Stein bringt Schlaf
starìa senza più scosse
und Eukalyptus, der ist fürs Andenken
...
Heiter in dem Kristallstrahl
wie der lichte Ball, den der Springbrunnen federt
(Verlaine) wie diamantne Klarheit
So weich der Windhauch unter T'aischan
wo man ans Meer gemahnt wird
empor aus der Hölle, dem Schlund
aus Staub und bösem Glast
Zephyrus / Apeliota
Dies Flüssige ist sicherlich eine
Eigenheit des Geistes
nec accidens est sondern ein Bestandteil
in der Beschaffenheit des Geistes
est agens und wirksam sonst Staub im Fontänenbecken

Sahst du die Rose in Stahlspänen je
(oder in Schwanendaunen?)
so leicht ist der Ansporn, so ausgerichtet die schwarzen
Blütenblätter aus Stahl
wir, die den Lethe überquerten.

CANTO LXXIX
(Auszug)

...
das junge Roß wiehert wider den Klang der Bummskapelle;
seiner Erfindung, der Produktion und dem Gemetzel
(auf beiden Seiten) in memoriam
»Teufel! Dürfen die nicht verschnaufen nach dem Pfiff?«
und wenn der Hof kein Zentrum des Wissens ...
kurzum der Rotz der Pejorokratie ...
Rauschgold
von fetten fummligen alten Weibern
und fetten schnarrenden alten Hengsten
»an der Spitze halb tot«
Mein lieber William B. Y., dein ½ war zu gelinde
»pragmatisch Schwein« (falls Gojim) tut's für Zweidrittel
ganz zu schweigen von der Geldanlage in dem Merbeide
und ähnlichen Unternehmen
Handwaffen und Chemikalien
dieweil Mr Keith dem von Donatello am nächsten kommt
O Luchs mein Lieb, liebwerter Luchs
Wach über meinem Weinkrug,
Hab acht auf meine Bergbrennerei
Bis der Gott in den Whisky hier eingeht.
Manitu, Gott der Luchse, denk an unser Korn.
Khardas, Gott der Kamele
was hast du, z. Teufel, hier zu suchen?
Entschuldige bitte ...
»Du mußt eine Reise antreten.«
»Ich ...«

»Du mußt eine Reise antreten.«
oder zum Schafe-Zählen auf Phönizisch,
Inwiefern weit, wenn man's im Sinn trägt?
So sprachen sie zu Lydia: nein, dein Leibwächter ist nicht
der städtische Scharfrichter
der Scharfrichter ist zurzeit nicht da
der neben deinem Kutscher auf dem Bock sitzt
ist bloß ein Kosak der hinrichtet ...
Da es so stand und sie den *lieben* H. J.
(Mr. James, Henry) buchstäblich am Knopfloch festhielt ...
an jener derart weihevollen Stätte
(ein Garten in dem Temple, nichts Geringres)
und sie *dies einemal* das rechte Wort fand
nämlich: »Cher maître«
zu seiner Karo-Weste, die Fürstin Bariatinsky,
wie die Fisch-Schwänze zu Odysseus sprachen: ἐνί Τροίῃ,

Der Mond hat eine dicke Backe
und als die Morgensonne die Simse und Bataillone des
Westens ansteckte, Wolke auf Wolke
faltet Old Ez seine Decken
Weder Eos noch Hesperus tat ich ein Unrecht
O Luchs, weck Silenus und Casey
klappre die Kastagnetten der Bassariden,

der Bergwald steht voll Licht
der Baum-Kamm rotgolden
Wer schläft auf dem Anger der Luchse
im Obsthain der Mäliden?
(mit blauen Kuller-Augen
»weil es ihn freut« den Kosaken)
Salazar, Scott, Dawley krank gemeldet
Polk, Tyler, die Hälfte der Präsidenten und Calhoun
»Es heimzahlen«, sagte Calhoun, »den Kapitalisten
des Nordens«
ja damals, als Begriffe klarer waren
Schulden bei Leuten in der Stadt N. Y.

und auf dem Berg der Mäliden
in dem schwülen Garten der Venus
schlafend inmitten von Luchsen
Bekränzt Priapus Ἴακχος, Io, Κύθηρα, Io!
wurzelt in Rechtlichkeit
Io!
man kann im Jahr 5000 Dollar verdienen
muß nur einmal landeinwärts reisen
dann zurück nach Shanghai
und über die Zahl der Bekehrten
einen Jahresbericht einsenden
Sweetland krank gemeldet
ἐλέησον Kyrie eleison
unterm eignen Feigenbaum jeder, oder
im Duft von brennendem Feigenlaub
so sei das Feuer im Winter
aus Feigenholz, Pinienzapfen und Zeder

O Luchs, wach über mein Feuer.

Astafieva hatte die Überlieferung gewahrt
Von Byzanz an und vordem
Manitu gedenk dieses Feuers
O Luchs, halte die Reblaus aus meinem Weinstock
Ἴακχε, Ἴακχε, Χαῖρε, AOI
»Iß nicht davon in der Unterwelt«
Sieh zu, daß Sonne und Mond dein Essen weihn
Κόρη, Κόρη, für die sechs Samen eines Irrtums
oder daß Sterne dein Essen weihn.

O Luchs, bewach diesen Obsthain,
Halt dich aus Demeters Furche

Diese Frucht hat inwendig ein Feuer,
Pomona, Pomona
Kein Glas ist lichter als dies Flammenfleisch
Kein Meer ist heller als die Fruchtdrusen

des Granatapfels, der die Flamme birgt.
Pomona, Pomona,

Luchs, wach über den Obsthain
der Melagrana genannt wird
oder Granatapfel-Feld
Nicht blaut das Meer reinsichtiger
Nicht lichtheller sind die Heliaden

Hier sind Luchse Hier sind Luchse,
Hört man im Wald einen Laut
von Parder, von Bassaride
von Crotale von raschelndem Laub?

Cythera, hier sind Luchse
Wird das Eichengesträuch ausschlagen?
Eine Rosenranke wächst in dem Unterholz
Rot? Weiß? Nein, ein Farbton dazwischen
Ist der Granatapfel aufgeplatzt und fällt das Licht
halbwegs durch ihn

Luchs, hüt dich vor den Dornranken hier
O Luchs, γλαυκῶπις steigt herauf von
Olivengärten,
Kythera, hier sind Luchse und das Klickern
der Crotale
Ein Staubflirren von altem Laub
Tauschst du Rosen für Eicheln ein?
Frißt der Luchs Dornenblätter?
Was hast du da in dem Wein-Krug?
ἰχώρ, für Luchse?

Mäliden und Bassariden unter Luchsen;
wie viele? Mehr noch sind unter den Eichen,
Wir sind hier, wir erwarten den Sonnenaufgang
und den nächsten Sonnenaufgang
drei Nächte lang unter Luchsen. Drei Nächte

im Eichengehölz
und die Ranken sind dick in den Ästen
keine Ranke ist ohne Blüte,
Keinem Luchs fehlt das Blumentau
kein Mälide ohne den Wein-Krug
dieser Wald heißt Melagrana

O Luchs, wahr meinem Most die Blume
Bewahr ihn klar ohne Trübung

Wir lagen hier unter Schwertlilie und Calycanthus
Die Heliaden sind verstrickt in Wildrosen-Ranken
Pinienduft mengt sich mit Rosenblättern
O Luchs, sei zahlreich
spitzohrig, gefleckten Felles.
O Luchs, wurden dir deine Augen gelb,
spitzohrig, gefleckten Felles?

Allwo ist der Bassaridentanz
Allwo sind Kentauren
Und nun Priapus mit Faunus
Die Grazien brachten Ἀφροδίτην
Zehn Parder ziehn ihre Wabe
O Luchs, hüt meinen Weinberg
Wie die Traube schwillt unterm Weinblatt
Ἥλιος kam zu unsrem Berg

rote Glut schwelt im Gewirk der Piniennadeln

O Luchs, hüt meinen Weinberg
Wo die Traube schwillt unterm Weinblatt

Diese Göttin ward geboren aus Meerschaum
Sie ist leichter als Luft unter Hesperus
δεινὰ εἶ, Κύθηρα
schrecklich im Widerstand
Κόρη καὶ Δήλια καὶ Μαῖα

trine als praeludio
Κύπρις 'Αφροδίτη
Blütenblatt leichter als Meerschaum
Κύθηρα
aram
nemus
vult
O Puma, Hermes geweiht, Cimbica, Helios' Diener.

CANTO LXXXI
(Auszug)

. . .
Ed ascoltando al leggier mormorio
        trat neue Bezauberung von Augen in mein Zelt,
ob geistig oder gegenständlich,
        doch was die Augenbinde birgt
oder im Karneval
                                und kein Paar zeigte Zorn
        Sah nur die Augen und die Augenstellung,
Farbe, Diastase,
        unachtsam oder achtlos, daß es nicht das
    ganze Zelt einnahm
auch war nicht Raum dort für den vollen Εἶδος
durchdringen, ineinanderdrängen
    das erst jenseits der andern Lichter Schatten wirft
                Himmelslicht
                Meer der Nacht
                Grün des Bergsees
strahlt aus maskenlosen Augen in Halbmasken-Abstand.
Was du innig liebst, ist beständig,
                                                        Der Rest ist Schlacke
Was du innig liebst wird dir nicht weggerafft
Was du innig liebst ist dein wahres Erbe
Wessen Welt? Meine? Ihre?
                                            Oder ist sie von niemand?
Erst kam Erblicktes, also das tastbare
        Elysium, obwohl in Vorhallen der Hölle,
Was du innig liebst ist dein wahres Erbe
Was du innig liebst wird dir nicht weggerafft

Die Ameise ist Kentaur in ihrer Drachenwelt.
Laß ab von Eitelkeit, nicht schuf der Mensch
Den Mut, schuf Ordnung oder Schönheit,
        Laß ab von Eitelkeit, sag ich, laß ab.
Lerne von grüner Welt erkennen wo dein wahres Maß

An Erfindungsgabe oder rechtem Können,
Laß ab von Eitelkeit,
Paquin, laß ab!
Der grüne Grashelm hat dich ausgestochen.

»Beherrsche dich, daß andre dich ertragen«
Laß ab von Eitelkeit
Du bist im Hagel ein geschlagner Hund,
Gedunsne Elster in der Sonne Wankelmut,
Halb schwarz, halb weiß
Und kennst nicht Schwanz von Schwinge
Laß ab von Eitelkeit
Wie klein dein Haß
Genährt von Falschheit,
Laß ab von Eitelkeit,
Hast zum Verheeren, arm an Erbarmen.
Laß ab von Eitelkeit,
sag ich, laß ab.
Doch daß man tat, statt nichts zu tun
dies ist nicht Eitelkeit
Mit Anstand an die Tür gepocht zu haben
Daß ein Blunt sie öffne
Zu lesen aus der Luft lebendige Überliefrung
und aus dem Greisenaug die unbesiegte Flamme
Dies ist nicht Eitelkeit.
Der Fehler liegt im Nicht-tun
Und in dem Kleinmut, der nichts wagte ...

CANTO LXXXIII
(Auszug)

. . .
im durchnäßten Zelt ist Stille
verdorrte Augen ruhn

der Regenstrahl mit der Farbe von Feldspat
blau wie der Flügelfisch vor Zoagli
pax, ὕδωρ ''ΥΔΩΡ
der Weise
freut sich der Wasser
der Menschliche hält Freundschaft mit den Bergen

. . .
dieser Lebenshauch umfängt das Gebirge gänzlich
er leuchtet und scheidet
er nährt durch Redlichkeit
leidet keinen Schaden
Das Erdreich übergreifend schwingt er durch
die neun Felder zum Himmel

Milchbruder der Gerechtheit
einhellig mit dem Ablauf
ohne ihn kommt Entkräftung

Wenn die gerechten Taten zuhauf kommen
wie sich Vögel niederlassen
schlägt es lebendig aus

Wenn Taten nicht gebündelt und gehortet sind im Herzen
kommt Entkräftung

(steh ich vielleicht in der Schuld eines Mannes namens
Clowers)
auf daß er esse von der Gerste
und sich rege im Lebenshauch des Samens

die Sonne als goldnes Auge
        zwischen Berg und Wolkenschwärze

»Non combaattere« sagte Giovanna
        und meinte, wie zuvor erwähnt, reib' dich nicht auf
...
    und Bruder Weps baut sich ein schmuckes Haus
    mit vier Kammern, eine geformt wie eine gedrungene
                                        Indianer-Flasche
    La vespa, *la* vespa, Lehm, auf Schwalbenart,
so daß mir beim Träumen von Brocéliande und von Perugia
und der großen Fontäne auf der Piazza
oder von des alten Bulagaio Kater, der mit
                                        wohlgezieltem Satz
    die Klinke hinunterdrücken konnte,
aufgeht, daß Mr. Walls eine Kanone sein muß
bei den Signorinas
und in der Wärme nach frostigem Sonnenaufgang
hat ein Kind, grün wie das junge Gras,
Steiß oder Kopf gereckt
aus Madame La Vespas Flasche

Minze schlägt wieder aus
        trotz Jones' Nagetieren
wie schon der Klee am Gorillakäfig
    mit einem Vierblatt

Wenn der Sinn haftet an einem Grashalm
    wird ein Ameisenbein dich retten
das Kleeblatt schmeckt und duftet wie seine Blüte

    Das Kleinkind stieg nieder
    vom Lehm des Zeltdachs zu Tellus,
gleich zu gleicher Farbe geht es unter Grashalmen
    und grüßt jene die unter XTHONOS hausen
                                        ΧΟΘΝΟΣ
ΟΙ ΧΘΟΝΙΟΙ; Kunde von uns denen zu überbringen

εἰς χθονιους   die unterm Erdreich hausen,
gezeugt aus Luft, die singen sollen in der Laube
der Koré,   Περσεφόνεια
und Rücksprach nehmen mit Tiresias, Thebae
Cristo Re, Dio Sole

in etwa einem halben Tag schuf sie ihr Adobe
(la vespa) die winzige Lehmflasche

und an jenem Tag schrieb ich nicht weiter
. . .

CANTO XC

Animus humanus amor non est,
sed ab ipso amor procedit, et
ideo seipso non diligit, sed amore
qui seipso procedit.

»Aus der Farbe das Wesen
und aus dem Wesen die Zeichnung!«
Selige Geister, die sich verschränken
wie die eine Esche zu Ygdrasill.
Baucis, Philemon.
Castalia ist der Quell dort genannt, in dem Felsschrund,
am Fuße das Meer,
ein schmaler Strand.
Templum aedificans, noch kein Marmor,
»Amphion!«

Und von den San Ku 三孤

zu dem Söller in Poitiers, wo du stehn kannst
ohne Schatten zu werfen,
Das ist »Sagetrieb«,
ist Überlieferung.
Baumeister hatten die Maße bewahrt,
und Jacques de Molay, hatte der
diese Maße gekannt?
und war Erigena einer der unsern?
Mond-Ache schifft durch milchblaue Wasser
Kuthera δεινά

Kuthera sempiterna
Ubi amor, ibi oculus.
Vae qui cogitatis inutile.
quam in nobis similitudine divinae
reperetur imago.
»Mutter Erde in deinen Schoß«
sprach Randolph
ἠγάπησεν πολύ
liberavit masnatos.
Castalia gleich dem Mondlicht
und die Wellen steigen und fallen,
Evita, Bierschwemme, semina motuum,
dem dürren Gras wird nun Regen
nicht herrisch von Habitus,
sondern heftig aus Scharfblick,
Sibylla,
aus der Schutthalde empor
m'elevasti
von der Ertaubung jenseits der Schmerzkant,
m'elevasti
aus dem tiefen Grunde des Erebus
aus dem Wind, orgelnd unterm Erdreich,
m'elevasti
aus Staub und gestockter Luft,
m'elevasti
zu dem großen Flug,
m'elevasti,
Isis Kuanon
aus der Beuge des Mondes,
m'elevasti
Die Natter regt sich im Staub,
die blaue Schlange
schlüpft aus dem Felsentümpel
Nun setzen sie Lichter aufs Wasser,
die Lämpchen treiben von den Ruderbooten ab,
Meerklaue zieht sie landaus.
»De fondo« sprach Jiménez

wie ein Meermädchen steilend,
aber das Licht, lotrecht steilend,
und zu Castalia,
Wasser strahlig aus dem Gestein
und ins flache Becken, wie Arethusas,
Stille mit eins im Payrus.
Hain hat seinen Altar
unter Ulmen, in dem Tempel dort, Stille,
eine Nymphe für sich am Weiher.
We und Han, zueinander eilend,
zwei Ströme zueinander
glitzernde Fische und Treibgut,
loser Ast in den Schnellen,
die Wasser ausgeschlemmt mit der Strömung
Von der Schwere, worin sich kein Denken regt
»Um im Bilde zu sein«, schrieb Richardus
»Vogelflug für den Geist, Vierfüßertrott für die Sinne«
Gaio! Gaio!
Zu Zeus mit den sechs Seraphim vor ihm,
Vom Maler zum Architekten,
der rohe Block unter der Ulme
Fügt sich zur Form nun,
die rilievi,
der kragende Stein an der Schräge
Faunus, sirenes,
Stein zur Form gefügt aus der Luft
ac ferae,
cervi,
im Anzug die großen Katzen.
Pardus, leopardi, Bagheera,
angelockt aus Waldgründen,
Waldgrund ἐπὶ χθονί
Bäume streben auf
und dazwischen eine weite Waldwiese
οἱ χθόνιοι Myrrhe und Olibanum auf dem Altarstein
schwängern die Luft,
und wo Nichts war,

ist nun ein haariger Anwuchs
das Astwerk schwirrt jetzt von Stimmen
Flügel grau, Flügel schwarz, Flügel schwarz-und-rotspielend
und die Schirmakazien
wie auf dem Palatin
in der Pineta χελιδών, χελιδών
Für den Fronleichnamszug
kommen nun Fahnen herauf
kommt Flötensingen
οἱ χθόνιοι
zum jungen Forst,
Rauchschwaden, purpurn, aufstrebend
Flammen züngeln nun auf dem Altar
die kristallene Esse der Luft
herauf aus Erebus, die Entbundenen,
Tyro, Alkmene, frei jetzt, empor
e i cavalieri,
empor,
nicht länger Schatten,
Lichter bei ihnen, entbrannt,
und der Kernschatten des Mutes,
Ἠλέκτρα,
noch gebeugt von Aigisthos' Unbill.
Der Baum stirbt und der Traum bleibt
Nicht Liebe, sondern daß Liebe aus ihr entspringt
ex animo
und kann sich ergo nicht ihrer selber freun
sondern einzig der Liebe, die aus ihr entspringt.
UBI AMOR, IBI OCULUS EST.

CANTOS XCI
(Auszug)

ab lo dolchor qu'al cor mi vai

AB LO DOLCHOR QU'AL COR MI VAI

auf daß das leibliche Licht austrete
        dem leiblichen Feuer
Daß deine Augensterne zutage treten,
        aus den Tiefen, darein sie versanken,
Reina – dreihundert Jahre danach,
        solang schon versunken.
Daß deine Augen treten aus den Höhlen der Tiefsee
        & Licht fortan
                gleich dem Ilex-Blatt
            qui laborat, orat
So nahte Undine dem Fels,
                        am Circeo
und die steinernen Augen schaun wieder landaus.

...

Daß die Sonnenseide 顯 faserstark
hsien^{3} klar sei
'Ελέναυς. Daß Drake die Armada sah
                        & Höhlen der Tiefsee
Ra-Set schifft über Kristall

m'ndt  schiffend

in der Königin Augen: Widerschein

& Algengeschlink –
grüne Höhlen der Tiefsee
ne quaesieris.
Er fragte weder
noch wankte er, da er's sah, noch erschrak vor der
Waldherrin Artemis,
pauch Diana genannt
noch hatt' er getötet, es sei denn nach dem Ritus der Jagd,
sanctus.
Sang also:
Leafdi Diana, leove Diana
Heye Diana, help me to neode
Witte me thurh crafte
whuder ich maei lithan
to wonsom londe.
Rome th'ilke tyme was noght.
So daß er ein Hirschfell auslegte gleich neben dem Altar
Da Lear in Janus' Tempel ward zu Grab gebracht

chên[4] 震 der den Donner beraumt

Und Constance ohne Mönchheit bleibt,
Merlins Vatter ist niemand kund
Merlins Muoter im Nonnenstand.
Lord, thaet scop the dayes lihte,
sie spürte nur eine Helligkeit
Ein Weben, webend im güldenen Kleid
in ihrer Kammer.
»Bei dem weißen Drachen unter dem Stein
Merlins Vatter kennt Gott allein.«
Legt mich zu Aurelie, gen Sonnenaufgang zu Stonehenge
dort ruhn die Meinen
Über Harm
Über Haß
sich überbäumend, Licht über Licht
And yilden he gon rere
(Athelstan vor a. D. 940)

das strömende Licht wältigt die Sterne.
In der Ache von Ra-Set
Auf dem kristallnen Fluß
So hath Sibile a bocken isette …

…

CANTO XCVIII
(Auszug)

...

»Legt micht zu Aurelie, gen Sonnenaufgang zu Stonehenge«

Und daß Leukothoë aufging als ein Weihrauchstrauch
– Orchamus, Babylon –
gegen Apollo gebäumt.
Geduld, ich komme zum Beauftragten für die Salinen
wenn es so weit ist ...
Doch Yeats, Possum, Wyndham, alle miteinander
ohne Boden unter den Füßen
不 *pu*^{2}
Orage hatte ihn.
Per ragione vale
Schwarze Vierecktücher für Demeter ...
Die Katze spricht – μάω mit griechischer Modulierung ...
Onkel William zwei Monate lang an zehn Zeilen
von Ronsard
Doch die Salinen ...
Geduld, »ich bin am Zuge« ...
ἀρχή
ein Gewahrsein
Bis in Shensi, Ouang, der Beauftragte Iu-p'uh
volgar' eloquio 又 樸

Des Königs Amt, raumgreifend wie Schwanenflug:
Denken auf ›Sagetrieb‹ aufgeführt ...

...

Dann ernannten die Götter John Barleycorn Je tzu
Und Byzanz hielt sich länger als das Reich der Mandschu
weil es den prozentualen Zinssatz gekannt.
Denken baut sich auf ›Sagetrieb‹ auf
und wir stehn hier in Ballers Schuld
und in Schuld der *volgar' eloquio*.
Mathews zum Trotz, dieser Wang hatte Stil.
Uen-li hilft euch nicht, mit den Leuten zu reden
Iong-cheng legte das Edikt wieder auf
Doch der Beauftragte für die Salinen bracht
es in die Sprache des Volkes,
das, wie Baller meint, in Zitaten spricht;
in Zitaten denkt:
»Schickt keinen anderen es zu entrichten.«
Delcroix war fürs Wiederholen.
Baller glaubte, der Mensch brauche die Religion.
Ohne ^{2}muan ^{1}bpo ... doch ich greife vor.
Nichts kann eine Lebzeit ersetzen.

CANTO CII

Von Kalypso hab ichs,
die es von Hermes hatte
»elf Belesene und dann, schätz ich,
Dwight L. Morrow«
die Senatoren,
Wohnsitz erforderlich, nicht wie in England
»Eine Ladung Erz«
log Pallas
und warum Penelopeia wohl wartete –
keinos ... eorgei. IV, Vers 693. Leucothoë
ging auf als ein Weihrauchstrauch,
gegen Apollo gebäumt,
Orchamus, Babylon
Und die Staude noch
der Möwe zum Opfer dargebracht nach 500 Jahren,

Phäaken,
da sie aus Kadmos Stamm war
Schneelitzen hier angewaschen als Meergischt
Doch Yeats, Possum, Wyndham, alle miteinander

不 *pu*²

ohne Boden unter den Füßen
Schwarze Vierecktücher für Demeter
in Venedig getragen
noch zu meiner Zeit,
meiner grünen Zeit
OIOS TELESAI ERGON ... EPOS TE
Die Katze spricht μάω
(mao) mit griechischer Modulierung.
Gerste das Mark der Männer,
40 Centimo zu meiner Zeit
für den Orzo.
Bei Procope ein Franc fünfzehn ein Essen
und zehn Centimes Trinkgeld für den Kellner.
Noi altri borghesi
konnten nicht auf die Piazza gehn. Wir dachten, wir könnten
Riegel vorschieben ...
Die ihr schifft über schwellende Wasser ...
unter den Lidern ...
Winckelmann bemerkte die Lider,
Yeats zwei Monate lang an einem Sonett von Ronsard.
»Jacques Père« auf dem Schild bei Le Portel,
ja – so wie mans in Belgien ausspricht.
Eva bekam den Vers über ›Freiheit‹ hin.
»50 weitere Jahre an dem I Ging«,
oder angeblich hat er gesagt, er könnte.
Swan zerschlug sich beim Aufsprung die Kniescheibe
nachdem er die 10-meterhohe Wand geschafft
in aller Gelassenheit,
ein andrer hing die Nacht über in den Seilen
und sah zwei weitere stürzen.

Hielt das Z für den SchwanZ der ›KatZe‹
vide Frobenius über vergleichsweise Dummheit von Lehrer
und Schüler
»Die Büchereien« (schreibt Ingrid) »führen nichts von
Domvile.« Jan. 1955
wie zu erwarten war
»pseudos d'ouk ... ei gar pepneumenos«
Saatgerste mit dem Opfer (Lakedaimon)
Da Leucothoë Herz und Seel' mit dem Weihrauch war,
konnt es ganz Babylon nicht niederhalten.
»Meinen Zohen-Augen zulieb« in Ilion,
Kupfer und Rotspon wie bei einem jungen Bären
unterm Sonneneinfall, gleich Atalantens,
die Farbe wie *aithiops,*
der Glanz mutmaßlich
oinops
wie Firnis unterm Sonneneinfall,
haliporphyros,
rotgolden
in der Luft, greifbar, nicht Karmin, nicht Flamme, oriXalko,
de xaladines,
erblüht im Fackelschein,
und aus dem Wesen die Zeichnung.
Kleine Löwen sind dort in Lammfrömmigkeit,
zur Linken San Marcos
AISSOUSIN,
die Geister,
Berenike, ein spätes Sternbild.
»Dieselben Bücher« sprach Liu Hsüan
»sie sollten wie Brüder sein.«
Kristallin,
Südhang für Holler,
Graugans folgt der flügelspannenden Sonne,
in den Bergen; Salz, Kupfer, Korallenerz,
tote Worte, aus der Mode gekommen,
KAI ALOGA,
Natur APHANASTON,

wie Kupferdraht glühn Piniennadeln
OU THELEI EAEAN EIS KOSMON
sie wollen dem Weltall ausbrechen
amnis herbidas ripas
Antoninus;
Julian
wollte keine Anbetung
»So dicht, daß die Toten nicht umsinken konnten«
Marcellinus
»vor mir ein Toter mit zerspaltenem Schädel
konnte nicht fallen.«
XXIII, 6 und allda
Assyrios fines ingressus,
Baute Kornkammern, sueta annona,
selbstredend verschrien als »Apostat«.
Quem mihi febricula eripuit,
Domitian, infaustus,
dachte Frieden zu kaufen mit Geld.

CANTO CVI

Und war ihre Tochter auch so:
Schwarz wie Demeters Schleier,
Haarfarbe, Augen?
Hades' Braut, Herrin über Phlegethon,
Mädchen rings um sie wie graue Weben?
管 Kuan
Im Korn wohnt die Stärke der Männer.
Die Große Regel, NEUN Teile, achtfache Ordnung, der Kuan
子 Tzu
So langsam entlippt sich die Rose.
Ein Zündholz angerissen im Augen-Rost,
dann Dunkel
»Die Vierecktücher in Venedig nach Demeters Schleier«

Dieser Chung könnt einen leiten in manchem,
doch nicht hierher
Staatskunst stammt aus der Zeit des Kuan Chung,
doch für die weißgoldne Schale zu Patara
gaben Helenas Brüste die Form.
ὁ θεός
durchläuft seinen Zodiak,
mißbezeichnet kein Caledon,
nicht in Menschengedenken,
in Ewigkeit
und »wie ein Windhauch, der raumt,
seinen Namen verändert«,
Apeliota
fürs goldene Licht des Korns, hochwolkend,
ungebündelt
Persephone auf dem Baumwollfeld
Granit nebst Meerwoge
steht für Klarheit
Wasserstief wirft alles Feuer zurück
nueva lumbre,
Erde, Luft, Meer
in dem Feuerkahn
über den Amazonas, den Orinoco, große Ströme.
»Ohne Kuan Chung wärn wir noch wie Barbaren gekleidet.«
Und ob Antoninus dahin gelangte, dies ward verdeckt

kuan[1], verdeckt 關
Ad posteros urbem donat,
Artemis gemünzt

alle Güter gering vor dem Münzschlag
sind 400 Berge fündig für Kupfer –
unter Cinnabarit findest du Kupfer
Flußgold stammt aus Ko Lu;
Preis von XREIA her;

Yao und Shun herrschten mit Jade
Daß sich die Göttin in ihr kristallisiere
Dies der Ritus des Korns
Luigi auf dem Bergpfad
dies der Ritus des Korns
bei Henna, bei Nysa:
Circe, Persephone
so anders sind Tal und Meer,
daß der Wacholder ihr heilig ist
zwischen den beiden Pinien, nicht Circe,
aber Circe war so,
da sie aus dem Haus von behaunem Stein trat
»wissen nicht welche Gottheit«
noch ist Einlaß in ihre Augen mit loten
die Lichtlohe hinter ihr,
die nicht vom Sonnenuntergang kam.
Athene Pronoia,
in Hypostase
Helios, Perse: Circe
Zeus: Artemis von der Leto
Unterm Dickicht
»Help me to neode«
Am Circeo, Steinaugen blicken aufs Meer,
Noch ist Einlaß in ihre Augen mit loten.
Der Tempel dröhnt vor Apollon
Gleich Leoparden am Berggrat,
Lichtlohe hinter ihr;
Bäume erschlossen: ihre Seelen sind offenbar
Wie in Carrara das Weiße:
Xoroi. Bei Sulmona sind Löwenköpfe.
Goldlicht über Blattadern.
An die hundert, blaugrau überm Felstümpel
Oder der Zug von Eisvogel-Schwingen
Und das Schöne, o Artemis, in deinem Sinn
Über Asphodill, über Gilbkraut,
Faunengeöhr in Höhe des Blütenstands.
Yao und Shun herrschten mit Jade.

»Whuder ich maei lithan
help me to neode.«
Die Blumen gefeit gegen Donnerkeil
»help me to neode«.
Die große Lichteichel wölbt sich heraus,
Aquileja, capparis, caltha palustris,
ulex, das ist Stechginster, hedys arachnites;
Eichengestrüpp reckt sich vorm Wolkenwall –
drei Jahre Frieden, sie mußten ihn absägen,
– violett, meergrün und namenlos,
Die von Circe warns nicht, Feuer lag hinter denen.
Rehbock steht unter Eschen,
Jasmin über Kapitelle gerankt
Selena Arsinoë
So spät fuhren Fürstinnen in den Himmel.
Zu Zephyrium, im Juli wars, zu Zephyrium
Der Großadmiral baute dort;
Aedificavit
TO APHRODITE EUPLOIA
»ein Äolier stiftete dies, ex voto
Arsinoë Kupris.
Bei Mio werden die Häuser des Mondes erneuert
HREZEIN
Selena, Schaum auf dem Wellenwurl
Aus dem Goldlicht, das einbricht im Säulenhag
In Paros, erschlossene Bäume,
Weißfüßig, wie das Weiß von Carrara
in Xoroi.
Gottes Auge bistu.
Die Säulen schimmern wie Glasfluß,
Der Himmel von Ulmenästen verbleit.

CANTO CX
(Auszug)

Dein stilles Haus
Die Beuge des Krummstabs, gebogt in der Wand,
Die Rispen weißfiederig, ein Delphin auf Seesprind

Ich bin unbedingt für Verkehr ohne Tyrannei
– Kielspur tanzquirlig in caracole
Hast du die Kielspur gesehen am Seewall,
ihr Walmen,
Die Flaumschlägerei?
Tatzentapp, Wellenschwapp,
das nenn ich Übermut,
Toba Sōjōs Sinn
stand nach Klarsicht,
das nenn ich Tanzlust
das Walmen über die Wand hier gebogt
che paion' sì al vent'
^{2}Hăr-^{2}la-^{1}llü ^{3}k'ö
vom Wind-wogen
Die neun Lose und die sieben,
und der schwarze Baum mundtot geboren,
Das Wasser ist blau, nicht türkis.
Wenn der Hirsch von der Solquelle trinkt
und das Schaf zum Abtrieb kommt mit dem Enzian,
Kannst du sehn mit Augen von Türkis und Koralle,
kannst du gehn mit dem Wurzelstrunk der Eiche?
Iris, gelb in dem Flußbett dort
Quercus auf dem Sumeru
kannst du sehn mit Türkisen-Augen?
Himmel Erde
in der Mitte
ist
Wacholder

Die Läuterungen
sind Schnee, Regen, Artemisia
dazu Tau, Eiche, Wacholder

Und das Schöne in deinem Sinn, o Artemis
wie von Gebirgsseen im Morgengrau,
Schaum und Seide, Kwannon,
sind deine Finger
und die lange Gelenkheit ihrer Bewegung
Weide und Ölbaum zurückgestrahlt,
Bachwasser bummelt,
Geleucht, topas auf der bleichen Blattunterseite
Windgestanzte Kabbeln am See, Canaletto,
unter Bläue, milchiger als der Himmel,
die Gänge im Stein wie vom Zirkel geschlagen,
der Fels hier ist magnesiahaltig
Cozzaglio, Dino Martinazzi bauten diese Straße
(Gardesana)
...

CANTO CXII
(Unvollendet)

... Eule und Wippsterz
und huo^{3}-hu^{2}, der Feuerfuchs
Amṛta, das heißt Nektar
weißer Wind, weißer Tau
Hier von Anbeginn an, wir sind hier gewesen
von Anbeginn
Aus ihrem Atem entstanden die Göttinnen
^{2}La-^{2}mun̲-^{3}mi
Wenn wir ^{2}Ndaw ^{1}bpö nicht verrichten
ist nichts greifbar
ohne ^{2}Mùan̲ ^{1}bpö
keine Wirklichkeit
Behendigkeit, die kommt vom Wacholder,

Reis wächst und die Erde ist unsichtbar
An den Adern des Granatapfel-Wassers,
in der heiteren Luft
über Li-chiang,
Die Stimme, hell in dem Kiefernwald,
viele Quellen entspringen zufüßen
des Hsiang Shan
Am Tempelteich des Lung-wang,
Gedankenfluß klar
wie der Jade-Strom
玉 Yü
河 ho

Artemisia
Arundinaria
Geworfelt im Schicksals-Sieb

 unterm
Mondreich 

CANTO CXV
(Unvollendet)

Die Wissenschaftler packt das Grauen
        und das europäische Denken steht still
Wyndham Lewis wählte Blindheit
        auf daß sein Verstand nicht still stünde.
Nacht unterm Wind in den Nelken,
        die Nelkenrüschen fast reglos
Mozart, Linnaeus, Sulmona,
Wenn unsre Freunde aneinander geraten,
        wie soll da Frieden sein auf der Welt?
Ihre Ausfälligkeiten erheiterten mich in meiner
                                        grünen Zeit.
Eine Spelze, die's umtreibt, nicht mehr
        doch das Licht singt allewege,
ein Wetterleuchten über den Marschen
        wo der Strandhafer zur Flutwelle zischelt.
Zeit, Raum,
        weder Leben noch Tod ist die Lösung.
Und der Mensch, aufs Gute bedacht,
        der das Böse bewirkt.
»In meine Heimat«
        wo die Toten gewandelt sind
            und die Lebenden aus Pappmaché waren.

EZRA LOOMIS POUND
KONTAKTE UND LEBEN
VON EVA HESSE

Ezra Pounds Leben, von der Geburt in Hailey, Idaho, am 30. Oktober 1885 bis zu seinem Tod in Venedig am 1. November 1972, liegt abgeschlossen vor uns, und das öffentliche Urteil darüber ist von monolithischer Einfachheit: Ezra Pound war der Anhänger Mussolinis, der wohl zu Recht dem Ausschluß aus der Welt aller menschlich Gesinnten verfiel – ein literarischer Sonderfall, auf den sich immer noch unbewältigte Probleme der faschistischen Mentalität beliebig und unwidersprochen projizieren lassen. Aber das dürfte das letzte Wort über ihn nicht sein. Denn diese Einstellung blockiert alle Neugier auf eine Lebensleistung, aus der wir – im Positiven wie im Negativen – immer noch lernen könnten. Kaum einer hat in den ersten Jahrzehnten unseres Jahrhunderts soviel getan, um die alten und engen Ordnungen des westlichen Denkens zu entgrenzen. Keiner ist mit soviel selbstlosem gutem Willen, soviel Humor, Originalität und praktischem Verstand angetreten, um alles »neu zu machen«, d. h. sich auf mehreren Ebenen die Voraussetzungen der Kultur neu zu durchdenken. Dabei stellte er an sich selbst die Forderung einer unbedingten Authentizität (»sinceritas«), einer gelebten und praktischen Deckung für jede neu gewonnene Erkenntnis – im Gegensatz zu seinen berühmten literarischen Freunden, die häufig sehr ähnliche politische Ansichten hatten, es aber bei bloßen Gedankenspielen beließen. Gegen derlei freischwebende Abstraktionen war Pound allergisch: »Wenn ein Mann nicht bereit ist, für seine Überzeugungen ein Risiko einzugehen, dann taugen entweder seine Überzeugungen oder er selber nichts«, sagte er bei seiner Verhaftung 1945.

Es steht denjenigen, die sich für ihre eigene Person niemals auf diese Weise tätig engagieren würden, frei, Pounds Einsatz als typisch amerikanische Naivität abzuwerten. Daß der Ansatz fehl ging und in lähmender Verbitterung endete,

Von li. nach re.: William Carlos Williams, H. D. (Hilda Doolittle), W. B. Yeats, Ford Madox Ford, James Joyce, T. S. Eliot, Wyndham Lewis, Jean Cocteau.

wie so viele hochherzige Unternehmungen in unserer Zeit, liegt nicht allein an Pound, sondern auch an den äußeren Umständen, an dem geschichtlichen Augenblick, auf den er traf. Unser mörderisches Jahrhundert ist ja gekennzeichnet von einer nie dagewesenen und sprunghaft anwachsenden mitmenschlichen Entfremdung, die den sensiblen einzelnen fast unausweichlich in seine persönliche Ecke der Paranoia treibt. Schicksal und Schuld Pounds standen in der Abhängigkeit von seiner Zeit, doch seine Lebensleistung wäre wohl nie zustande gekommen, wenn der Stereotyp des Faschisten, des Antisemiten, des verrückten Geldreformers, die ganze Wahrheit wären.

Pound hat nämlich viele und widersprüchliche Entwicklungsphasen durchlebt, die alle gleichermaßen »wirklich« waren und sich in seinen Werken finden. Wenn wir sie hier kurz skizzieren, wird deutlich, daß das, was ihn in die Ideologie führte, anfänglich recht unscheinbare und harmlose Denkfehler und Denkmeidungen waren, denen wir auch in unseren Tagen noch auf Schritt und Tritt begegnen. Die Überlegung bietet sich hier an, ob bei dem Aufbruch zu etwas Neuem der Augenblick der Wahrheit nicht eher in den Anfängen zu suchen wäre, wo das Wollen noch unverfälscht besteht, als in den späteren Deformationen. Pound selber vermutet, daß in den Menschheitskulturen das Moment der Wahrheit »irgendwie« nicht verloren geht, daß es in verwandelter Gestalt neubelebt werden kann – »vorausgesetzt, daß das Wesen des Irrtums, der sie [die Kultur] zerstörte, erkannt und behoben werden kann«. Er verstand die Revolution, die er für die westliche Zivilisation anstrebte, buchstäblich: als »Rückwendung« – eine Neubelebung und Bestätigung aufgrund der Anfänge, in denen die Urzelle enthalten war, die wirkenden Kräfte oder »semina motuum«, die einer neuen Metamorphose immer noch fähig sind.

Der Sohn Homers. Die Kindheit 1885–1902

In seinen eigenen Anfängen jedenfalls bilden die Lebensprojekte, die sich später in gegensinnigen Linien weiterspinnen sollten: die dichterische Berufung und die Frage der Geldform als dem eigentlichen Prüfstein der Zivilisation, ein integrales Knäuel. Sowohl der Großvater wie der Vater Ezra Pounds befaßten sich, jeder auf seine Weise, damit, »Geld zu machen«.

Der Großvater väterlicherseits, Thaddeus Coleman Pound (1832/3–1914), fraglos die dominierende Figur der Familie, gehörte zu jener Generation von Spekulanten, die um die Mitte des 19. Jahrhunderts in Wisconsin durch Waldabbau große Vermögen machten. Thaddeus und sein Bruder Albert besaßen, bis sie in die roten Zahlen kamen, riesige Trakte von Nadelwald und dazu eigene Eisenbahnstrecken für den Holztransport. Die öffentlichen Proteste gegen die Entwaldung des Landes wurden in diesen Jahren immer lauter, und 1867 erschien der Bericht des amtlich bestellten Komitees für die Untersuchung der »verheerenden Folgen der gegenwärtig so rasch fortschreitenden Zerstörung der Wälder im Staat Wisconsin«*. Vor allem Großonkel Albert Elijah Pound (1831–1913) gehörte zur Prominenz der Nutzholz-Industrie, während Großvater Thaddeus neben seinen Geschäftsinteressen – Abfüllung und Vertrieb von Chippewa Quellwasser und Maklertätigkeiten bei der Chippewa Falls Loan and Trust Company – auch in die Politik einstieg. Er wurde 1870 für ein Jahr Stellvertreter des Gouverneurs von Wisconsin und danach dreimal als Abgeordneter in den Kongreß gewählt.

Der Sohn des Kongreßabgeordneten, Homer Loomis Pound (1858–1942) konnte es mit dieser echt amerikanischen Erfolgsstory nicht mehr aufnehmen – er »machte Geld« auf andere Weise. Homer war, wie Ezra Pound

* Increase A. Lapham, J. G. Knapp, H. Crocker, *Report on the Disastrous Effects of the Destruction of the Forest Trees Now Going on so Rapidly in the State of Wisconsin.* Madison 1867

berichtet, »vielleicht das erste männliche Kind der weißen Rasse« gewesen, das 1858 im nördlichen Teil Wisconsins (unlängst noch Indianer-Territorium) geboren wurde und eine Indianerin zur Amme bekam. Von Thaddeus wurde er auf die Militärschule nach Minnesota geschickt und war eigentlich für die Militärlaufbahn bestimmt. Doch auf der halben Bahnstrecke nach West Point stieg Homer aus und fuhr heim nach Wisconsin, wo er im »Company Store« der Familie zu arbeiten begann. Indessen hatte sich Thaddeus Pound Silberminen in Idaho gesichert und meinte, daß diese Besitznahme am besten über ein Government Land Office, das die Schürfrechte der Gold- und Silbergräber registrierte, zu beglaubigen wäre. Mit der Leitung dieses Land Office wurde nun Homer Pound von Präsident Chester Alan Arthur (1881–1885) belehnt. Das Office befand sich in Hailey, Idaho, dem Ort, wo Ezra geboren wurde und seine Kleinkinderzeit verbrachte. Hier eignete sich Homer Pound, dem die Goldgräber ihre Funde privat zur Begutachtung brachten, die Kenntnisse über Gold und Silber an, die ihn alsbald befähigten, das Amt eines staatlichen Münzprüfers in Philadelphia anzutreten. Die Familie übersiedelte nach Philadelphia und zwei Jahre danach, 1887, in den Vorort Wyncote, wo das eigentliche Haus der Kindheit Ezra Pounds stand.

Der Vater nahm den kleinen Ezra zuweilen ins Münzamt in die Stadt mit, wo er die Goldbarren und Beutel sah. Er dürfe so einen Beutel mitnehmen, wenn er ihn hochheben könne, neckten ihn die Angestellten des Münzamts. Aber der Beutel voll Goldstaub, der sich keineswegs sehr imposant ausnahm, ließ sich nicht von der Stelle bewegen. Wenn man bedenkt, welch ungeheures Gewicht der Sohn Homers späterhin auf die Stimmigkeit seines geschriebenen Wortes legte und wie wichtig die Struktur der Deckung für ihn wurde, gewinnt die folgende Schilderung der beruflichen Tätigkeit seines Vaters einen besonderen Stellenwert:

»Die Goldwaage lebt in ihrem eigenen Glashaus; das Gold und die Gewichte werden mit langen Pinzetten hochgehoben. Wenn ein Gewitter aufkommt, kriegt die Waage ihren Koller. Sie wiegt einem eine Wimper aus; sie wiegt ein Stück Haar von der Länge einer Wimper, das aber beträchtlich weniger wiegt als eine Wimper. Ich habe mitangesehen, wie Rip [Homer Pound] den Namen eines Mannes auf der Visitenkarte wog. Ganz einfach. Erst wiegt man die Karte, dann läßt man den Betreffenden seinen Namen mit Bleistift darauf schreiben; dann wiegt man die Karte mit dem Namenszug.«

Dies der familiäre Hintergrund der Kindheit Ezra Pounds. Es läßt sich leicht ermessen, welch große Bedeutung dem Geld bzw. der damaligen Basis des Geldes, dem Gold, darin zukam.

Wenn der Vater noch in der halben Wildnis geboren worden war, so kam die Mutter, Isabel Weston (1860–1948), direkt aus New York und hatte sogar literarische Konnektionen: Die Westons waren verwandt mit dem populären romantischen Dichter Henry Wadsworth Longfellow (1807–1882) – ein poetisches Blutsband, das Ezra Pound, der Vorreiter der Avantgarde, späterhin schamhaft unterschlug. Jedenfalls war es die Mutter, die schon dem Fünfjährigen die Klassiker vorzulesen pflegte.

Ezra war ein Einzelkind. Sowohl sein Vater wie seine Mutter gehörten gesellschaftlich zu den »besseren Leuten«: Die Westons waren mit der »Lion« in Amerika eingetroffen, ein paar Jahre nach der Ankunft der »Mayflower« (1620), und drei Angehörige der Familie Pound sind bereits 1630 in Connecticut, Rhode Island und Virginia aktenkundig. Angesichts solchen amerikanischen Uradels konnte es gesellschaftlich kaum ins Gewicht fallen, daß Großmutter und Großtante väterlicherseits einer Familie entstammten, die, Männer wie Frauen, auf Pferdediebstahl spezialisiert war. Fünf Angehörige dieser Loomis Gang wurden 1810 zudem wegen Verbreitung von Falschgeld eingebuchtet. Also auch hier schon wieder die prüfende Fixierung auf die Geldform! Einige Gangmitglieder endeten am Galgen. Trotzdem war die Familie Loomis in Oneida County hochangesehen – es waren Gentlemen, die ihre Kinder auf die teuersten und besten Privatschulen schickten, und Ezra verleibte »Loomis« stolz seinem Namen ein.

Vater und Mutter des »kleinen Gargantua« befanden sich jedoch vergleichsweise auf dem sozial absteigenden Ast. Das Gehalt Homer Pounds als Münzprüfer reichte gerade aus, während sich in der unmittelbaren Nachbarschaft ihres Hauses in Wyncote immer mehr Reiche und Neureiche niederließen. Richtig entfalteten die Eltern auch das zum Status des »nouveau pauvre« gehörige Elitebewußtsein. Immerhin lud eine angeheiratete Tante (»Aunt Frank« in den *Cantos*) Ezra und seine Mutter 1898 auf eine dreimonatige Europa-Tour ein, auf der der Dreizehnjährige zum erstenmal London, Paris, Heidelberg, Florenz, Neapel, Rom und Venedig kennenlernte, mit einem Abstecher nach Tanger. 1902 nahm Homer den Sohn auf einer Dienstreise zur Royal Mint von London mit. Vor allem war es die Mutter, Isabel, die mit ihrer gewählten Sprechweise, ihren Seidenkleidern und ihrer stocksteifen unnahbaren Art das Familienniveau hielt und als große Dame die schlichten Leute ihrer Umgebung einschüchterte. »Sie hatte eine Haltung – wie Queen Mary«, berichtet der amerikanische Dichter Louis Zukofsky, der sie in Rapallo kennenlernte. Von ihr ist die Bemerkung überliefert, Ezra habe mit drei Jahren aufgehört, ein Gentleman zu sein* – was immer sich für eine namenlose Schandtat dahinter verbirgt. Homer Pound dagegen soll eine Seele von Mensch gewesen sein (»una pasta d'uomo«, wie sie ihn in Rapallo nannten) und kam mit Leuten aller Schichten sehr gut zu Rande. Angesichts der Erfahrungen, die er selber mit der Militärschule gemacht hatte, mag es erstaunen, daß er den Sohn im Alter von elf Jahren in die nahegelegene Cheltenham Military Academy steckte – aber mangelnde Selbstreflexion über die Schrecken der eigenen Kindheit gehörte ja zum Erziehungsstil jener Zeit. Von dort wechselte Ezra, noch nicht ganz sechzehnjährig, auf die Universität von Pennsylvania, weil er, wie er

* Dorothy Pound, die Ehefrau Pounds, mündlich zur Verfasserin.

später erklärte, dem Drill der Militärschule entkommen wollte. In seiner schriftlichen Bewerbung betonte er altklug, er wolle die »unerheblichen Kurse« auslassen, alle diejenigen nämlich, die für sein Lernziel, ein Dichter zu werden, »der mit dreißig Jahren mehr von der Dichtung versteht als irgendeiner der Lebenden«, entbehrlich waren.

Die Unbedingtheit dieser unter den Umständen doch etwas exotischen Berufswahl mag sehr wohl aus der familiären Konstellation entstanden sein: der lebenstüchtige unabhängige Großvater, die willensstarke, strenge und fordernde Mutter, der schwache, liebenswerte und abhängige Vater könnten beim jungen Ezra ein Gefühl der Unterlegenheit erzeugt haben, eine Ich-Schwäche, die Überzeugung, in der Welt der rauhen materialistischen Konkurrenzkämpfe nicht mithalten zu können, die anderweitig kompensiert werden mußte. Doch auch das Potential einer primären Rebellion ist in dieser Berufswahl angelegt: ein Ausstieg aus den materiellen Normen der Familie und des Vaterlandes, ein Ur-Verrat, den Pound sich selber allerdings dann niemals eingestanden hätte. Ein Kind, das seine Wahrnehmungsfähigkeiten in einem Milieu entwickelt, in dem offensichtliche Widersprüche als nicht existent betrachtet werden, wird es nie fertigbringen, seinen eigenen seelischen Zuständen, Wahrnehmungen und Kommunikationen eine eindeutige Zielrichtung zu geben, und wird in bestimmten Situationen stets reflexhaft, im Sinne der früh-familiären Rollenerwartungen, reagieren. Tatsächlich brachte es Pound viel später fertig, seine Infragestellung der spätindustriellen Geld- und Kreditform als eine Fortsetzung der Familientradition auszugeben und so das integrale Knäuel seiner Anfänge bis an sein Lebensende unentworren beizubehalten. So unterstellte er seinem zeitweilig schwerreichen Großvater Thaddeus C. Pound eine geldreformerische Zielsetzung, wie sie ähnlich der Schweizer Ökonom Silvio Gesell mit seinem Stempelgeld verfolgte, denn T. C. Pound habe bereits ein eigenes Zettelgeld gedruckt: »Es war gültig, solange das Geld auf der Basis von Waren beruhte«, schreibt

Pound 1934 in Rapallo tief bewegt, als er einige Exemplare dieses Zettelgeldes im Koffer seines Vaters entdeckte. Und die wundersame Bestätigung, doch kein Rebell zu sein, sondern auch hier in einer Tradition zu stehen, veranlaßte ihn, zwei Exemplare dieses unbezahlbaren Vermächtnisses zu verschicken: Das eine ging an Mussolini, das andere an Präsident Roosevelt mit dem Hinweis, der zerfledderte Zustand des Papiers beweise, daß es gültiges Geld gewesen sei, »ursprüngliches Geld, d.h. der Mann, der es ausgab, besaß auch die Waren« – im Gegensatz zu den Notenbanken. Die Arbeiter, die mit diesem Geld bezahlt worden wären, hätten ihrem Arbeitgeber damit einen Kredit gewährt. Der Haken an dieser Rekrutierung des übermächtigen Großvaters für die eigene Gesellschaftskritik ist das andersartige Ziel, das der ältere Pound vor Augen hatte: nämlich schlicht die Ausbeutung seiner Arbeiter. Die Union Lumbering Company, die Thaddeus und Albert Pound gehörte, händigte den Lohnabhängigen statt Bargeld selbstgedruckte Gutscheine aus, die nur im gesellschaftseigenen Laden, dem Company Store, gegen Waren oder Lebensmittel eingelöst werden konnten, was für die Eigentümer einen doppelten Schnitt bedeutete. Zudem brachte die Entlohnung in betriebseigenem Geld die Arbeiter in tiefe Abhängigkeit vom Unternehmen. Aus diesen Gründen erfreute sich das Firmengeld bei den Frühkapitalisten Amerikas großer Beliebtheit – bis es von der Bundesregierung verboten wurde.

Auch hinsichtlich der künstlerischen Sensibilität wurde der Großvater nun angepaßt: »Mein Großvater baute eine Eisenbahn, wahrscheinlich weniger aus dem Verlangen, Geld zu machen, oder aus der Illusion, dadurch zu einem Zugewinn zu kommen, als aus angeborenem Schaffensdrang, dem *künstlerischen* Verlangen, etwas zu MACHEN, dem Spaß am Bauen und dem Spiel, Widerstände zu überwinden oder zu überlisten« (geschrieben 1933).

Zeitlebens lavierte Ezra Pound dann auch zwischen zwei unvereinbaren Bedürfnissen, die ihm im Elternhaus vermittelt worden waren: dem der Anlehnung an eine starke »Autorität« und dem der Auflehnung gegen jede Einengung seiner persönlichen Freiheit, die sein Selbstverständnis als freies, unternehmendes und seiner selbst mächtiges Individuum relativiert hätte. Diese unausgedachten Widersprüche führten ihn zu immer neuen Verwechslungen von Auflehnung und Anpassung, Freiheit und Autorität, Wunsch und Realität in seinem späteren Leben. Wie sein Freund, der Bildhauer Michael Lekakis, einmal sagte: »Man kommt immer wieder zu dem Punkt zurück, von dem man ausgegangen ist. Und wenn man von einer falschen Prämisse ausging, kommt man immer wieder auf diese falsche Prämisse zurück.«

Mit seinen Eltern unterhielt Pound die besten Beziehungen und gewann ihr Einverständnis, ja ihre Bewunderung für seine gefahrvolle dichterische und politische Laufbahn, die ihnen doch zuinnerst sehr fremd gewesen sein muß. D. H. Lawrence hat einen Besuch der Eltern bei ihrem inzwischen stadtbekannten Sohn in London beschrieben: »Da war dieser grüne, vorlaute, großkotzige Ezra, mitsamt dem Ohrring, sehr gespreizt und albern. Und dann – nachdem Ezra die Londoner Salons durch sein Gehabe und seine Posen ganz verhext hatte – kamen seine Eltern zu Besuch nach London; und das waren ganz normale und bescheidene Hinterwäldler aus dem Mittelwesten – und Ezra erlosch, und da waren Pa und Ma, ganz normale kleine Leute, und der arme Ezra wußte nicht, wohin mit ihnen.«

Einen etwas anders gefärbten Bericht vom Einbruch der Eltern in die Londoner Kreise Pounds haben wir aus der Feder von Iris Barry: »Violet Hunt, die von jeher viel Phantasie besessen hat, verkündete, ... daß Ezra in Wirklichkeit der Abkömmling nomadisierender Indianer sei, die ihn als Kind ausgesetzt hätten; dem sonderbaren Säugling sei es gelungen, sich am Leben zu erhalten, indem er aus einem Kanister, den er irgendwo in den Wüsteneien Amerikas aufgetan hatte, Petroleum sog – bis er von einem reizenden alten Herrn aus dem Mittelwesten gerettet wurde, der heute keine Gelegenheit vorbeigehen läßt, ohne daß er mit heiterem Stolz seinen seltsamen Findling erwähnt. – Es steckt viel von dem echten, dem hochexplosiven Ezra in dieser kuriosen Geschichte.«

1928, nach seiner Pensionierung, verkaufte Homer Pound das Haus in Wyncote und zog mit Isabel zu seinem Sohn ins faschistische Italien, wo er während des Zweiten Weltkriegs 1942 in Rapallo starb. Isabel Pound starb 1948, 88 Jahre alt, in Südtirol, als ihr Sohn bereits seit einigen Jahren in der Anstalt saß. »Ezra hat seinen Charme von Homer, sein Stehvermögen von Isabel«, so faßte Dorothy Pound es zusammen.

Die akademische Lehrzeit 1901–1907

Der junge Pound hatte sich mit Verve in die hochtrabenden Posen des berufenen Dichters und Außenseiters der bürgerlichen Gesellschaft geworfen. Das betonte er auch in seiner Kleidung: Ein einzelner Türkisohring, die Samtjacke, die wilde rote Mähne verblüfften, ärgerten oder erfreuten seine zaghafteren Zeitgenossen. Als der zwanzig Jahre ältere und bereits transatlantisch berühmte Dichter W. B. Yeats 1903 an der Universität von Pennsylvania Gedichte vortrug, legte der achtzehnjährige Ezra in Anlehnung ans große Vorbild seine brave Brille ab und trug fortan – wie Yeats – einen Kneifer. Der Redakteur einer literarischen Zeitschrift, bei dem er in jenen Jahren vorsprach, schildert seine Aufmachung: »Meine Erinnerung an Pound bei jenem ersten Kennenlernen, als er mir seine Gedichte vorlas, besteht in dem begeisterten Gesicht, der Stimme und dem unbändigen Drang dahinter; in dem Eindruck, daß er ein Troubadour von einer fröhlichen Beknacktheit war, die selbst die Vachel Lindsays übertraf. Aber ich hatte Lindsay nie so für die Rolle ausstaffiert gesehen. Ich würde sagen, daß sein Sakko, sein Hut, seine Weste, jedes Teil für sich, von einer anderen gewagten Farbe war, der Gesamteindruck purpur und gelb, daß der eine Schuh rehbraun, der andere blau war und daß er an seinem gelackten Strohhut ein weißes, rotgepunktetes Hutband trug.« Diese Frevel gegen die enggesteckte Kleider- und Haarordnung sollten als progressive Signale nicht unterbewertet werden – wir erinnern daran, wie ähnliche Veränderungen im Erscheinungsbild der Jugend vor nicht langer Zeit die Schlagstöcke der Polizei und die Galle der Spießbürger anregten.

Eigentlich entsprach Pounds Vorstellung vom begnadeten Barden und Bürgerschreck einer in Europa schon überholten Mode, nämlich dem romantischen Schönheits- und Geniekult der Präraphaeliten, besonders der Rossettis, deren in hohen Auflagen veröffentlichten Übersetzungen aus dem Provenzalischen und Frühitalienischen er zunächst nacheiferte. Die Fächer, die er an der Universität belegte, waren dazu angetan, diese frühen Sympathien durch solidere Kenntnisse zu untermauern, wobei sein Augenmerk im Grunde dem galt, was man heute Komparatistik nennen würde. Nach zwei Jahren an der Universität von Pennsylvania mit kläglichem Notendurchschnitt schickten ihn die Eltern aufs Hamilton College bei Utica in New York State. Dort lernte er unter der Anleitung von Professor W. P. Shepard die Schönheiten der provenzalischen Dichtung im Original kennen, Themen und Motive, die ihn sein Leben lang begleiten sollten. Gleichzeitig beschäftigte er sich dort mit der deutschen Literatur – Heinrich Heine hatte es ihm besonders angetan – und machte seine Zwischenprüfung, den B. A. 1905 kehrte er an die Universität von Pennsylvania zurück, wo er Romanistik belegte und sein Staatsexamen, den M. A., machte. Für seine Doktorarbeit über Lope de Vega erhielt er ein einjähriges Stipendium, das er im Herbst 1907 in eine Reise nach Spanien und Italien investierte. Weil das Stipendium nicht erneuert wurde, nahm er eine Stellung als Assistenz-Lehrer für Französisch und Spanisch am Wabash College in Crawfordsville, Indiana, an, »der gottverlassensten Gegend des Mittelwestens«. Doch in diesem Kaff war seines Bleibens nicht: Nach einigen Monaten löste das College den Vertrag mit der Begründung, er sei

»eher der Typ des Bohemiens«. Pound verwendete die 80 $, die ihm verblieben waren, für eine billige Überfahrt nach Gibraltar auf einem Viehfrachter.

Der Anlaß für diesen Rausschmiß aus der Welt der geregelten Einkommen ist sagenumrankt. Es scheint, daß er, der als Untermieter bei zwei älteren ledigen Fräuleins wohnte, eines tief verschneiten Nachts einen Brief in den Postkasten stecken wollte und auf der Straße eine junge Schauspielerin antraf, die ohne Unterkunft, kalt und ausgehungert durch den Ort irrte. Er nahm sie auf sein Zimmer, gab ihr sein Bett und schlief selber daneben auf dem Fußboden. Woran zu sehen ist, wohin das Studium der ritterlichen Minne führt. Am nächsten Morgen begab er sich ins College, um seine Stunden abzuhalten. Als die Fräuleins das Bett machen wollten, fanden sie es belegt. Ein Riesenskandal erschütterte Crawfordsville, und Ezra wurde aus »Academia« ausgewiesen. Was ihm zunächst nicht viel ausmachte, denn in all diesen Universitätsjahren hatte er sein selbstgestecktes Ziel nie aus den Augen verloren. Wie sein Freund aus der Studentenzeit, William Carlos Williams, berichtet, hatte er ein Jahr lang täglich ein Sonett verfaßt und alle vernichtet. Seinen Eltern teilte er 1907 seinen Entschluß mit: »Bevor ich sterbe, will ich das größte Gedicht schreiben, das je geschrieben worden ist.«

Natürlich war Ezra Pound unter den Gleichaltrigen ein Sonderling. Seine Kommilitonen erinnern sich vor allem an seine Gutgläubigkeit, die ihn zum Opfer ihrer Streiche machte – eine Einfalt, die keine Rückschlüsse auf seine geistige Ausstattung zuläßt. Er war ein Meister des Schachspiels und, bei allen ästhetischen Attitüden, kein Stubenhokker. Als Tennisspieler und Degenfechter stand er durchaus seinen Mann. Bei den Mädchen fanden seine Verkleidungen offenbar großen Anklang. Athletisch, mit grünen Augen, rotblonder Löwenmähne und katzenhaften Bewegungen machte er eine gute Figur und soll in diesen Jahren nicht weniger als drei Verlobungen auf dem Gewissen gehabt haben. Dazu kam die länger anhaltende Verbandelung mit einer »älteren Frau« – Katherine Ruth Heyman, einer jüdischen Konzertpianistin, die später als Scriabin-Interpretin international berühmt wurde.

Gerade der ausgefallene Einfall, ein Dichter zu werden, verlangte ihm eher Geselligkeit als Einzelgängertum ab. Da er sich seine Motivation nicht klar als Rebellion gegen die bestehenden Verhältnisse bewußt gemacht hatte, sondern sie vor sich selber als Weiterführung von etwas bereits Vorhandenem, einer Tradition, ausgab, stand er unter dem Zwang, auch seine imaginäre poetische Gegenwelt für eine unleugbare Realität zu erklären. Deswegen wurde es von ausschlaggebender Bedeutung für ihn, Freunde zu finden, die seinen eigenen Anspruch für wahr nahmen oder ihrerseits ähnliche Ansprüche erhoben:

»... Ich sehne mich nach Menschen meines Schlags
Und Werktagsmenschen sprechen mich nicht an.
Ja ich vergeh nach Menschen meiner Geistesart
Und habe niemand um mich außer Schatten ...« (1905)

Wie durch wunderbare Fügung traf er an der Universität von Pennsylvania gleich zwei Menschen »vom Stamm der eigenen Seele«: den Medizinstudenten und angehenden Dichter William Carlos Williams und Hilda Doolittle. Beiden blieb er sein Leben lang als Förderer und Anreger verbunden. Williams schreibt darüber: »Die Zeit, ehe man Pound kennenlernte, ist wie die Zeit ›vor Christi Geburt‹ und ›nach Christi Geburt‹.« Seiner Mutter berichtete er über den neuen Freund: »Er ist wirklich ein brillanter Gesprächspartner und Denker, aber er legt es darauf an, sich als etwas zu geben, das er überhaupt nicht ist: ein Großmaul. Seine Freunde brauchen viel Geduld, um das zu durchschauen, doch selbst dann darf man es ihn nicht merken lassen, sonst verfällt er sofort in irgendeine bescheuerte Pose und geht einem unheimlich auf den Wecker. Eine Affenschande, denn im Grunde will er doch, daß man ihn gern hat. Aber irgendetwas steckt in ihm, das ihn zu stolz macht, den Leuten entgegenzukommen.« Während seiner Londoner und Pariser Zeit hielt Pound Williams, der sich inzwischen in Rutherford in New Jersey als Arzt niedergelassen hatte, durch einen Strom von Briefen auf dem laufenden. Als Williams dann mit dem Freund, der sich in Europa einen Namen gemacht hatte, als dem »ärgsten Feind, den die amerikanische Dichtung hat« haderte, schrieb Pound außer Fassung zurück: »Ein Jammer womöglich, daß die zwei Hälften von dem, was einen ansehnlichen Dichter ausgemacht hätte, vereinzelt und getrennt durch die Popobacken des arschweiten Atlantiks lebten« und lud ihn auf einen längeren Besuch in seinem Pariser Atelier ein.

Beide, Williams und Pound, verehrten die junge Schönheit Hilda Doolittle: »Sie hatte etwas an sich, das man manchmal an einem wilden Tier findet, eine fliegende Ungeduld«, schrieb Williams. Hilda Doolittle war die Tochter des Professors der Astronomie, Eric Doolittle, der einen Lehrstuhl an der Universität von Pennsylvania hatte. Für Hilda, mit der er sich heimlich verlobte, schrieb Pound seinen ersten Gedichtband, *Hilda's Book*, 57 Seiten, teils getippt, teils liebevoll mit der Hand geschrieben und von ihm höchstselbst in Pergament gebunden – alles in der Verkleidung gedichtet: als William Morris, Dante Gabriel Rossetti, Swinburne. Eines Tages erwischte der Professor die beiden. Außer sich vor Zorn, wies er Pound aus dem Haus: »Sie, SIE sind doch nur ein NOMADE!« Für Hilda eine traumatische Erfahrung. Was ihr Vater vielleicht durchschaut hatte, war die unstete Natur von Pounds Veranlagung, die Tatsache, daß seine existentielle Selbstwahl letztlich die Wahl einer *persona*, einer Maske, war, ein Sein für andere eher als ein Sein in sich. Pounds Ich war damals, wie lebenslang, unterwegs auf der Suche nach sich selber: »... auf der Suche nach ›echter Selbstverwirklichung‹, tappt man umher, stößt auf scheinbare Wahrheit. Man sagt, ›ich bin‹ dies oder jenes und hört auf, es zu sein, eh noch die Worte verklungen sind. Diese Suche nach dem Wesen begann ich mit einem Buch, *Personae* [1909] genannt, in dem ich gleichsam mit jedem Gedicht eine fertige Maske des Selbst abtat.

Ich fuhr mit einer langen Reihe von Übersetzungen fort, die lediglich kunstvollere Masken waren« (Pound). In einer vergrößerten Ausgabe von *Personae* faßte er 1926 alle Gedichte vor den *Cantos* zusammen, zu denen er noch stand, das Prinzip der (auswechselbaren) *persona* blieb also in Kraft. In den *Cantos* wird es in dem dichterischen Ich des Sprechers konzentriert, das Pound »Odysseus« nennt und als »allgestaltig« bestimmt – unfertig, anpassungsfähig, medial – eine offene Form.

Man sieht, welch großes Energiepotential Pound aus einer anfänglichen Unterlegenheit zuwuchs – gerade seine Ich-Schwäche wußte er für sich selber und andere über große Strecken seines Lebens in einzigartige menschliche Stärke und in künstlerischen Gewinn umzusetzen. Aber auch das Problem, eine reale Deckung für seine Wunschvorstellungen zu finden, hat ihn lebenslang motiviert. William Carlos Williams faßte später zusammen, was er davon hielt: »Er lebte einfach auf einer anderen Ebene als irgendjemand sonst auf dieser Erde, einer höheren Ebene! Das schaffte ihm gewisse Vorrechte ... Er versuchte das durchzusetzen, und bei etwas mehr finanziellem Erfolg hätte er es auch geschafft ... Wir hatten einen chronischen Disput, er und ich, was für einen Schriftsteller das angemessene Ziel sei, Kaviar oder Brot. Ich hielt mich ans Brot, Ezra war für den Kaviar ... Er lebte die Rolle des Dichters von heutzutage auf eine Art und Weise, in der nur die wenigsten von uns diese erhabene Angelegenheit in unserer Zeit auszuleben wagen.«

Die Selbstmodernisierung. London 1908–1921

Wenn Ezra Pound nur bis zum Jahr 1921 gelebt hätte, wenn wir von ihm nichts als die Gedichte vor den *Cantos* hätten, so müßte er dennoch als einer der wegweisenden Dichter des Jahrhunderts gelten. Die *Cantos* verdunkeln seine andere Dichtung über Gebühr, so wie der spätere politische Sündenfall Pounds menschliche Qualitäten überdeckt. Sein selbstloser Einsatz für die Dichter und Künstler, die er in

London auftat – Mitspieler, die nach der gängigen Auffassung eigentlich seine Konkurrenten hätten sein müssen – ist heute Literaturgeschichte. Dabei ging es ihm nicht wie anderen, die sich später auf ähnliche Weise einsetzten, um den Ausbau einer kulturpolitischen Machtposition. Auch hatte seine Großzügigkeit keine materielle Basis – geldlich saß er unentwegt auf dem Trockenen. Wenn er aus dem Vollen lebte, war das, was er verschenkte, seine Zeit, seine Intelligenz, seine Kraft, also nicht das, was er hatte, sondern das, was er war. Und wenn er die anderen auch zur eigenen Selbstbestätigung brauchte, so verbrauchte er sie doch nicht. Sein Einsatz war nicht egozentrisch im üblichen Sinn, er kam eher aus einem Einbezogensein in die Wesensart des anderen, die dessen Individualität voll wahrte.

»Er pflegte die anderen zu beschwören, ja zu nötigen, gut zu schreiben, so daß er oft einem Manne glich, der einem Stocktauben beizubringen sucht, daß sein Haus in Flammen steht. Jeder Wandel, dem er das Wort geredet hat, erfüllte ihn mit dem Gefühl äußerster Dringlichkeit. Dies ist nicht nur das Temperament des Lehrers, es stellt bei Pound den leidenschaftlichen Wunsch dar, nicht nur selber gut zu schreiben, sondern in einem Zeitalter zu leben, in dem er von gleich klugen und schöpferischen Geistern umgeben sein würde. Daher seine Ungeduld. Für ihn ist die Entdeckung eines neuen genialen Dichters ein genauso beglückendes Ereignis wie für einen kleineren Geist die Vorstellung, selber etwas Geniales geschrieben zu haben.« (T. S. Eliot)

Wie manchmal später in seinem Leben wählte er Venedig zum Ort der Besinnung vor einem neuen Start. Die Pianistin Katherine Heyman war dort, und der Dreiundzwanzigjährige warf sich alsbald in den Part ihres Werbeagenten. Mit dem, was von seinen 80$ übrig geblieben war, erfüllte er sich einen Herzenswunsch – auf eigene Kosten ließ er seine Gedichte in einer Auflage von 100 Stück unter dem Titel *A Lume Spento* drucken (Juni 1908). Obwohl in diesem Band *La Fraisne* (s. S. 19ff.) und einige andere Gedichte enthalten waren, die er auch in spätere Sammelwerke aufnahm, hat er diese Verse in der Rückschau insgesamt als »alte Sahnetörtchen« bezeichnet. Ein Exemplar des Buches schickte er an sein Idol W. B. Yeats nach London: Der fand es »charming«, ein Ausdruck, den Pound denn doch als »äußerst zurückhaltend« wertete. Von Venedig ging es, wie es heißt, zu Fuß nach Paris und im September nach London, wo Miss Heyman Konzertverpflichtungen hatte. In dieser Stadt, damals das geistige Zentrum des anglo-amerikanischen Bereichs, traf Pound mit genau £ 3 ein. Die erste Zeit lebte er von Pump und Pfandhaus.

Er bewarb sich beim London Polytechnic Institute für eine Vortragsreihe im Januar/Februar 1909 über die Entwicklung der Literatur in Süd-Europa als Einführung zu einer größeren Vorlesungsreihe über die Literatur des Mittelalters, die im Oktober 1909 anlaufen sollte, und erhielt positiven Bescheid. In der Wartezeit plazierte er die restlichen Exemplare von *A Lume Spento* in Buchläden und bei Rezensenten. Anläßlich einer Einladung zum Tee lernte er Olivia Shakespear kennen, »zweifellos die reizendste Frau in ganz London« (Brief an seine Mutter). Olivia Shakespear, mit einem wohlsituierten Anwalt verheiratet, war Romanschriftstellerin und eine Cousine des Dichters Lionel Johnson – sie unterhielt einen literarischen Salon und war eine der drei Frauen im Leben von Yeats, der sie in seinen Gedichten gefeiert hat. Von nun an überstürzten sich die Dinge. Vor allem lernte Pound W. B. Yeats und Ford Madox Hueffer (der 1919 seinen Namen zu Ford Madox Ford änderte) kennen, und er entwickelte die Taktik, sie als das Poesie-Orakel und das Prosa-Orakel abwechselnd zu befragen: »Ich begann mein Leben in London, indem ich nachmittags Ford und abends Yeats besuchte. Wenn man den Namen des einen beim anderen erwähnte, kam immer ein Argument in Gang. Ich wollte von Yeats lernen und entdeckte, daß Ford ihm widersprach.«

In London erfuhr Pound, daß er sich mit seiner Vorstellung des poesievollen Schönen noch in der tiefsten Provinz befand. Er begann das »Aufholen mit dem Zeitstand«, was für ihn hieß, das Sprachmaterial der Versdichtung an den Werten der Prosaliteratur zu messen. Dank seiner Offenheit für andere Autoren entstand aus diesem Bemühen die ideale Lernsituation, in der er immer zugleich beides: Lernender und Lehrer war. Dazu kam seine große Begabung zur Freundschaft. Erst aus dieser Gegenseitigkeit entstand die fruchtbare Wirkung von Pounds Selbstmodernisierung für die klassische Moderne.

Ford Madox Ford, der englische Romanautor und Herausgeber der *English Review*, ist der »Stilist« in Pounds *Mauberley X*. Ford war entsetzt über die blumigen Archaismen in den Versen des jungen Amerikaners, sein Wardour-Street-Idiom*. Sein Urteil hatte für Pound besonderes Gewicht, weil Ford in direkter Linie dem Kreis der Präraphaeliten entstammte. Die Schriftstellerin Violet Hunt, mit der Ford zusammenlebte, war ihrerseits die Tochter des präraphaelitischen Malers Alfred Hunt. Sie war damals Fords große Liebe, und er versuchte mit immer neuen Schlichen, sein Verhältnis mit ihr zu legalisieren, da sich seine Frau nicht scheiden lassen wollte. Der skandalumwitterte Ford war zudem ein Mann von Rang und Einfluß: ein Freund von Henry James, von Turgenev und Joseph Conrad, dessen Manuskripte er in druckreifes Englisch brachte. Pound erinnerte sich an einen Abend mit Ford in Gießen im Jahr 1911. Ford war nach Deutschland gefahren, weil er aufgrund seiner deutschen Abstammung hoffte, von dort aus seine Scheidung in Gang bringen zu können. Pound war aus Italien zu ihm gestoßen und las ihm einige seiner neuen *Canzoni* vor. Er berichtet, wie der nilpferd-dicke Ford sich, vor Pein ob der gekünstelten Poesie-Sprache dieser Verse, höchst unziemlich auf dem Boden wälzte und sich laut stöhnend den Kopf hielt. Das, meinte Pound, hätte seine Entwicklung um mindestens zwei Jahre vorangebracht, denn: »Es erinnerte mich an mein eigentliches Anliegen, nämlich die Verwendung einer lebenden Sprache.« In den

* Wardour Street: Londoner Straße mit Antiquitätengeschäften

berühmten Anleitungen, die er 1915 der Herausgeberin von *Poetry* gab (s. S. 40f.), schwingt also wohl auch etwas von dem mit, was Ford dem jungen Pound eingehämmert hatte: nämlich Flauberts Prinzip des *mot juste* und der natürlichen Ausdrucksweise der gesprochenen Rede.

Pounds Orientierung an den stilistischen Werten der Prosa wirkte alsbald auf das Poesie-Orakel zurück und erschloß Yeats eine völlig neue Schaffensperiode – seine größte, wie viele meinen. Anders als Joyce sechs Jahre zuvor fand Pound Yeats im Jahr 1909 nicht zu alt, als daß man ihm noch helfen könne. Auch D. H. Lawrence, ehedem ein Bewunderer, hatte 1912 befunden, es sei etwas »oberfaul« an Yeats, woran man besser gar nicht rühren solle. Und T. S. Eliot hielt Yeats zu dieser Zeit für ein »belangloses Relikt der neunziger Jahre«. Nur Pound erkannte, daß der um zwanzig Jahre ältere Dichter noch beweglich war und genau wie er und die Jüngeren darauf brannte, den Plüsch der neunziger Jahre abzutun. Auf Yeats mußte die Mischung aus Bewunderung und Widerspruch, mit der ihm der junge Pound entgegentrat, als ständiges Irritans wirken: »Er ... hilft mir, den Weg zurück zum Konkreten zu finden, weg von den neuzeitlichen Abstraktionen. Wenn man ein Gedicht mit ihm durchspricht, ist es, als brächte man einen Satz in die Mundart. Alles wird klar und natürlich.«

Den Winter 1913/1914 und die zwei folgenden wollte Yeats fern von London in Sussex verbringen. Dazu benötigte er einen Sekretär, der maschineschreiben und ihm vorlesen könnte. Pound schien der geeignete Mann. Der sah dies Vorhaben mit gemischten Gefühlen. Einerseits war er bereit, im Dienste der englischen Literatur dies Ungemach auf sich zu nehmen, andererseits sah er voraus, daß »die Yeatse« (wie er den Freund ob seiner seelischen Vielschichtigkeit nannte) ihm mit ihrem Okkultismus den Nerv töten würden. Yeats hatte die Gewohnheit, seine Freunde den mit am Tisch sitzenden Geistern vorzustellen. Zu Pounds Verwunderung erwies sich das Zusammenleben mit Yeats jedoch als recht erträglich: »Er ist privat viel menschlicher, als wenn man ihn immer auf dem Sprunge und im Gewühl erlebt«, meldet Pound an Williams.

Pound hatte die nachgelassenen Schreibhefte und Übersetzungen von Ernest Fenollosa (1853–1908) zur Überarbeitung nach Sussex mitgenommen, vor allem die Rohtexte der Nō-Spiele. Fenollosa, amerikanischer Professor der Volkswirtschaft und Philosophie, hatte von 1878–1890 und 1896–1900 in Japan gelebt. Nachdem die Perry-Expedition des Jahres 1854 die japanischen Kulturwerte bei den Japanern in tiefen Mißkredit gebracht hatte, war es Fenollosa zu verdanken, daß ihr Ansehen wieder auflebte. Er verfaßte das zweibändige, auch in deutscher Übersetzung erschienene Werk *Epochs of Chinese and Japanese Art* (1912), eine Pioniertat im Zuge der beginnenden Anerkennung der fernöstlichen und außereuropäischen Kulturen und eine implizite Kritik an der Ideologie des Kolonialzeitalters. Zugleich war dies ein Vorstoß ins Unbekannte, ein Übergang zum asiatischen Kulturkreis, der Pounds erwachendem Bewußtsein für diese Dinge entgegenkam. Fenollosa: »Wir haben die Chinesen als ein materialistisches Volk hingestellt, haben sie einer verkommenen und entarteten Rasse zugerechnet. Wir haben die Japaner zu einer Nation von Nachahmern abgestempelt. Wir waren so hirnverbrannt, anzunehmen, daß die chinesische Geschichte keine Spur von einer gesellschaftlichen Entwicklung zeige, keine ausgeprägten Epochen sittlicher oder geistiger Krisen. Wir haben diesen Völkern schlankweg die wahre Menschlichkeit abgesprochen; und wir sind mit ihren Leitbildern umgesprungen, als wären sie nichts als komische Einlagen in einer *Opera buffa*. Es obliegt uns nicht, ihre Festungen zu schleifen und ihre Märkte an uns zu reißen, sondern ihr Menschentum und ihren weitherzigen Sinn zu studieren und an ihnen teilzuhaben.« Das waren damals, als der britische Imperialismus im Zenith stand, schon sehr vermessene Äußerungen.

Pound seinerseits begriff sorfort, daß er mit Fenollosas unfertigen Konzepten aus der japanischen und chinesischen Literatur die Urkunden zu einem reichen, bisher wenig erforschten Kontinent des menschlichen Geistes in den Händen hielt, zumal sie ihm eine Bestätigung seiner laufenden ästhetischen Überlegungen brachten.

Die Gedichte der *Cathay*-Folge (1915), die so entstanden, machten Pound alsbald, wie Eliot nicht ohne Bosheit bemerkte, zum »Erfinder der chinesischen Dichtung für unsere Zeit«; *Certain Noble Plays of Japan* (1916) und Fenollosas ausschlaggebender Essay: *The Chinese Written Character as a Medium for Poetry* (1916) waren das Resultat der posthumen Begegnung von Pound und Fenollosa. Pound: »Ich hatte nicht das philologische Rüstzeug, das für eine hieb- und stichfeste Version erforderlich gewesen wäre. Doch Mrs. Fenollosa war der festen Überzeugung, daß Fenollosa die Manuskripte *als Dichtung* eingerichtet haben wollte, nicht als Philologie.« Pounds Arbeit an den Gespenster-Geschichten des Nō-Spiels sollte auch Folgen für Yeats haben. Pound brachten sie den Durchbruch vom *image* zum Ideogramm, für Yeats aber entschied sich über sie sein langes Unbehagen am naturalistischen Theater. Mit dem Nō-Drama hatte er endlich die Gewähr dafür, daß er in Zukunft die Dinge auf der Bühne in der Schwebe lassen und auf das Bühnenbild verzichten konnte; es ermutigte ihn, Masken zu verwenden und als dramatischen Höhepunkt der Handlung den symbolträchtigen Tanz einzusetzen. Das Nō-Spiel führte ihn, nach seinen eigenen Worten, zu einer »neuen dramatischen Form«, die alle seine späteren Bühnenwerke bestimmte. Die Uraufführung seines ersten »japanischen« Tanzspiels *At the Hawk's Well* mit einem japanischen Tänzer in der Hauptrolle fand 1917 im Salon der Lady »Emerald« Cunard statt und markierte den schöpferischen Durchbruch, der Yeats viel Ruhm und 1923 den Nobelpreis einbrachte.

Die Freundschaft der beiden Dichter wurde durch familiäre Bande bestärkt: Pound heiratete im April 1913 Dorothy Shakespear, die Tochter von Yeats' langjähriger Freundin Olivia, und ein Jahr später nahm Yeats Dorothys Cousine und Busenfreundin Georgie Hyde-Lees zur Frau, wobei

Pound den Trauzeugen machte. Allerdings war Dorothy nicht die einzige Flamme Pounds in London: Yeats zog Pound in einem Gedicht mit den Namen von sechs Kandidatinnen auf, und dann waren da noch Katherine Heyman, Bride Scratton u.a.m. Die beiden Dichter blieben einander verbunden, wiewohl sie sich etwas auseinanderlebten. 1928 wurden Yeats und seine Frau Nachbarn der Pounds in Rapallo. Die leicht gespannte Freundschaft zwischen ihnen, die Yeats mitunter zu abfälligen Bemerkungen verleitete, hatte allerdings nichts mit Pounds politischen Ansichten zu tun, wie gerne unterstellt wird, denn auch Yeats war ein Bewunderer von Mussolini und hatte das neue Zeitalter, das er heraufführte, mit den Worten begrüßt: »Ein großer volkstümlicher Führer hat einer jubelnden Menge gesagt: ›Wir werden die verwesende Leiche der Göttin Freiheit zertrampeln.‹ ... Ist es nicht vielleicht möglich, daß ... künftige Generationen es als ihre Aufgabe sehen werden, die Freiheit nicht auszuweiten, sondern sich von ihren Irrtümern zu erholen; daß sie ihr Herz daran hängen werden, die Autorität wieder aufzurichten, die Zucht wiederherzustellen, genug Heldenmut aufzubringen, ohne Opium auszukommen?« Das ist keine vereinzelte oder aus dem Kontext gerissene Äußerung: Bereits 1926 hat Yeats dem irischen Senat vorgeschlagen, das faschistische Erziehungssystem von Giovanni Gentile in Irland einzuführen; sechs Jahre später schrieb er drei Marschlieder für die »Blueshirts«, die irischen Faschisten unter der Führung des früheren Polizeichefs Eóin O'Duffy; und er, der Nobelpreisträger von 1923, weigerte sich 1933, Carl von Ossietzky, der damals im KZ Sachsenhausen den Tod erwartete, für den Nobelpreis vorzuschlagen.

Der Ausflug Pounds nach Sussex zu Okkultismus und Daimonismus der »Yeatse« fiel paradoxerweise zeitlich zusammen mit einem Höhepunkt seiner Selbstmodernisierung, der »die Männer von 1914« zusammenführte, nämlich James Joyce, T. S. Eliot, Wyndham Lewis und Ezra Pound. Im Herbst 1910 war Hilda Doolittle ihrem Ex-Verlobten nach London nachgereist und hatte ihm ihre Gedichte vorgelegt. »Aber das ist ja Dichtung!« hatte er geäußert. Als ehrenamtlicher Auslandskorrespondent der Chicagoer Zeitschrift *Poetry* (ab September 1910) schickte er Hilda Doolittles Gedichte mit entsprechenden Anweisungen an die Herausgeberin Harriet Monroe, zugleich mit zwölf eigenen Gedichten: »Sie müssen selbst die Entscheidung treffen, ob Sie diesen Schwung drucken wollen. Jedenfalls nicht, eh Sie die Gedichte von H. D. und Aldington abgedruckt haben.« Hilda Doolittles Gedichte erschienen im Januar 1913 mit der Signatur: »H. D. *Imagiste*«. Die Märznummer brachte zudem einen Artikel unter dem Titel *Imagisme*, angeblich von F. S. Flint geschrieben, aber in Wirklichkeit von Pound. So trat der *Imagisme* in die Welt und machte »H. D.« und Richard Aldington, den sie bald darauf heiratete, zu Stars der literarischen Szene. Die Thesen der imagistischen Schule, die Ezra Pound zusammen mit den anderen aufstellte, führen zum Teil auf T. E. Hulme zurück; sie bewährten sich hauptsächlich als Korrektiv gegen die Auszehrung der Sprache und die immer höher geschraubte Abstraktionsebene, zu der das Denken in abgeleiteten Begriffsbahnen geführt hatte. Diesen Tendenzen setzte Pound das *image* entgegen – das Programm einer konkreten Bildhaftigkeit. In dem Moment, da aus zwei konkreten Bildvorstellungen ein überraschender Sinnzusammenhang gezündet wird, schreibt er, liegt die Dynamik des Gedichtes. Aus ihr entsteht der »intellektuelle und emotionale Komplex«, in den der Leser einbezogen wird, bzw. der »Vortex« oder »Wirbel«, wie er es späterhin nannte.

Doch die formalen Möglichkeiten des imagistischen Gedichts erwiesen sich bald als allzu eng gesteckt, um die Dichter lange in Bann zu halten. Vor allem Pound wollte ja über die visuelle Scharfeinstellung des Bildes den Zugang zu einer tieferen Sprachschicht gewinnen, die über den rein verbalen Bereich hinausging, um so die inflationierte sprachliche Währung wieder zu festigen. Im *image*, der Bildhaftigkeit, sah er den »primären Werkstoff«, »das Wort jenseits des Formulierten«, »Sprache an sich«. Den Einwand, daß aufgrund der imagistischen Technik nur kurze *Haiku*-artige Gedichte entstehen könnten, überwand Pound, als er sich mit Fenollosas Nachlaß beschäftigte. Gerade die Nō-Texte besäßen, wie er fand, eine »Einheit des *image*« und wären »auf die Potenzierung einer bestimmten Bildvorstellung« hin angelegt. Daraus ergab sich der Übergang vom imagistischen zum »ideographischen« Verfahren, das Pound dann in den *Cantos* anwendet: der Zusammenschluß heterogener Motive über einem sinngebenden Archetyp oder Bildnenner. Das mehrspurige Vorgehen der *Cantos* löst die Wörter aus der bloß zweiwertigen Beziehung von Bild zu Bild mit dem dialektischen Dreischritt von These, Antithese, Synthese, die Pound im imagistischen Gedicht gefunden hatte, und gelangt zur Vielsinnigkeit der metaphorischen Oberschwingungen zwischen den Wörtern, dem Funktionsfeld als einem Abbild der natürlichen Vernetzungen. Tendenziell ist damit eine totale Absage an die formale Logik des westlichen Denkens gegeben: »Wir denken nicht mehr oder brauchen nicht mehr mittels einer monolinearen Logik zu denken, mittels der Satzstruktur von Subjekt, Prädikat, Objekt etc. Wir sind imstande oder fast imstande, wie der Biologe Gedanken zu denken, die sich wie Radspeichen in der Nabe vereinigen und in hypergeometrischen Amalgamen verschmelzen«, so Pound. Ein »grüner« Denkansatz, der uns heute sehr aktuell anmutet, der aber jahrzehntelang – vor allem dank Yvor Winters* – die kritische Herabsetzung der *Cantos* bestimmt hat.

1913 stellte Pound eine imagistische Anthologie zusammen. Dabei erwähnte Yeats beiläufig das Gedicht eines unbekannten, in Triest wohnhaften irischen Autors: James Joyce. Pound schrieb an Joyce, und von nun an sollte der briefliche Kontakt zwischen den beiden nicht mehr abreißen. Pound erhielt die Texte, die Joyce nirgends hatte publizieren können, und brachte sie in verschiedenen Zeit-

* Yvor Winters, führender Vertreter des »New Criticism«, in: *The Function of Criticism*, 1957, und *In Defense of Reason*, 1957.

schriften als Fortsetzungsromane unter. Er besorgte Joyce Zuwendungen und Preise, und 1915, als er zunächst mittellos und am Ende seines Lateins in Zürich saß, schickte Pound ihm anonym aus der eigenen, stets abgebrannten Tasche £ 25 und dreizehnmal wöchentlich £ 2. Pound war es auch, der die Erstveröffentlichung von Joyces *Ulysses* in der *Little Review* in Amerika zustande brachte – bis zum Publikationsverbot 1921. Er lernte den *Ulysses*-Text kennen, wie er entstand, Kapitel für Kapitel, und aus dieser Erfahrung entwickelte er neue Richtlinien für sein geplantes Hauptwerk, das große zukünftige Epos. Aber Pound sorgte nicht nur für die Drucklegung, sondern auch für die Rezeption des Werkes, indem er eine Rezension nach der anderen, ein Essay nach dem anderen über Joyce schrieb – zu einer Zeit, da Joyce sonst kaum eine Resonanz fand. Es war die erste kritische Auseinandersetzung mit Joyces Werk überhaupt. Für Pound wurde diese Zeit so zum »Joyce-Jahrzehnt«. Später erinnerte er sich: »1912 oder 1911 beschwor ich, was es so an Göttern gibt, mit dem Vierzeiler:

Christus, schick einen Rabelais aus tiefster Hölle,
Der rülpst und hurt und auf der Stelle,
In passendem Jargon die Gegenwart benennt
Und so ihr Denkmal unvergänglich baut aus Exkrement.

Ulysses betrachte ich als die Erhörung.« Zunehmend neigte Pound dazu, in Joyces Roman auch eine politische Tat zu sehen: das Konterfei Irlands unter der imperialistischen britischen Wucherherrschaft und die Katharsis Europas vor dem großen Krieg – all die »Lichtlosigkeit, die Verfahrenheit und die Murkserei einer ›Kultur‹, die von anonymen Machtstrukturen und einer gekauften Presse beherrscht wird samt der Misere des denkenden einzelnen in diesem Leerlauf«. Joyce selber lag freilich jede politische Absicht ganz fern. Als *Ulysses* endlich veröffentlicht worden war – dank Sylvia Beach, die Pound ihm vorgestellt hatte –, setzte eine gewisse Entfremdung zwischen den beiden Autoren ein, vor allem weil Pound dem *work in progress, Finnegans Wake*, nicht viel abgewinnen konnte. Die Desillusionen des Ersten Weltkriegs, die Irrelevanz des künstlerischen Berufs in der Gesellschaft und die Erfahrung der eigenen hoffnungslosen wirtschaftlichen Misere trotz aller Arbeit hatten Pound soziale und ökonomische Zusammenhänge zu Bewußtsein gebracht, die es ihm von etwa 1918 ab unmöglich machten, wie andere Literaten die Ereignisse passiv hinzunehmen oder – das geht auf Joyce – sein ganzes geistiges Kapital in der Errichtung »literarischer Denkmäler ihrer selbst« anzulegen. Ein großer Schriftsteller müsse auch eine Verantwortung für das Ganze fühlen und »die Extreme der eigenen Zeit erfahren«. Aber als Pound mitten im Zweiten Weltkrieg die Nachricht von Joyces Tod erhielt, sprach er über den römischen Radiosender einen Nachruf, der seiner Sensibilität ein gutes Zeugnis ausstellt, denn hier erwähnt er Dinge, die Joyce warm ums Herz gemacht hätten: »Die Welt hat einen großen Tischgesellen verloren ..., der privat ein Komödiant von großer Klasse war. Einen Spaßvogel, der seine Mitmenschen reichlich verachtete, aber kaum Bitterkeit kannte. ... So mag es auch schwarz auf weiß festgehalten werden, daß Joyce unter dem wüsten Schwall von Beschimpfungen, die um 1920 auf sein Haupt niedergingen, nur eine einzige schüchterne Beschwerde vorbrachte, nämlich: ›Wenn doch nur einer der Kritiker mal sagen würde, daß das Buch umwerfend komisch ist!‹ ... Möge sein Geist sich zu dem von Rabelais in Chinon gesellen, mögen ihre Gläser niemals leer sein! Er war nicht nur ein großer Schriftsteller, er hatte auch einen sehr schönen Tenor, ... und konnte bis zu einem beachtlichen Alter die Beine wie ein Revuegirl bis zum Kristallüster werfen.« Beide – Joyce wie Pound – lebten ganz aus der Hingabe an ihre Kunst, aber in geradezu antinomischer Weise.

Ebenfalls im Jahr 1914 lernten sich Ezra Pound und T. S. Eliot kennen. Eliot zeigte Pound ein für die damalige Zeit anstößiges Gedicht, das er nirgendwo hatte unterbringen können – *The Love Song of J. Alfred Prufrock*. Pound zwang die widerstrebende Harriet Monroe unter Androhung seines Rücktritts von ihrer Zeitschrift, das Gedicht zu veröffentlichen: »Er [Eliot] ist der einzige Amerikaner, den ich kenne, der das, was ich eine zureichende Vorarbeit fürs Schreiben nenne, geleistet hat. Er hat sich allen Ernstes selbst ausgebildet und modernisiert.« Eliot und Pound wurden einander die besten Freunde. Trotz ihrer manischen Verschlossenheit in Privatdingen vertrauten sie sich sogar ihre intimsten Geheimnisse an, wie eines Tages aus der noch unveröffentlichten Korrespondenz ersichtlich werden wird. Als T. S. Eliot 1915 Vivien Haigh-Wood ehelichte, traute er sich nicht, diese unpassende und unselige Liaison seinen Eltern in Amerika mitzuteilen. Pound mußte einspringen und den schwierigen Brief ausbrüten. Er prophezeite Eliots Altvorderen, daß dieser als Dichter glatter und schneller Karriere machen würde als er selber. Wie recht er haben sollte! Fortan war er permanent damit befaßt, dem hypersensiblen, depressiven und »viel schwächeren« Freunde Geld, Zuspruch und Erholung zu verschaffen. 1917 erschien, um ihn aufzumuntern, dank Pound der erste Gedichtband Eliots: *Prufrock and Other Observations* in Druck. Harriet Weaver veröffentlichte ihn in ihrem Verlag, The Egoist Press, nachdem ihr Pound insgeheim versichert hatte, er würde für die Druckkosten aufkommen: Das Geld kam in Wirklichkeit aus der Tasche von Dorothy Pound, aber davon erfuhr Eliot nichts.

Als 1922 *The Waste Land* herauskam, hatte Pound durch die geniale Reduktion der wirren und unebenen Urfassung auf etwa die Hälfte entscheidenden Anteil an seinem Erfolg: »ein unwiderlegbares Zeugnis für Pounds kritisches Genie« (T. S. Eliot). Pound sandte das redigierte Manuskript an Eliot nach London mit einem Gedicht, in dem er seine Hebammendienste unter dem Titel *Sage Homme* (= Wehvater) zusammenfaßte:

Die Verse hier hat Eliot gedichtet,
Von Miss Urania notgezüchtet;

Ein Mann als Mutter sie entband,
Die Muse hatt ihn übermannt.

So überzwerch gebubet und gehurt,
Wie kam zustand die Schwergeburt?
Wenn dich das zwackt, geneigter Leser, wisse:
Daß in der Umständ Anbetracht
Ezra den Kaiserschnitt gemacht.

The Waste Land löste Bestürzung und Schock aus, es schien die Quintessenz der Sinn-Krise der westlichen Zivilisation zu enthalten, die der Weltkrieg im Bewußtsein der jungen Generation bewirkt hatte. Und mit der Zeit nahm es die Dimension eines Jahrhundertgedichts an, so wie der *Ulysses* als der Jahrhundertroman gilt.

Nach dem Zweiten Weltkrieg, als Ezra Pound mit genauer Not dem Tod auf dem elektrischen Stuhl entgangen war, stand T. S. Eliots Ansehen im Zenith – er galt als ragender Fels der christlichen Moral und politischen Unanfechtbarkeit, beinahe stand er im Geruch der Heiligkeit. Das wurde dann auch richtig mit dem Nobelpreis honoriert. Anders als Pound hatte Eliot seine politischen Überzeugungen mit großer Umsicht in den kulturellen Hierarchien abgesichert, aber sie unterschieden sich im wesentlichen von denen des verfemten Freundes nur dadurch, daß sie viel älteren Datums waren: »Die meisten der Ideen, die mich zum Faschismus hingezogen hätten, habe ich bereits in den Werken von Charles Maurras gefunden«, bekannte Eliot. Auf einer Vortragsreise in Amerika im Jahr des Wahlsiegs der Nazis (1933) hatte er die Meinung geäußert, daß »Gründe der Rasse und der Religion sich verbinden, um eine große Anzahl von emanzipierten Juden in der Gesellschaft unerwünscht zu machen. ... Der Geist übertriebener Toleranz ist abzulehnen.« Maurras' *Action Française* knüpfte da an, wo der Dreyfus-Prozeß aufgehört hatte: Sie war antisemitisch, monarchistisch und autoritär. Im Zweiten Weltkrieg arbeitete Maurras mit den deutschen Besatzungsbehörden und der Vichy-Regierung Pétains zusammen, wobei er viel weiter ging als der alte Marschall, sah er doch in der deutschen Besetzung die Gelegenheit, Frankreich »ein für allemal von dem jüdischen Aussatz zu befreien«. Viele seiner Ideen hinsichtlich der »Überfremdung« werden gerade heute in Frankreich wieder aufgewärmt und finden großen Zulauf. Auch noch als Maurras nach dem Krieg zu lebenslänglichem Zuchthaus verurteilt worden war, setzte sich Eliot für ihn ein und schrieb eine *Hommage à Charles Maurras*, in der er ihn mit »cher Monsieur et Maître« anredete. Faschist könne Maurras nicht gewesen sein, denn er habe doch seine politische Philosophie formuliert, ehe man etwas vom Faschismus gehört habe.

Dem Kulturkritiker, Maler und Romancier Wyndham Lewis war Pound im Redaktionsbüro der *English Review* begegnet. Lewis war ein hervorragender Zeichner und Portraitist. Als »führender Kunstpolitiker« (so Lewis) wurde er sehr schnell zum hektischen Anführer der Avantgarde. Wegen seiner zänkischen und unberechenbaren Natur war es keineswegs leicht, ihn gern zu haben. Nur Pound gelang es. In seinem ganzen Leben scheinen diejenigen, die besonders rüde mit ihm umsprangen, für Pound eine eigene Anziehungskraft gehabt zu haben. Vielleicht hielt er den ruppigen Umgangston für eine besondere Spielart unverblümter Wahrhaftigkeit. Lewis stufte ihn zum Dank in seinem großen, aber wirren philosophischen Werk *Time and Western Man* (1927) als »revolutionären Einfaltspinsel« ein und geißelte seine schöpferische Sympathie als ausgesprochene Geistesarmut: »Pound scheint den einzelnen Menschen überhaupt nicht zu sehen. Er sieht die Menschen und Dinge, wie sie andere sehen würden, es gibt keinen unmittelbaren Kontakt zwischen Ezra und einem einzelnen Menschen oder Ding ... Doch wenn er in die Haut eines Mächtigen, Berühmten, eines Properz oder Arnaut Daniel schlüpfen kann, dann wird er auf der Stelle zu einem Löwen oder Luchs. Diese Art von Parasitismus ist bei ihm phänomenal. Wenn er wiederum in seiner eigenen Person als

Pound schreibt, klingen seine Worte unfehlbar theatralisch, falsch und dazu trivial.«

Pound seinerseits bemerkte 1962 in einem Interview ganz harmlos: »Wyndham Lewis hat immer behauptet, daß ich die Menschen im Grunde gar nicht sähe, weil ich überhaupt nie merke, wie bösartig oder widerlich sie sind. Ich interessierte mich nicht die Bohne für die Schattenseiten meiner Freunde, sondern nur für ihre Intelligenz.«

1913 war Marinetti nach London gekommen und hatte die Manifeste des Futurismus und seine eigene Staccato-Lyrik zum Lob der Maschinen vorgetragen, ein Programm, das sich gegen die romantische Verherrlichung der Natur richtete: »Tuons le clair de lune!« Der junge Bildhauer Henri Gaudier, Pounds neueste Entdeckung, Wyndham Lewis und T. E. Hulme sorgten als Zwischenrufer für Radau im Saal. Als Reaktion auf Marinettis »Automobilismus« gründeten Lewis, Jacob Epstein und Henri Gaudier nun ihre eigene modernistische Bewegung: den »Vortizismus«. Am 20. Juni 1914 erschien die erste Nummer ihres Hausorgans: *Blast: A Review of the Great English Vortex*, das Modernität, Vitalität und Dynamik aufs Banner geschrieben hatte. Pound lieferte das literarische Argument – den Essay *Vorticism* (s. S. 102ff.) und mehrere Gedichte. Nur wenige Nummern der neuen Zeitschrift konnten erscheinen, ehe das Geld ausging. Der ungeheure Theaterdonner, den sie aufgeführt hatten, wurde den Vortizisten durch den Ausbruch des Ersten Weltkriegs gestohlen, in dem unter so vielen anderen auch T. E. Hulme und Henri Gaudier fallen sollten.

Wenn Lewis Pound einen »revolutionären Einfaltspinsel« genannt hatte, so ist das keineswegs auf Pounds politische Stellungnahme für den Duce zu beziehen, wie man vielleicht annehmen möchte. Er wollte auf etwas anderes hinaus. Wie Eliot, Hulme und Marinetti lehnte Lewis alle humanitären Regungen als Gefühlsduselei ab und ersetzte sie durch eine ästhetische Härte, den »Neoklassizismus«, der eine Frühform der »Ästhetisierung des Politischen« (Walter Benjamin) darstellt. Die neue Kunst sollte nicht sentimental, romantisch, humanistisch oder »kosmisch vermanscht« (Lewis) sein, sondern »klassich, rational, überlegen, aristokratisch, reaktionär« (Eliot), vor allem aber: hart. Byzanz spukte als ideale Gegenwelt in ihren Köpfen, eine autoritäre, bis ins letzte geregelte, hierarchische Staatsform, die dem Künstler stabile Verhältnisse (sprich Staatsaufträge) bieten konnte, wie sie historisch für sein Schaffen so förderlich waren – im Gegensatz zur krisengeschüttelten Massendemokratie der Neuzeit. In dem Hang, gemeinsame Sache mit anderen zu machen, schrieb Lewis – vielleicht in dem Gedanken an Pound –, liege »eine die Individualität aufweichende Tendenz«, die dem elitären Bewußtsein des wahrhaft schöpferischen Menschen zutiefst zuwider ist. Denn eins stand für ihn fest: »Alles, außer einem selber, ist Dreck.« Anders und politisch gesagt: »Kein Künstler kann je die Demokratie oder deren doktrinären und primitiveren Verwandten, den Kommunismus, lieben.« Später, im Jahr 1937, schrieb er im Organ der britischen Faschisten, daß »für die angelsächsischen Länder, wie sie heute konstituiert sind, eine modifizierte Form des Faschismus wahrscheinlich das Beste ist«. Sein Lobwerk *Hitler* erschien 1931 und wurde 1932 sogar ins Deutsche übersetzt: *Hitler und sein Werk in englischer Beleuchtung*.

In den Redaktionsräumen von A. R. Orages Zeitschrift *The New Age* machte Ezra Pound seine ersten politischen Gehversuche: »Ich weiß nicht, wo mein Studium der Politik begann. Ich glaube, es war im Büro des *New Age*, wo ich lernte, den Krieg nicht als Ereignis in sich, sondern als Teil eines Systems zu verstehen.« In den Jahren unmittelbar vor dem Ersten Weltkrieg war dies Blatt eine linke Zeitschrift, die jedermann, der etwas auf sich hielt, las. Sie stieg zur führenden sozialistischen Zeitschrift Englands auf, und ihre Spalten wurden zur maßgeblichen Arena der kulturkritischen und politischen Auseinandersetzung. Dort erhielt Pound Gastrecht und veröffentlichte in zehn Jahren an die 300 Artikel, u. a. auch als Kunstkritiker »B. H. Dias« und als Musikkritiker »William Atheling«. »Ich schwebe tagelang in Musik«, sagte er. Um 1912 fing Orage an, für eine neue sozialistische Alternative einzutreten, den »Guild Socialism«, zu dessen Anhängern auch Bertrand Russell und Martin Buber gehörten. Die »Guild Socialists« wollten eine Neuorganisation der Gesellschaft aufgrund der Berufsgruppen, d. h. die Produzenten sollten in der Politik nicht geographisch, wie bisher, sondern nach Berufen vertreten sein, in »Gilden«. Diese industriellen Gilden sollten den Arbeitern »einen gleichwertigen Anteil an der Verantwortung in der Betriebs- und Geschäftsleitung« (Orage) sichern. Letztlich sollte das auf eine volle betriebliche Selbstbestimmung der Arbeitnehmer hinauslaufen: Die »Gilden« würden die Produktionsqualität bestimmen, die Preise festsetzen und die Steuern an den Staat entrichten. Jedes Gildenmitglied würde seinen Lohn fortlaufend ausgezahlt bekommen, ärztlich versorgt werden und schließlich eine Pension erhalten. Die Grundidee der Bewegung war, daß »Menschen nicht wirklich freie Bürger sein können, solange sie nicht in ihrem täglichen Leben als Produzenten frei und selbstbestimmend sind« (G. D. H. Cole).

Ungefähr 1918 lernte Pound in den progressiven Kreisen des *New Age* auch den Major C. H. Douglas kennen, zu dessen »Social Credit«-Lehre Orage nun überging. Diese Bekanntschaft führte Pound zu der lebenslangen Überzeugung, daß das kapitalistische Kreditsystem, das er unter dem älteren Namen »Wucher« bekämpfte, das Erzübel der modernen Industriegesellschaft sei. Die Wirtschaftslehre von Douglas läuft darauf hinaus, daß die Regierung den privaten Banken die Kontrolle des Kredits aus der Hand nehmen muß, damit die unvermeidliche Differenz zwischen den Preisen und der Kaufkraft, die zu den zyklischen Wirtschaftskrisen führt, vom Staate ausgeglichen und gelenkt werden kann. In gewisser Weise stand Douglas damit in Konkurrenz zur Theorie von J. M. Keynes, nur, daß Keynes die Kreditpolitik weiterhin den Banken überlassen wollte und lediglich eine freiwillige Zusammenarbeit zwischen der Regierung und dem Big Business bei der Stabilisierung der

Preise und der Steuerung von Angebot und Nachfrage vorsah. Douglas hatte in seinen Schriften betont, daß die Staatsausgaben in Kriegszeiten immer die Grenzen eines ausgewogenen Haushalts überschritten, daß aber gerade in Kriegszeiten bei gleichzeitigem Anwachsen der Staatsschuld immer Hochkonjunktur herrsche. Die Großbanken und die Hochfinanz hätten mithin ein direktes Interesse daran, Kriege heraufzubeschwören, um so ihre Profite zu steigern. Hier ist die Stelle, in der Pounds Paranoia ansetzte, als Überzeugung, daß alle Kriege von der internationalen Großfinanz heraufbeschworen werden, um sich an der Staatsschuld zu mästen. Mit der Zeit entwickelte sich das bei ihm zu einem regelrechten Verfolgungswahn, in dem die Vorstellung von einem »inneren Feind« – dem jüdischen Finanzier, der gekauften Presse, den im Interesse des Wuchers verfälschten Lehrplänen der Universitäten – natürlich nicht fehlen durfte. Doch auch die Theorie des Sozialkredits kann sich angesehene Namen zurechnen: Aldous Huxley, Edwin Muir, Herbert Read, I. A. Richards, T. S. Eliot, Wyndham Lewis, William Carlos Williams und sogar Charlie Chaplin – um nur einige zu nennen. Nur Pounds Anhängerschaft gilt als anrüchig. Späterhin setzte sich Pound noch zusätzlich für die Freiwirtschaftslehre des Anarchisten Silvio Gesell ein, der in der Zweiten Münchner Räterepublik von 1919 Finanzminister gewesen war.

Das damalige Urteil von Orage über Pound ist von großem Interesse: »Seine Exzentrizitäten sind die Feinde seiner Persönlichkeit, und sie werden, wenn er sie nicht abstellen kann, immer mit seinem Schaffen und seinem Erfolg in Widerstreit liegen. Anscheinend erweckt Pound bei seinen Lesern am liebsten den Eindruck, daß er ein Eisenfresser sondergleichen und ein Scharlatan reinsten Wassers ist, der sich anmaßt, Leuten, die turmhoch über ihm stehen, Tugenden zu predigen, deren er sich selber nie befleißigt hat. Es ist ein absolut falsches Bild, ein ausdermaßen unähnliches Selbstportrait, eine böswillige Karikatur seiner selbst. Ein Psychoanalytiker würde in all dem die

›Kompensation‹ erkennen, einen Versuch von seiten Mr. Pounds, seine positiven Eigenschaften als Fehler zu tarnen. Kurzum: Mr. Pound hat nicht den Mut zu seinen Tugenden.«

Als Mentor respektierte Pound immer die Eigenheiten der anderen, und er erkannte literarische Qualitäten auch dort, wo sie keineswegs in seine eigene modernistische Richtung paßten. So verhalf er Robert Frost zum Durchbruch, indem er dessen ersten Gedichtband in einigen Besprechungen groß herausstellte. Es läge wohl in der Natur der Sache, schrieb er, daß er selber oder Hilda Doolittle erst ins Ausland hätten gehen müssen, um gedruckt zu werden, denn: »Es ist einfacher für uns auszuwandern, als es für Amerika ist, seine Zivilisation zu verändern«, aber warum ein amerikanischer Dichter vom Schrot und Korn New Englands wie Robert Frost im Ausland erscheinen müßte, das sei einfach unerfindlich. Zwanzig bittere und einsame Jahre hatte Frost in Amerika damit hingebracht, eine Ausdrucksweise herauszukristallisieren, die sich selbstverständlich und kunstlos gibt und doch jede Subtilität in den Griff bekommt. Vielleicht trifft Pounds Definition eines Klassikers als eines Mannes, der viel Zeit auf die Suche nach der geringstmöglichen Abweichung von der Norm verwendet, welche die gewöhnlichste Redensart in etwas Erlesenes verkehrt, auf Robert Frost zu. Das gäbe uns auch das Maß der Fremdheit, das Frost von den Modernen trennt, deren Suche nach größtmöglicher Originalität die entgegengesetzte Richtung eingeschlagen hatte. Dank Pound kehrte Robert Frost als berühmter Mann nach Amerika zurück, wo er allmählich zum Lieblingsdichter der amerikanischen Öffentlichkeit wurde. Das ging soweit, daß John F. Kennedy ihn anläßlich seiner Amtseinführung feierlich zu einer Dichterlesung ins Weiße Haus einlud (wobei Frost die Stimme versagte). Es konnte nicht ausbleiben, daß der moralisch unangefochtene Frost als Knüppel gegen den verfemten Pound benutzt wurde. Frost konnte Pound persönlich nicht leiden und ließ sich lange bitten, ehe er – nach zwölf Jahren – seinen Namen unter die Eingabe um Pounds Entlassung aus der Anstalt setzte. Als Pound danach von einem Reporter gefragt wurde, ob ihm Frost nicht eigentlich zu Dank verpflichtet gewesen wäre, lächelte er und sagte: »Die Schuld hatte er schon beglichen, als er *North of Boston* veröffentlichte.« *North of Boston* war Frosts zweiter Gedichtband.

Die Möglichkeiten eines »Risorgimento«, eines neuen geistigen Erwachens, einer Kultursynthese aus der europäischen und amerikanischen Geistesart, verschlugen Pound den Atem und ließen ihn von dem Dauerzustand hochgemuter Abgebranntheit, in dem er zu dieser Zeit existierte, absehen. »Ein Risorgimento bedeutet ein geistiges Erwachen. Nicht nur die Kunst wird davon erfaßt, sondern auch das Leben, die Politik und die Wirtschaft ... Ein Risorgimento bringt eine Welle der Befreiung mit sich: Befreiung von Ideen, von Borniertheiten, von Lebensbedingungen und von der Tyrannei des Reichtums und des Militärs« (Pound). Trotzdem er sich mit einer unüberschaubaren Vielfalt von journalistischen Gelegenheitsarbeiten abrakkerte, die ihn immerfort zwangen, seine eigentliche Arbeit zurückzustellen, erscheinen während der Londoner Zeit doch an die zwanzig Bände Lyrik und Prosa aus seiner Feder. Viele davon stellen einen Schub in seinem wachsenden Bewußtsein für die aktuellen Probleme seiner Gegenwart dar. In den Manifesten *I Gather the Limbs of Osiris*, einer Artikelreihe des Jahres 1911, und *Patria Mia* (1912), dem enthusiastischen Ergebnis eines Aufenthalts in New York, entwickelt er bereits die Motivation für die *Cantos*, die er wohl schon zu dieser Zeit zu schreiben begann. In den Lyrikbänden *Ripostes* (1912) und *Lustra* (1916) schult er sich am Vorbild der römischen Dichter des augusteischen Zeitalters und ergänzt die auf Sehschärfe gestellten Konturen des imagistischen Gedichts um eine urbane Weltläufigkeit voller Witz und ironischer Eleganz. In den beiden überaus vielschichtigen Gedichtzyklen *Homage to Sextus Propertius* (geschrieben zwischen 1913 und 1916) und *Hugh Selwyn*

Mauberley (1920) darf man wohl seine Abrechnung mit dem spätimperialistischen Klima der Großstadt (London = Rom) sehen, ausgelöst durch den furchtbaren »culture shock« des Ersten Weltkriegs und der Brutalisierung aller Lebensformen, die Pounds Hoffnungen auf eine schöne neue Welt des Geisteslebens in der Wurzel zerstörten. Da er nun anfing, die Ursache dieses und aller Kriege in den Wirtschaftszyklen des kapitalistischen Systems zu sehen, kam er von seinem ursprünglichen Plan ab, sein großes Gedicht als die private Aufzeichnung einer hochgeistigen Sensibilität innerhalb der westlichen Zivilisation zu schreiben, wie an seinem Fehlstart, den drei verworfenen *»Ur-Cantos«* (geschrieben Ende 1915, erschienen 1917), zu ersehen ist. Diese *Cantos* setzten in der direkten Ich-Form ein und wahrten damit den Ton des intimen lyrischen Bekenntnisses. Die eigentlichen *Cantos* entstanden dann 1923, als er seinen ersten Entwurf umschrieb, so daß der Text nicht mehr von Pound in eigener Person, sondern über die *persona* des Odysseus gesprochen wird. Das Gedicht ist nun konzipiert als ein Ausbruch aus der westlichen Zivilisation und eine Rückkehr zu den Anfängen der Kultur, die Pound als Versuchsperson stellvertretend für alle unternimmt. Auf diese Weise verbindet sich der Intimton der Lyrik mit dem Kollektivton der Epik über das dramatische Verfahren der *persona*. »Ein Epos ist ein Gedicht, das die Geschichte mit einbegreift«, definiert Pound. Freilich war das Problem zunächst nur auf der Ebene der literarischen Gattung gelöst.

In der *persona* des römischen Dichters Properz ist Pound der lyrische Dichter, der nur aus dem eigenen intimsten Erleben heraus schöpferisch wird: »ein Mädchen nur ist mein Genie«, und deswegen jeden öffentlichen oder politischen Auftrag als Versuchung zum Abweichen von der unbedingten Wahrhaftigkeit zurückweist. Dagegen malt sich Pound in der *persona* von Mauberley die Gefahren eines Daseins aus, das derart ins Private zurückgenommen ist. Sie erweisen sich als die Gefahren der formalistischen Verknöcherung, einer immer dünneren ästhetischen Existenz, die an einer Art Schwindsucht verdämmert. So ist Pounds weiterer Lebensweg in *Mauberley* schon vorprogrammiert, dort, wo zum erstenmal der Begriff »Wucher« auftaucht. Hier findet sich auch das Fazit, zu dem Pound, der mit soviel jugendlichem Enthusiasmus für die Werte der Zivilisation aufgebrochen war, sich durchgerungen hatte (s. S. 101) – ein Statement, bei dem einen schon Bestürzung ankommen kann.

Zwischenstation. Paris 1921–1924

Ab 1920 trug sich Ezra Pound mit dem Gedanken, London zu verlassen. Mehrmals fuhr er nach Paris, um die dortige Kulturszene zu erkunden, ehe er sich endgültig für eine Übersiedlung entschied. In einem seiner »Briefe aus Paris«, die ab Oktober 1921 regelmäßig in der New Yorker Zeitschrift *The Dial* erschienen, begründet er den Ortswechsel: Es sei notwendig, sich der überhandnehmenden Gleichmacherei zu entziehen, ob politisch (der kapitalistische Staat), geistig (repressive Ideologien), religiös (monotheistische Intoleranz) oder syntaktisch (das Subjekt/Prädikat-Denken des englischen Satzbaus). »Im Jahr 1920 konnte ich in Europa kein Leben finden, außer bei gewissenlosen Bankiers und ein paar Gangstern im internationalen Waffengeschäft.«

Mit dem gewohnten Wirbel und vielen Fanfarenstößen warf er sich in das Pariser Leben. Doch von nun an machte sich auch eine gewisse Verbitterung bemerkbar, eine wachsende Überzeugung, daß eine Verschwörung im Gange war, die sich noch nicht so sehr gegen ihn selber wie gegen die Elite des Geistes schlechthin richtete. Wie er dahin gelangte, läßt sich einigermaßen nachvollziehen. Die von ihm so mühsam erkämpfte und behauptete Überlegenheit des schöpferischen Menschen trifft ja in der Zivilisation des 20. Jahrhunderts, einer der vulgärsten, die uns die Menschheitsgeschichte beschert hat, fatalerweise auf eine Mentalität, die über die künstlerischen Gegenwelten eiskalt zur Tagesordnung des Profits übergeht und ihnen damit implizite jeden Realitätsgehalt abspricht. Für Pounds Absicherungsbedürfnis in der Realität ein geradezu unerträglicher Zustand! Die damalige Gesellschaft Europas legte ebensowenig Wert auf die geniale überdurchschnittliche dichterische Sensibilität, wie es die leistungs- und profitorientierten Landsleute seiner Kindheit getan hatten. Diese Überflüssigkeit der höchsten aller Berufungen in der modernen Welt drückte sich niederschmetternd materiell aus in der Unmöglichkeit, durch literarische Leistungen den bescheidensten Lebensunterhalt zu verdienen, wie Pound an seinen Freunden und sich selbst erfahren mußte. In diesem Punkt erst setzt nun seine ausdrückliche, bewußte Systemkritik ein: Das Geld selbst ist kein reeller Wert, sondern eine Wertabstraktion; es steckt ein tiefer Betrug im Wesen dieses allgemein akzeptierten Wertmaßstabs, gemessen an der Vergegenständlichung der Arbeit in den wirklichen Werten des Lebens und der Kunst. Das moderne Papiergeldsystem, das auf einem metaphysischen Kreditwesen basiert, ist Blendwerk und Taschenspielerei, ersonnen von den Bankherren und Finanzgrößen, um die wirklichen Werte, die aus der redlichen Arbeit des einzelnen stammen, betrügerisch an sich zu raffen.

Unversehens war Pound hier auf ein Kernproblem der Ausbeutung von Natur und Mensch in der spätindustriellen Gesellschaft gestoßen, an dem er sich von nun an hartköpfig festbiß. Der Grund dafür ist leicht einzusehen: Die Geldfrage, die infolge seiner ungelösten Verhaftung im Werthorizont seiner Kindheit für ihn die Frage der Realität der dichterischen Gegenwelt an sich aufwirft, wird zwangsläufig zum Prüfstein der eigenen dichterischen Existenz, zur Gretchenfrage der Zivilisation überhaupt. Das Leihkapital und das Bankwesen sind die Faktoren, »der« Finanzmann und »der« Wucherer die Autoritäten, die, indem sie sein Wirken überhaupt nicht zur Kenntnis nehmen, dem dichterischen Dasein *per se* jede Gültigkeit absprechen.

Oberflächlich gesehen widerlegte das permanente Fest, das nach dem Ersten Weltkrieg in den Pariser Cafés stattfand, die Erfahrungen, die Pound in London gemacht hatte. Ja, das Jahr 1922 war sogar das »anno mirabilis« in seinem Leben, wie er selber sagte: *Ulysses* und *The Waste Land* erschienen, endlich konnte er die Arbeit an seinen *Cantos* wieder aufnehmen. Die talentierte junge Elite Amerikas gab sich in der französischen Hauptstadt ein Stelldichein mit der betuchten Schickeria beider Kontinente. Aber die »lost generation«, wie Gertrude Stein sie nannte, wurde damals von vielen der verarmten Europäer mit einem ganz anderen Namen belegt: »Valutaschweine« nannte man sie. Dadurch, daß sich die Goldvorräte der westlichen Welt nach dem Krieg in so ungeheurem Maße in England und Amerika konzentriert hatten, entstand ein Währungsgefälle zwischen ihnen und den europäischen Ländern, das die Touristen aus aller Welt anlockte, Touristen, die gleichermaßen auf der Jagd nach den geistigen Werten wie nach den günstigen Wechselkursen Europas waren.

Ezra Pound selber konnte zwar mit der großen Meute, die in Saus und Braus lebte, kaum mithalten, aber der günstige Wechselkurs erlaubte ihm doch in Paris und später in Rapallo eine bescheidene Existenzgrundlage, denn seine Mittel stammten aus England, genauer aus dem festen Einkommen in englischer Währung, das seine Frau aus Wertpapieren bezog. »Sie hatte 750 im Jahr«, erzählte er Charles Olson. »In (war es 1924?) vermachte ihr ein Onkel oder sower ein bißchen was. Aber wir hatten nie sehr viel, gerade genug für die Unkosten in Rapallo. Das wars auch schon. Was ich verdiente, gaben wir aus.«

Schon von den Ausflügen nach Paris vor und nach dem Ersten Weltkrieg kannte Pound eine ganze Anzahl französischer Schriftsteller und Redakteure. Sein Atelier, 70, Notre Dame des Champs, wurde zu einem geistigen Treffpunkt und stand im Zentrum des Interesses der jungen Generation, für die Pound eine mythische Gestalt war. Er hatte Geld gespart, indem er sich alle Möbel außer dem Bett und dem Ofen selbst zimmerte. Den Fotos nach zu urteilen müssen sie von ausgesucht unbequemer Sperrigkeit gewesen sein.

Formgebung ist ihnen nicht anzumerken. Wie dem auch sei, irgendwie lebte sich Pound in Paris nie recht ein. Er war von seltsamer Unrast befallen, und wiederholt zog es ihn nach Italien, wo er ab 1922 einen »Auftrieb« verspürte, während ihm das Nachkriegs-London »voll Todesangst vor dem Denken«, Paris aber zunehmend als »müde, sehr müde« erschien. Der große amerikanische Journalist Lincoln Steffens, Augenzeuge und Sympathisant der mexikanischen und der russischen Revolution und Mentor von John Reed, hielt damals in Paris einen Vortrag über seine Erlebnisse, den Pound verschiedentlich in seinen *Cantos* verarbeitet hat. Steffens hat seinerseits die Lage in Paris und seinen Eindruck von Pound in seiner Autobiographie festgehalten:

»Ich war nach wie vor überzeugt, daß nur eine Revolution die Dinge ändern könne, und der Anblick der Europäer aller Länder und Klassen, die nach dem Krieg mit Ameiseneifer daran gingen, alles genauso wiederherzustellen, wie es zuvor gewesen war, bestärkte mich. Keine grundlegenden Veränderungen, keinerlei neue Elemente zulassen, keine der alten Chemikalien auslassen, deren Gemisch zur Explosion des Weltkriegs geführt hatte. Niemand hatte, um mit Mussolini zu reden, irgendwas gelernt. Ich hatte mit Staatsmännern und Finanzleuten verkehrt, nun lernte ich die Künstler und Schriftsteller kennen, und es war dasselbe: Es gab keinerlei Betroffenheit über den Krieg ..., keine Frage nach dem Warum, keinen Gedanken über die Verhinderung ... Sicher, eine revolutionäre Stimmung war da, aber die entlud sich in Richtung der Kunst, der Moral, der Umgangsformen ... Für die amerikanischen Künstler und Schriftsteller in Paris war die Revolution eine rein subjektive Sache ... Sie betrieben bestenfalls Verinnerlichungen. James Joyce, der in seinen Kneipen schweigsam Trübsal blies, veröffentlichte seine tiefschürfende Studie des Unbewußten, *Ulysses*. Er und Ezra Pound waren Internationalisten der Sprache ... Pound war ein Propagandist in eigener Sache, wie Gertrude Stein auch. Beide ermutigten die jungen Künstler, die alten Formen zu verachten, zu rebellieren, auszusteigen, zu wagen ... Ezra Pound verabscheute und übersprang alle Schranken der Kunst, und er bestärkte die Jüngeren darin, alle Barrieren zu durchbrechen. Er war ein guter, ein revolutionärer Einfluß, nur war er selber irgendwo daheim verletzt worden, zutiefst verwundet.«

Zu dieser Zeit begann Pound seine politischen und ökonomischen Brandbriefe an alle Premierminister Europas zu schreiben. Mary Colum, die Frau des irischen Dichters Padraic Colum, meinte dazu: »Vielleicht hätte es Europa etwas genützt, wenn sie damals auf ihn gehört hätten; jedenfalls hätte das nicht soviel Schaden angerichtet wie die Ideen, die sie selber hatten.« Aber natürlich wurden seine Briefe unbeantwortet abgelegt. Bei den jungen französischen Autoren wie André Breton, Louis Aragon und anderen, die den Dadaisten nahestanden, witterte Pound verwandte Interessen. Besonders freundete er sich mit Jean Cocteau, Francis Picabia und Tristan Tzara an. Die Dadaisten hatten schließlich 1916 begonnen, Manifeste zu veröffentlichen, in denen sie den Journalismus, »die heilige Kirche unseres Jahrhunderts«, und den weihevollen Kult der Kunst durch den Kakao zogen. Sie hatten die »Metallurgie« (das waren die Stahltrusts) und die internationale Hochfinanz aufs Tapet gebracht. So schreibt Pound in einem seiner »Pariser Briefe«: »Sie haben die Spiegelfechtereien der Ausgewogenheit aufgegeben. Sie haben den Wunsch geäußert, entweder zu leben oder zu sterben, ziehen aber den Tod einem unentwegten schleichenden Halbtod vor.«

Mit seinem neuen Freunde Jean Cocteau teilte sich Pound nun in der Betreuung unentdeckter Talente: Pound führte sie in die Salons des linken Seineufers ein, Cocteau in die des rechten Seineufers. Pounds Ruf als Manager und Entdecker junger Genies war ihm vorausgeeilt. Aber da war noch jemand anderes in Paris, der Wert auf genau dieses Image legte – Gertrude Stein. So stand die Begegnung der beiden unter keinem guten Stern. Das Salonstühlchen, auf das sich Pound in Gertrude Steins »Romanküche« in der rue de Fleurus mit solcher Wucht warf, daß es zerknickte, diente

Gertrude Stein zum Vorwand, ihn abzuwerten. Man hätte ihm ja auch einen anständigen Stuhl anbieten können, meinte der junge Ernest Hemingway, der eigentliche Zankapfel zwischen ihnen. Er für seinen Teil hatte diese Unliebsamkeiten ganz schön angeheizt, denn er pflegte seine Manuskripte erst Pound vorzulegen, der ihm im allgemeinen die überflüssigen Adjektive ausstrich, und nachher Gertrude Stein, die mit Mißfallen bemerkte, daß sie nicht das einzige Orakel im Leben ihres Schützlings war. Später zerbrach die Freundschaft zwischen Gertrude Stein und Hemingway, während Hemingway Pound in allen Wechselfällen seines Lebens ein treuer Freund blieb. In einer Hinsicht gehörte Hemingway mit seinen Posen des hartgesottenen Macho zu dem wiederkehrenden Typ in Pounds Leben, von dem schon die Rede war. Gertrude Stein beobachtete sehr scharfsichtig, Hemingways größte Gefährdung sei seine Sensibilität, die er hinter der »lauten Brutalität des Kansas-City-Boys« verstecke, woraus seine Besessenheit von Sex und gewaltsamen Todesarten zu erklären sei: »... für Hemingway war alles mit Sex und Tod multipliziert oder von diesen subtrahiert. Ich wußte von Anbeginn an, und ich weiß es jetzt noch besser, daß es ihm nicht allein darum ging, diesen Dingen auf den Grund zu gehen; sie waren nur die Maske für das wirklich Sanfte und Gute in ihm, und dann flüchtete sich seine qualvolle Schüchternheit in Brutalität.«

Aber auch Gertrude Stein begab sich auf sehr dünnes politisches Eis. Pounds Entdeckung von Mussolini konnte sie nicht auf sich beruhen lassen, sie zog mit einer eigenen politischen Entdeckung nach: Hitler, äußerte sie 1937, hätte den Friedensnobelpreis verdient. Und noch kurz vor Kriegsausbruch sagte sie in einem Interview: »Hitler wird niemals einen Krieg entfachen. Er ist nicht der Gefährliche. Wissen Sie, er ist deutscher Romantiker. Er will die Illusion des Sieges und der Macht, den Glanz und die Glorie des Krieges, aber das Blut und die Kämpfe, die notwendig sind, um den Krieg zu gewinnen, würde er nicht ertragen können. Nein, Mussolini – das ist der gefährliche Mann, denn der ist italienischer Realist. Der würde vor nichts halt machen.«

Pounds Einstellung zu Gertrude Stein war übrigens keineswegs von deren homoerotischer Veranlagung getrübt, wie manchmal angedeutet wird – in dieser Beziehung hatte er keinerlei Vorurteile. Natalie Clifford Barney, eine reiche amerikanische Erbin jüdischer Abstammung wie Gertrude Stein, war der Star der lesbischen Szene in Paris. Sie war in jungen Jahren nach Paris gekommen und hatte ein Verhältnis mit der bekanntesten Luxus-Kurtisane der Belle Epoque angeknüpft. Colette machte Natalie, den »Papst von Lesbos«, zur Heldin ihrer Romane. Der Mittfünfziger Remy de Gourmont, den Pound sehr verehrte, verliebte sich um 1910 hoffnungslos in sie und schrieb ihr die *Lettres à l'Amazone*. Pound hatte sie 1913 kennengelernt. Während seiner Pariser Jahre besuchte er häufig die Freitagabende in ihrem Salon im Nobelviertel mit dem kleinen griechischen Tempel im Garten (Le Temple à l'Amitié), wo sich die Aristokratie mit den älteren etablierten Literaten (Anatole France, R. M. Rilke, P. Valéry, André Spire, Morand, Larbaud u. a.) traf. In Pounds Leben war Natalie Barney die »Erfinderin des Radios«, d. h. sie schenkte ihm ein Rundfunkgerät. So wuchs in ihm allmählich der Ehrgeiz, selber über dies neue Medium zu sprechen. Natalie Barney teilte Pounds Sympathien für Mussolini und zog nach Florenz, wo sie auch während des Krieges blieb. Pound sah sie ein letztes Mal 1967 in Paris, als er bei ihr logierte.

Unter den vielen neuen Bekannten und Freunden Pounds aus dem amerikanischen Bereich soll hier nur der junge avantgardistische Lyriker E. E. Cummings genannt werden, dessen Kriegsroman *Der ungeheure Raum* (1922) großen Nachhall gefunden hatte. Beim ersten Kennenlernen nahm ihn Pound auf einen langen Spaziergang durchs nächtliche Paris mit, von dem Cummings berichtet: »Während unserer ganzen Promenade war Ezra viel mehr als geistreich: Er war von einer sagenhaften Sanftheit, so wie es nur ein ganz großer Mann gegenüber einem schüchternen Kinde sein kann.«

Pounds Interessen zu dieser Zeit gingen weit über das Literarische hinaus. Der Bildhauer Constantin Brancusi hatte zum Teil die Lücke ausgefüllt, die der frühzeitige Tod des jungen Genies Henri Gaudier im Kriege in Pounds Leben hinterlassen hatte. Brancusi, der rumänische Bauernsohn, war nach Paris gegangen, wo er für seine Kochkünste ebenso bekannt wurde wie für seine avantgardistischen Skulpturen, die von einer eigenen Philosophie getragen waren, einer Weltanschauung, die dem ehrgeizigen Treiben der Aufsteiger in Paris ziemlich konträr war. Wenn ein Künstler nicht sein Ego durchstoßen könne, sagte Brancusi, könne er auch nicht dem Universum angehören: »Wenn man einen Fisch sieht, denkt man nicht an die Schuppen, man denkt an seine Flinkheit, den schwimmenden aufblinkenden Leib, den man durchs Wasser erblickt. Mir kommt es nur auf dieses Aufblinken seines Wesens an.« Pound nahm bei Brancusi bildhauerischen Unterricht und verbrachte »gesegnete« Stunden mit ihm, an die er sich noch in seinen letzten *Cantos* erinnert. Brancusi war für ihn »in einigen Dimensionen ein Heiliger«. In seinem Alter erinnert er sich mit Dankbarkeit an »ein paar Abende in Brancusis altem Atelier, in dem sich Frieden einstellte«.

Ein weiterer Ersatz für Henri Gaudier fand sich in dem jungen amerikanischen Pianisten und Komponisten George Antheil, dem »James Cagney der Musik« (Pound). Er hatte ihn über Eric Satie kennengelernt. Die rhythmische Härte der Kompositionen Antheils, seine Brillanz und Kompromißlosigkeit, insbesondere in dem sensationellen *Ballet mécanique* (Uraufführung Paris 1926), beeindruckten Pound ebenso wie Antheils Pose als »tough guy«. Das alles brachte ihn dazu, in Antheil einen neuen Gaudier zu sehen. Über ihn schrieb er das Buch *Antheil and the Treatise on Harmony* (1924), in dem er seine Musiktheorie niederlegte. In späteren Editionen ließ er das Kapitel über Antheil jedoch entfallen, denn der war ins Kommerzielle abgeglitten und schrieb nur noch Film-Musik für Hollywood. Antheil war Pound bei der Instrumentierung und Niederschrift seiner sogenannten Oper *Villon* (eigentlich nur eine melodramatische Szenenfolge anhand von einigen Villon-Texten) zur Hand gegangen, deren Uraufführung am 29. Juni 1926 zu einem Überraschungserfolg geriet. Interpreten waren die bekannten Sänger Yves Tinayre und Robert Maitland, Antheil spielte das Klavier und Olga Rudge die Violine. Anwesend waren die *crème* der modernen Literatur sowie die Komponisten Aaron Copland, Virgil Thompson und Tibor Serly.

Olga Rudge, die in Paris ein eigenes Apartment bezog, war Konzertgeigerin. Noch in London, am 25. November 1920, hatte Pound eins ihrer Konzerte besprochen, aber erst in Paris kam eine engere Verbindung zustande. Antheil, der Olga Rudge 1923 über Pound kennenlernte, schildert sie: »Sie war ein dunkelhaariges, hübsches, irisch aussehendes Mädchen von ungefähr 25 Jahren, und als wir zusammen eine Mozart-Sonate spielten, entdeckte ich, auch eine vollendete Geigerin ... Sie war in Boston geboren und besaß einen amerikanischen Paß, aber da hörte das Amerikanische an ihr auch schon auf. In England und Italien aufgewachsen, sprach sie Englisch mit britischem Akzent und, soweit ich das beurteilen konnte, ein einwandfreies Italienisch ... Ich willigte ein, zwei Violinsonaten für sie zu schreiben.« Olga Rudge ihrerseits setzte sich sehr für Antheil ein, ja in ihrem Eifer drang sie später in Italien bis zu Mussolini vor, der anläßlich dieser Audienz erwähnte, daß Vivaldi eigentlich sein Lieblingskomponist sei.

Antheil wohnte in dem Apartment über Sylvia Beachs Buchladen »Shakespeare & Co.«, der ein Treffpunkt der amerikanischen Kolonie war. Eins der großen Ereignisse der Pariser Zeit war 1923 der Besuch des New Yorker Anwalts und Kunstmäzens John Quinn, der die Herausgeberinnen der *Little Review* in dem Pornographie-Prozeß gegen *Ulysses* verteidigt hatte. Pound besaß ein besonderes Verhältnis zu ihm, denn er hatte Quinn in einem Brief ein Charakterbild des Kunstmäzens entworfen, das zum festen Bestandteil von

Quinns Selbstverständis wurde: das des Gönners als Schöpfer, dessen Anteil bei der Schaffung zeitbeständiger Kunstwerke dem des Künstlers gleichrangig ist. In die menschliche Beziehung, die Pound umriß, konnte Quinn eintreten. Er bemächtigte sich dieser Idee mit Eifer und war von nun an ein Freund Pounds, seiner Freunde und Projekte. Bei seinem Besuch in Paris lernte John Quinn endlich auch Sylvia Beach kennen, die den Kampf um die Publikation von *Ulysses* zu einem erfolgreichen Ende geführt hatte. Er behandelte sie mit Mißtrauen, da sie, wie er ihr auf den Kopf zusagte, »schon wieder eine Frau« sei. Aus einer Begegnung in Pounds Atelier, von Man Ray fotografisch festgehalten, ging die neue Zeitschrift *Transatlantic Review* hervor – mit Quinn als Geldgeber, Ford als Herausgeber, Pound, Gertrude Stein, Joyce, W. C. Williams, Hemingway und Dos Passos als Mitarbeitern. Quinn, der an Krebs litt, hatte nur noch ein halbes Jahr zu leben. Dem Verstorbenen dankte Pound, getreu seinem Entwurf des Kunstmäzens, in einem Nachruf: »John Quinn hatte sich ein Recht auf ›artifex pereo‹* erworben.« Mehrfach setzte Pound dem toten Freund Denkmäler in den *Cantos*.

Die Pariser Zeit hatte gewisse familiäre »Nachwehen«. Am 10. September 1926 gebar Dorothy Pound im amerikanischen Hospital in Paris einen Sohn, der den Namen Omar Shakespear Pound erhielt – »man beachte das *Crescendo*«, schrieb Pound an seine Schwiegermutter Olivia Shakespear nach England. Omar wurde Olivia zur Pflege anvertraut. Im Jahr zuvor, am 9. Juli 1925, war Mary, die Tochter von Olga Rudge und Ezra Pound, in Bressanone (Brixen) geboren worden – sie wurde in Südtirol zu einer Bergbäuerin in Pflege gegeben. Ab 1930 verbrachte Dorothy Pound dann die Sommer in England bei ihrem Sohn, während Olga Rudge die Sommer mit Pound in ihrem Haus in Venedig verbrachte und Mary aus ihrem Bergdorf zu sich holte. So wuchsen diese »Schlüsselkinder« getrennt auf. Später, als

* »qualis artifex pereo« nach Suetonius: »Welch einen Künstler hat die Welt verloren.«

Mary größer war, ließ Pound sie wissen, daß er sie als seine literarische Erbin betrachtete. Er stellte ihr die Aufgabe, seine *Cantos* ins Italienische zu übersetzen – ein Vermächtnis, das sie bis heute getreulich fortgeführt hat. Omar war zwölf, als seine Großmutter Olivia starb (1938), er hatte Ezra seit seinem vierten Lebensjahr (1930) nicht mehr gesehen. Doch zum Begräbnis reiste Pound, nicht Dorothy, nach England. Mary und Omar begegneten sich erstmals bei einem Besuch in der Anstalt in Washington. Mary hatte die ganze Kriegszeit auf der faschistischen Seite erlebt. Omar hatte sich freiwillig zur amerikanischen Armee gemeldet.

Die Winter verbrachten die drei Erwachsenen, Dorothy Pound, Olga Rudge und Ezra Pound, in Rapallo ohne Kinder. Dies wunderbare Männersystem von Frau und Nebenfrau (Ehefrau und Muse) basiert auf der tradierten patriarchalischen Typologie der Frau (s. S. 34) mit ihren festen Rollenzuweisungen. Die bürgerliche Doppelmoral dahinter verbrämte Pound vor sich selber mit einem pseudo-konfuzianischen und hierarchisch streng abgestuften Familienkult. Das Präfix »pseudo« soll hier darauf verweisen, daß man vom Konfuzianismus so wenig als einer feststehenden geistesgeschichtlichen Erscheinung sprechen kann wie vom Christentum, ohne zu sagen, ob man die Lehre des Gründers meint oder eine spezifische historische Variante davon – die Sekte der Essener oder die Borgia-Päpste. Pounds lebenslange Beschäftigung mit dem konfuzianischen Gedankengut unterliegt in dieser Hinsicht erheblichen Schwankungen. In seiner faschistischen Zeit überwiegt naturgemäß der Konfuzianismus als autoritärer Staats- und Familienkult, der aber, historisch gesehen, eine legistische Verfälschung der ursprünglich naturrechtlichen (wiewohl patriarchalischen) Lehre ist, was Pound eigentlich bewußt gewesen sein muß, denn als Naturrechtler hatte er Konfuzius anfänglich entdeckt und sich für ihn begeistert, wie an *Canto XIII* (s. S. 124ff.) ersichtlich. Dort klingt auch noch nach, was er in der Londoner Zeit über die »Übergriffe einer Person auf die andere« im Familienkreis geschrieben hatte (s. auch *Auftrag*, S. 35f.). Doch nun will er die Freiheit des Rollenwechsels oder der Rollendistanz nur für sich selber wahren, indes die Frauen auf eine einzige Rolle festgeschrieben sind. Freilich hatte er sich in der Geigerin Olga Rudge und der begabten Malerin Dorothy Pound zwei besonders eigenwillige Exemplare des anderen Geschlechts erkoren. In der faschistischen Periode mit ihrem Ruhe-und-Ordnungsprinzip führte Pound mit Vorliebe das konfuzianische Wort im Munde, daß ein Mann, der nicht Ordnung in seinem Inneren habe, die Welt nicht in Ordnung bringen könne. Er hatte das Wort aus einem Kontext gerissen, der für ihn relevanter gewesen wäre: Die Konfuzianer sagten, daß ein Mann, der nicht Ordnung in seiner eigenen Familie halten könne, nicht zum Herrscher des Landes berufen sei.

Die neue Ordnung. Rapallo 1925–1945

Pound verließ Paris im Herbst 1924. Nach längerem Herumreisen in Italien ließ er sich im Februar 1925 mit seiner Frau in Rapallo nieder. Dort bezog er eine Dachterrassenwohnung über dem »Albergo Rapallo« mit Blick über den Golf von Tigullio. Olga Rudge mietete für sich eine kleine Wohnung oberhalb von Rapallo in dem winzigen Flecken Sant' Ambrogio, zu dem ein steiler Bergpfad hinaufführt.

Die in Paris versammelte »lost generation« kehrte infolge der Wirtschaftskrise im eigenen Lande allmählich heim in die Staaten. Auch Pound hatte sein »vierzigjähriges Epos« als eine Heimkehr konzipiert – genauer als den klassischen *nostos* des Helden in sein eigenes Königreich. Aber die Heimat, die er im Sinn hatte, war nicht Amerika, kein geographischer Ort: »Der Pound-Staat fiel schon vor zwanzig Jahren weitgehend ab«, vermerkte er 1928.

Seine Einstellung blieb kosmopolitisch und dabei dezentralistisch, was sie grundsätzlich unterschied von der Blut-und-Boden-Ideologie, die, umgekehrt, provinziell und zentralistisch war. Ihm stelle sich das Problem, sagte Pound, ob es möglich sei, »einen kulturellen Ort zu fixieren, oder zumindest eine geographisch verstreute Gruppe von zivilisierten Wesen. Diesem Problem sieht man sich gegenüber in einer dekadenten Suhle wie London, ebenso wie in einem verlebten Zentrum wie Paris, im neu-erwachenden Italien ebenso wie in Amerika« (1922). Heimat ist für Pound das, »worin noch niemand war« (Bloch), nicht der Ausgangspunkt Wyncote, sondern das Ende seiner Erkundungsfahrt – eine Gegenwelt zu seiner realen Heimat. Ohne daß ihm das je besonders auffiel, stand er damit in einem diametralen Gegensatz zu einem Kernstück der offiziellen Kulturpolitik des Faschismus, besonders in Deutschland, wo sich kosmopolitische Künstler von internationalem Ruf willig der obrigkeitlichen Ausländerfeindlichkeit anschlossen – etwa unterschrieb ein Mies van der Rohe den Aufruf zur Unterstützung von Hitlers völkischer Kultur, ein Kandinsky gesellte sich zu Alfred Rosenbergs *Kampfbund für die deutsche Kultur*. Pounds kosmopolitische Einstellung war anders – er konnte in den Metropolen, in denen er sich aufhielt, nicht heimisch werden. Sein persönliches Vorbild war jemand wie der umherziehende spätmittelalterliche Dichter Sordello, der – ganz im Gegensatz zu Walther von der Vogelweide – das Lehen, das ihm der König schenkte und das ihn ortsfest gemacht hätte, verschmähte: »Wenn ich es recht bedenk in meinem reichen Sinn« (s. Schlußzeile von *Canto XXXVI*, S. 140). Pounds »Metropole« war unabhängig von dem Ort, an dem er sich gerade aufhielt, die Stadt im Geist, und wenn er in der Londoner und Pariser Zeit noch versucht hatte, diese Stadt – die Gemeinsamkeit der elitären und schöpferischen Geister – hier und heute zu realisieren, so wurde mit der Übersiedlung nach Italien der Versuch, sie in seinen *Cantos* zu fixieren, vorrangig.

Der junge Pound hatte sich als gesellschaftlichen Außenseiter gesehen, als unsteten Wanderer, der unter all den behausten Spießern allein betroffen war von der Bedeutung des Schönen im menschlichen Dasein. Aber schon in seiner frühesten Definition des »Schönen« (griech. τὸ καλόν) macht sich sein eigenster Erlebnismodus bemerkbar: Der Dichter erschafft es nicht, er entdeckt das Schöne oder wird von ihm mit Beschlag belegt. Das Schöne prä-existiert als eine im Dasein angelegte Wirklichkeit, die in schöpferischen Momenten von ihm Besitz ergreift. Diese Auffassung führte ihn nun mit zwingender Logik in das politische Engagement. Die geistige Wirklichkeit, so etwa geht seine Überlegung, die hinter den Epiphanien des Schönen steht, wird ihm in seiner Eigenschaft als Dichter offenbar, aber gerade diese, seine helleren Sinne erlegen ihm eine Verantwortung gegenüber den weniger bevorzugten Mitlebenden auf. Deswegen ist es für den Dichter unzulässig, seine Sensibilität in überfeinerten ich-bezogenen Rauschzuständen zu investieren, indes seine Mitmenschen in Dumpfheit und Armut ersticken oder zu Tausenden in den Tod ziehen. In der »Lotophagoi«-Passage von *Canto XX* des Jahres 1927 (s. S. 128 ff.) beschäftigt er sich mit der narzißtischen Haltung des apolitischen Ästheten, der er bei seinen Freunden so oft begegnet war. Dabei knüpft er bei Homer (*Odyssee IX*, 83–104) an, der die »Lotos-Esser« als diejenigen beschreibt, die sich inmitten des großen Abenteuers des Lebens einem passiven Drogen-Konsum ergeben. Die Gefährten des Odysseus, die die Früchte des Lotos (offenbar eine Art Opiat) zu sich nehmen, vergessen den »nostos«:

> Wer nun die Honigsüße der Lotosfrüchte gekostet,
> Dieser dachte nicht mehr an Kundschaft oder
> an Heimkehr.

Pound läßt diejenigen, die ihre Erregung – nach dem Erlebnismodus des Suchtkranken – nur passiv bedienen lassen, wenig nett, auf ihren Privatflößen auf einen Wasserfall zutreiben (s. S. 129).

Als Pound selbdritt 1924 nach Rapallo übersiedelte, hatte er noch nicht Stellung für den italienischen Diktator bezogen. Das geschah endgültig erst sieben Jahre später. Zunächst war Pound damit beschäftigt, in Rapallo allmählich sein eigenes internationales Kulturzentrum aufzuziehen.

Ab 1933 kamen die berühmten Kammermusikfolgen, der »inverno musicale«, zustande, die dem Zeitgeschmack um viele Jahre vorauseilten, was die alte sowohl wie die neue Musik betraf. Vivaldi, damals so gut wie vergessen, wurde immer wieder gespielt, Francesco da Milano, Pergolesi, Monteverdi, Clement Jannequin, John Dowland, auch Bach und Mozart. Von den Modernen kamen Debussy, Bartok, Hindemith und Stravinskij zur Aufführung. Viele namhafte Virtuosen beteiligten sich an diesen Konzerten: das Ungarische Streichquartett, Tibor Serly, Gerhart Münch und vor allem natürlich Olga Rudge. Pound pflegte das Eintrittsgeld am Eingang in seinem Schlapphut zu sammeln und dann auf seinem Bett auszukippen, um es unter den Mitwirkenden aufzuteilen. Gleichzeitig veranstaltete er in Rapallo die »Ezuversity«, eine Ein-Mann-Universität mit seinem eigenen Stab von Autoritäten, die auf alle möglichen Fächer angesetzt werden konnten. Im Zuge seiner Selbstmodernisierung hatte Pound festgestellt, daß es für sein literarisches Vorhaben keinerlei Anleitung in den Lehrplänen der Universitäten gab. So begann er eine Art Lehrplan für angehende Autoren aufzustellen, einen Lehrplan, der den jugendlichen Wissensdurst und Sinnhunger, das geistige Kapital der Menschheit, nicht gleich im Keim erstickte. Aus dieser unentgeltlichen Lehrtätigkeit entstanden *Wie lesen* (1931) und das *ABC des Lesens* (1934). Sie sprechen auch vom Zorn auf die Universitäten, diesen »Anstalten zur Verhinderung des Lernens« (Pound).

Viele junge Schriftsteller begaben sich auf Pilgerfahrt nach Rapallo, und Pound unterstützte weiterhin die neuesten literarischen Bewegungen wie die »Objectivists« und sorgte dafür, daß die dazugehörigen Dichter – Basil Bunting, Louis Zukofsky, Carl Rakosi, George Oppen, W. C. Williams – und ihre Manifeste von den Zeitschriften abgedruckt wurden. Zu Besuch kamen u. a. Richard Aldington, Ford Madox Ford, Robert Fitzgerald, Ronald Duncan und Peggy Guggenheim. Mit den deutschen Autoren Gerhart Hauptmann, Emil Ludwig, Franz Werfel, Rudolf Borchardt, Fritz von Unruh schloß er im Café des Albergos Bekanntschaft. Die beiden Nobelpreisträger Yeats und Hauptmann brachte er an seinem Tisch zusammen, wo sie sich aus sprachlichen Gründen stumm gegenübersaßen, aber gegenseitig vom Aussehen des anderen beeindruckt waren. Pound spielte Tennis wie ein Wilder und pflegte bei jedem erfolgreichen Ballwechsel wie ein Hahn zu krähen.

Ein Großteil seiner Energie wurde von der Kampagne, die Welt brieflich zu reformieren, in Anspruch genommen. Sie richtete sich gegen das weitverbreitete wirtschaftliche Analphabetentum. Diese schier uferlose Korrespondenz wurde ergänzt durch ungezählte Leserbriefe an Zeitungen und Zeitschriften aller politischen Richtungen, manchmal in der *persona* von Merkwürden Pound, dem Wurzelphilosophen, so in der Rubrik: »Ez spricht: Kernsprüche, für hinter die Ohren zu schreiben.« Außerdem verfaßte er regelmäßige Beiträge für verschiedene Zeitschriften, die auf seiner wirtschaftlichen Linie lagen. Und er gewann dem »Social Credit« ein paar literarische Anhänger: W. C. Williams, James Laughlin, Henry Miller und Archibald MacLeish, der später Unterstaatssekretär von Roosevelt wurde. Auch neue *Cantos* erschienen fortlaufend in diversen Zeitschriften.

Trotz all dieser Aktivitäten erwies sich der Umzug nach Italien, was die Weltöffentlichkeit betraf, als ein Ausstieg, und etwa 1930 war Pound weg vom Fenster. Man kann sich heute schwer vorstellen, wie sehr sein Name bis zum Ende des Zweiten Weltkriegs vom Weltruf der Namen James Joyce, T. S. Eliot, Ernest Hemingway überschattet worden war. Was den Literaturbetrieb im anglo-amerikanischen Bereich betraf, gehörte er nicht mehr »dazu«. Das wird recht deutlich, wenn man sich die Publikationsgeschichte der *Cantos* ansieht. Erst als T. S. Eliot in England Verlagsleiter von Faber & Faber geworden war, konnte Pound für seine *Cantos* – von denen zwischen 1934 und 1940 41 entstanden – auf eine kommerzielle Veröffentlichung rechnen. Aber der Verkauf kann nicht beträchtlich gewesen sein: »Pound konnte sich selbst und seine Frau nie durch seine

Schriftstellerei ernähren«, erklärte sein späterer amerikanischer Verleger, James Laughlin, dem FBI.

James Laughlin IV., Erbe eines großen Vermögens und Student von Harvard, kam 1934 Pound besuchen, nachdem er zuvor Gertrude Stein in Paris aufgesucht hatte. Er fand Familienanschluß und blieb längere Zeit an der »Ezuversity«. Pound überzeugte ihn, daß er, der eigentlich dichterische Ambitionen gehabt hatte, geradezu berufen sei, einen nicht-kommerziellen Verlag zu gründen, der es sich leisten konnte, wirklich wertvolle literarische Texte zu veröffentlichen. Dieser Rat hatte zur Folge, daß nicht nur Pounds eigene Werke, sondern auch die seiner avantgardistischen Freunde und die vieler anderer wichtiger Autoren in der langanhaltenden wirtschaftlichen Depression der dreißiger Jahre überhaupt in Druck erscheinen konnten. Heute liest sich die Publikationsliste von New Directions wie ein »Who's Who« der Moderne. Allerdings war die Rezeption der *Cantos* in Amerika nicht gerade berühmt. »Die *Cantos* verfehlen die Wirkung von Dichtung«, befand der einflußreiche Kritiker John Crowe Ransom im Jahre 1934.

Pounds ideographische Sprachauffassung führte ihn dazu, mehr und mehr die Dinge selber beim Wort zu nehmen und nur die Fakten aufzureihen, in der Überzeugung, daß die Außenwelt der natürlichen Gegenstände und Tatsachen vernehmlich zu dem Menschen spräche, der ihnen im richtigen Geist entgegentritt. In der Folge wurden die lyrischen Passagen, die in den ersten dreißig *Cantos* noch so zahlreich sind, seltener. Die Prosa mußte ja auch in seinem Epos mit »einbegriffen« werden. So setzte Pound den Ballast von historischen Fakten, Dokumenten, Gesetzesparagraphen, auch Alltagskram in voller Absicht ein, damit sich sein Gedicht nicht auf Kosten der Wahrheit zu einer artifiziellen poetischen oder abstrakten Reinheit versteige. »Ihr, die da meint, ihr kämt husch-husch durch die Hölle«, ruft er den Lesern zu, denen auf dem beschwerlichen Weg die Füße weh tun. Trotzdem ist zunächst noch die volle dichterische Potenz da – glänzend wiedergegebene Dialoge, eindrucksvolle dramatische Momentaufnahmen, schärfste Beobachtung, lyrische Kadenzen. Im großen und ganzen bewältigen diese *Cantos* eine selbstgestellte und patriotische Aufgabe: die amerikanische Verfassungsgeschichte und die historische Rolle des Geldes darin in den Kontext der *Cantos* einzubringen. Dabei entdeckt der Dichter politische Ahnen: die beiden Helden der amerikanischen Revolution, Thomas Jefferson und John Adams, die frühen Präsidenten, Martin van Buren und die Väter der Republik. Allmählich geht er von seiner anfänglichen Begeisterung für den revolutionären Geist der Neuerung, den Jefferson verkörpert, zu der konservativeren Haltung des John Adams über. So zeichnet sich an der Freund-Feindschaft der beiden amerikanischen »Founding Fathers« die schizophrene Spaltung der politischen Sympathien Pounds zwischen Freiheit und Autorität ziemlich genau ab.

In den *Cantos*, in denen er die chinesische Geschichte unter dem Blickwinkel seiner Obsessionen aufarbeitet, kommt – wiewohl in einiger ideologischer Verzerrung – das naturrechtliche Konfuzius-Bild zur Geltung, das soviel zur Vorgeschichte der amerikanischen und französischen Revolution im 18. Jahrhundert beigetragen hatte – ein China, das für die damalige Zeit »ein Anti-Europa« (Leibniz) bzw. »eine neue moralische und physische Welt« (Voltaire) darstellte.

Mit dem Abschluß der *Cantos LII–LXXI*, die noch im Jahr 1940 in Amerika und England erschienen, war Pound in eine Sackgasse geraten. Seine Zwangsvorstellungen ließen ihn die imaginäre Gegenwelt als bereits real (in Italien), die wirklichen Gegebenheiten der Politik (in Amerika) aber als listige Fiktionen und Verdunkelungsmanöver der herrschenden Mächte sehen. Sein Kontakt mit der Wirklichkeit reduzierte sich alsbald auf einen Wall von Bildern, zusammengesetzt aus aufgelesenen Ideen, Hörensagen, Erinnerungen, Angelesenem, also nicht so sehr aus »Fakten« als aus »Artefakten«. Er sah sich als einen, der, allein auf sich gestellt, gegen die »enorme organisierte Feigheit« seiner

Zeit auf den Plan tritt, umgeben von Feinden, die sich gegen all seine Vorschläge zur Verbesserung der Lage des Menschen böswillig taub stellten. Aber er ging sich damit offenbar auch selbst auf den Wecker: »Argumente, Argumente und nochmals Argumente«, sagte er später über diese Jahre. Und er faßte den Entschluß, daß es höchste Zeit sei, »das Positive«, den Paradiso-Teil seines Lebensgedichts, in Angriff zu nehmen.

Für dieses Thema einen Experten zu finden, war gar nicht einfach. Doch er schaffte es wieder einmal. Der spekulative Philosoph und frühere Harvard-Professor George Santayana, Spanier von Geburt und Wahlamerikaner, schien ihm das gottgesandte Orakel zu sein. Auch Santayana war ein Verehrer von Mussolini und blieb über die ganze »Era Fascista« als amerikanischer Staatsbürger in Italien, unangefochten von jeder Kritik. Sogar im nachhinein meinte er noch: »Mussolinis Diktatur war innenpolitisch gut für Italien. Vergleichen Sie sie nur mit dem unordentlichen Sozialismus, der ihr vorausging, und dem impotenten Parteigerangel, das ihr nachfolgte ... Italien war, ehe es zur außenpolitischen Militanz und den verrückten Bündnissen überging, ein stärkeres, glücklicheres, einigeres Land, als es heute ist oder je war.« Inspiriert von seinen Gesprächen mit dem Mann des Geistes, faßte Pound die Idee, zusammen mit Santayana und Eliot ein Buch zu verfassen, das den »richtigen Lehrstoff für die ideale Universität« vorstellen sollte, das *Paideuma* für eine neue Menschheitskultur. Da sich weder Santayana noch Eliot für den Plan dieses »komischen Buches« (so Eliot) sonderlich begeistern konnten, schrieb es Pound ganz alleine: *Guide to Kulchur* (1938). Es enthält als »Sextanten« eine Liste der wichtigsten Bücher der Welt, in der allerdings statt der sechs Teilungen des Winkelmessers sieben aufgeführt werden – ein Symptom der wirren Organisation dieses Werkes.

Eines der angeführten Bücher ist Leo Frobenius' *Erlebte Erdteile*. Der Afrikaforscher Frobenius ging mit seiner »Kulturmorphologie«, der Idee, daß eine Kultur Kindheit,

Jugend, Reife und Verfall durchläuft (die Oswald Spengler von ihm übernahm), von einer originären Geschichtsperspektive aus. Seine Lehre von der »Kulturseele« oder der »paideumatischen Gestalt« der Menschheitskulturen, die allen Zeiterscheinungen gemeinsam ist und nicht nur die Kunst, sondern auch die Institutionen, Weltanschauungen, Rechtsverhältnisse, ja sogar den Geschichtsverlauf prägt, mußte Pounds idealistischer Auffassung zusagen, denn sie bedeutete die völlige Umkehrung der marxistischen Auffassung vom kulturellen Überbau als Ausdruck materieller Verhältnisse. So verkündete Pound in *Guide to Kulchur:* »Auf jeden Fall werde ich das Wort *paideuma* für das Wurzelwerk der wirkenden Ideen benutzen. ›Zeitgeist‹ lasse ich fallen, da es auch das Atmosphärische, die Schattierungen der geistigen Lufthülle und die *idées reçues* einbezieht, die Vorstellungen also, denen eine große Zahl von Menschen immer noch nachhängt ... Der ›neue Lehrstoff‹ soll alles einbeziehen, was Menschen meiner Generation den Nachgeborenen an neuen Ansätzen zum Verstehen bieten können ... Vieles in den Lehrplänen der Schulen und Hochschulen ist TOT. Es wirkt so tödlich wie Leichengift ... CHENG MING [Richtigstellung der Begriffe]: das neue *paideuma* wird unter dem Gebot der Rückbesinnung stehen, mit der jede bewußte Erneuerung des Denkens einsetzt.«

Die »bewußte Erneuerung des Denkens« hatte er, ausdrücklich seit 1933, bei Mussolini geortet, dessen Ansehen um diese Zeit obenan war – die Hitlersche Verfinsterung seines Sterns stand noch aus. Zu seinen Bewunderern gehörten anfangs so unterschiedliche Persönlichkeiten wie Lenin, Winston Churchill und Mahatma Gandhi. Ein Biograph Mussolinis berichtet, wie dessen Kinder über den seltsamen kleinen, in Leinenlaken gehüllten Inder lachten, der da zu Besuch gekommen war, und wieder Duce sie zurechtwies: »Dieser Mann mit seiner Ziege und seinem Spinnrad hat das britische Weltreich erschüttert.« Winston Churchill hat seinerseits privat einen jahrelangen Briefwechsel mit Mussolini geführt. Bei einer Pressekonferenz in

Rom 1927 nach der ersten von mehreren Begegnungen apostrophierte er ihn als den »George Washington von Europa«. Noch 1940, kurz vor der italienischen Kriegserklärung an Frankreich, schrieb Churchill an Mussolini, daß er niemals ein Feind der italienischen Staatsform – also des Faschismus – gewesen sei. Auch viele Intellektuelle stellten sich offen auf die Seite des italienischen Diktators: Henry Miller war von Anfang an dabei, G. K. Chesterton, Hilaire Belloc, George Santayana; auf italienischer Seite: D'Annunzio, Pirandello, Marinetti, Gentile. Eine andere Gruppe von Literaten sollte sich eher zu Hitler schlagen: Céline, Hamsun, Gertrude Stein (wenigstens zeitweilig), Wyndham Lewis, Henry Williamson wären noch zu nennen, wenn man von den deutschen Geistesgrößen einmal absieht. Doch Pound lehnte Hitler, den »epileptischen Hinterwäldler«, der »nach Pogromen lechzt« (Pound), zunächst entschieden ab, ja er begründete seine Parteinahme für den Duce nachgerade damit, daß die faschistische Bewegung in Italien »keine Paraden, kein hysterisches Hitlerisches Gekreische« brauche.

Das weitverbreitete ausländische Sympathisantentum mit den beiden Diktatoren war natürlich bestimmt von der Weltwirtschaftskrise unter dem Schatten des Börsenkrachs von 1929. Wir haben heute so viele Jahre in einer nie dagewesenen Phase des Wohlstands gelebt, daß wir uns die deflationäre Periode der dreißiger Jahre, die sich wie eine große graue Lähmung über die Welt legte, kaum mehr vorstellen können. Unter dem System der Kreditdrosselung wurden in den westlichen Industrienationen ständig viele Millionen Menschen arbeitslos gehalten. Zugleich fielen die Löhne auf einen erbärmlichen Tiefstand. Alle Forderungen nach einer Aufbesserung erledigten sich bei dem Riesenheer der Arbeitslosen von selber. Ein chronischer Mangel an Kaufkraft war in das industrielle System eingebaut. Die Menschen hatten kein Geld für die notwendigsten Lebensmittel, indes ganze Ernten verfaulten – für Pound ein schlagender Beweis dafür, daß unterm System des Wuchers Geld und Reichtum grundverschiedene Dinge sind. Die Folge der systematisch herbeigeführten Geldverknappung waren fast zwei Jahrzehnte des hoffnungslosesten Elends für ein Großteil der arbeitenden und arbeitslosen Bevölkerung. Und niemand tat etwas dagegen! Das Gefühl der Auswegslosigkeit legte sich über das geistige Klima der Zeit wie ein Mehltau. Ezra Pound konnte einfach nicht begreifen, daß das richtige Verhältnis zwischen dem in Umlauf befindlichen Geldvolumen und den produzierten oder produzierbaren Waren, auf das er als die *crux* der Sache immer wieder zurückkam, von den Regierungen weiterhin übergangen wurde. Vor dreißig Jahren, meinte er, habe man diese Dinge vielleicht noch als unabänderlich gesehen, aber »heute ist das einfach eine gottverdammte Dämlichkeit und die mangelnde Courage der Leute, sich durchzudenken, was es mit dem Geldsystem auf sich hat«. Der Stumpfsinn und die Niedertracht der Menschen in der Massengesellschaft kommen, nach seiner Überzeugung: »a) aus dem Fehlen des Nötigsten« und »b) aus der gewohnheitsmäßigen Verhärtung durch Elend und Sorgen plus der Reaktion darauf: Suff etc., wenn die armen Schweine es nicht aushalten, eine Minute länger bei Bewußtsein zu bleiben ... Das ist in etwa so idiotisch, wie wenn einer in der Mansarde verdurstet, weil irgendwer im Keller den Haupthahn zugedreht hat.«

Pound setzte große Hoffnungen darauf, daß Mussolini seine wirtschaftlichen Ideen überlegen und in die Tat umsetzen würde, wie dieser ihm bei ihrer einzigen Begegnung am 30. Januar 1933 zugesagt hatte. Ein Jahr zuvor hatte er in Erwartung dieses Treffens zwei Schriften: *ABC of Economics* und *Jefferson and/or Mussolini* verfaßt. Die Begegnung war über die Vermittlung von Olga Rudge zustande gekommen, Pound hat sie in *Canto XLI* festgehalten. In *Jefferson and/or Mussolini* ringt er sich offensichtlich dazu durch, das »Risiko Mussolini« auf sich zu nehmen; trotzdem hat das Buch durchgehend einen fragenden Unterton – vor allem in bezug auf Lenins Errungenschaften und den Reformwillen von Roosevelt, der um diese Zeit zur Präsidentschaft in den

USA antrat. Die demokratischen Prinzipien, die der von Pound so sehr verehrte Jefferson mit der amerikanischen Revolution durchgesetzt hatte, sah er unter der Herrschaft des Wuchers zur bloßen Spiegelfechterei herabgewürdigt: »Wohingegen ich wiederum auf meiner Überzeugung beharre, daß der Duce sich nicht zu den Despoten und Machtlüsternen gesellen wird, sondern zu den Verfechtern der Ordnung (τὸ καλόν).« Diese Ordnung war für Pound damals etwas anderes als der Polizeiruf nach »Ruhe und Ordnung«, er definiert sie: »Man könnte sagen, Konfuzius lehrte, daß die Ordnung den Dingen oder einer Nation nicht von außen nach innen auferlegt wird, sondern daß die Mitte durch Anziehungskraft hält.«

Pounds Vertrauen in das faschistische System wurde bestärkt durch verschiedene Experten und Autoritäten, so durch den vor dem Weißen Terror Horthys nach Italien geflüchteten ungarischen Syndikalisten und Wirtschaftstheoretiker Ödön Pór, der in einem Buch die von Mussolini geplanten Finanzreformen dargestellt hatte. Pór hatte bereits 1923 ein Werk verfaßt, das unter den Auspizien von Orage auch in englischer Übersetzung erschienen war: *Guilds and Cooperatives in Italy* mit einem Anhang des Guild-Sozialisten G. D. H. Cole. Auch Pound selber übersetzte ein Traktat von Pór ins Englische: *Italy's Policy of Social Economics 1939/1940* (Bergamo 1941). Ödön Pór, Olivia Rossetti Agresti (Urenkelin von Michael Rossetti und Verwandte von F. M. Ford) und Felice Chilanti bildeten im Krieg eine syndikalistische bzw. anarcho-faschistische Dissidentengruppe in Rom, in der auch Pound verkehrte. Chilanti gab die Zeitschrift *Domani* heraus, die alsbald von den Behörden kassiert wurde. Mussolinis programmatische Äußerungen zum »korporativen« oder »Ständestaat« erinnerten Pound offensichtlich an das Konzept der Gilden in seiner Londoner Zeit. Allerdings hatte Mussolini von seinen ursprünglichen Plänen bis zu seinem Sturz im Jahre 1943 überhaupt nichts verwirklicht, sondern sie immer wieder verraten und vertagt, während er den mächtigen Arbeitgebern Konzessionen machte. Unmißverständlich ist dann in den *Pisaner Cantos* festgehalten, wie Pounds Vertrauen zu Mussolini nach dessen Sturz und Wiedereinsetzung in der »Sozialen Republik« von Salò am Gardasee (27. September 1943 – April 1945) neuen Auftrieb bekam, und zwar durch die Aufstellung des *Programma di Verona*, in dem sich Mussolini auf seine sozialistischen und syndikalistischen Anfänge besann.

Die reiche kulturelle Vergangenheit und die regionale Rückständigkeit Italiens verstellten Pound den Blick für die Tatsache, daß dieselben wirtschaftlichen Kräfte, gegen die er angetreten war, auch hier herrschten, nur unter der Verfremdung einer anderen Sprache und Tradition. Weitere Bestärkung erfuhr Pound durch des Diktators Lippenbekenntnisse zur Bedeutung der Kunst für den faschistischen Staat – denn die rührten an alte Wunden. Seinem Freund Zukofsky schrieb er, daß Mussolini die einzige logische Antwort auf den bürgerlichen Materialismus einerseits und den marxistischen Determinismus andererseits darstelle, die beide dem schöpferischen Bewußtsein der Dichter jede revolutionäre Bedeutung absprächen. Der springende Punkt seiner Geldtheorien für die Vereinigten Staaten sei, daß »das Land seine 5 bis 10 besten Autoren nicht ernähren will«. So wie er es sähe, müßte seine Geldtheorie schon deswegen überzeugen, weil ihr eine Ethik zugrunde liege, die »die Menschlichkeit des Menschen miteinbezieht, nämlich den Umstand, daß der Mensch der Literatur und Kunst bedarf«. Oder, ein paar Jahre später: »Große Intelligenz stößt wieder und wieder auf große Wahrheit. Der Duce und Konfuzius haben in gleicher Weise erkannt, daß ihr Volk die Dichtung braucht, daß Prosa keine Bildung darstellt, sondern nur den Vorhof dazu.«

Erkennbar an all diesen Äußerungen ist, wie sehr Pound immer noch den Idealvorstellungen seiner Anfänge verpflichtet war. Aber die seelischen Verletzungen, die er sich durch sein Scheitern in der heroischen Londoner Periode zugezogen hatte, bewirken nun entscheidende Abstriche von seiner hohen Sensibilität. Er, der mit durchaus bedenkenswerten Argumenten jahrelang auf taube Ohren gestoßen war, verhärtete sich nun selber gegen die Einwände der anderen. Und weil die anderen sich solange blind gegen die katastrophale Wirtschaftslage gestellt hatten, wird er selbst allmählich blind gegenüber dem realen politischen Geschehen. Als seine Freundin und Gönnerin Nancy Cunard im Juni 1937 ihren Fragebogen über den Spanischen Bürgerkrieg an 148 bekannte Schriftsteller verschickte, erklärte Pound sich für »neutral«: »Ich für meine Person«, schrieb er, »lehne es ab, in einem Scheinkonflikt Stellung zu beziehen.« Wie üblich wollte er die tieferen Ursachen der Ereignisse in den Machenschaften der internationalen Hochfinanz und der Rüstungslobbys sehen: »Der Fragebogen ist ein Ausweichmanöver für junge Narren, die zu feige zum Denken sind, zu faul, die Natur des Geldes zu untersuchen, die Art und Weise seiner Emission durch die Banque de France oder die Bank of England. Ihr seid alle reingelegt worden. Spanien ist ein Manöver zur Abreaktion für eine Horde von begriffsstutzigen Dilettanten.«

Unaufhaltsam trieb die Welt nun einem Zweiten Weltkrieg entgegen. Als Dorothy Pound 1938 durch den Tod ihrer Mutter Olivia Shakespear eine neue Erbschaft gemacht hatte, beschloß Pound, nach 28jähriger Abwesenheit »in die Staaten einzufallen«. Er wollte dem Präsidenten persönlich seine Einwände gegen die innerpolitischen Mißstände Amerikas vortragen und dem sich abzeichnenden außenpolitischen Kurs des Landes vielleicht doch noch eine neutralistische Wendung geben. Pound wollte für sein Vaterland keine faschistische Staatsform, er war zutiefst von der Überlegenheit der amerikanischen Verfassung überzeugt, aber er meinte, daß sie und mit ihr der »amerikanische Traum« verraten worden seien. Eine wirklich funktionsfähige Demokratie könne nur wiederhergestellt werden, wenn einige seiner Reformideen berücksichtigt würden. So plädierte er für eine Volksvertretung nach Berufen und Gewerben, weil nur eine wirtschaftliche Demokratie eine echte Regierung durch das Volk gewährleisten könne. Nach seiner Überzeugung entarten alle demokratischen Spielregeln zu bloßen parlamentarischen Scheingefechten, solange die Währungspolitik nicht in den Händen der Volksvertretung liegt, wie es die Verfassung einst bestimmt hatte. Der Umstand, daß die Regierung seit 1913 keine Kontrolle mehr über die Geldschöpfung hatte, sondern das Geld von den *Federal Reserve* Banken borgen und die Öffentlichkeit dafür mit Steuern belasten mußte, war in seinen Augen ein eklatanter Verfassungsbruch. Ferner hatte er schwere Bedenken gegen die Überantwortung von Befugnissen des Kongresses an den Präsidenten – etwa das Recht zum Beschluß von militärischen Interventionen, ein Punkt, der auch später infolge einer schier unaufhörlichen Reihe von offenen oder verdeckten bewaffneten Interventionen der USA immer wieder aktuell werden sollte.*

Pound traf im April 1939 in New York ein, empfangen von den Freunden früherer Tage: E. E. Cummings, Wyndham Lewis, Iris Barry, Tibor Serly, Louis Zukofsky, Ford Madox Ford, Katherine Heyman, H. L. Mencken und seiner langjährigen Brieffreundin Marianne Moore, die er erstmals persönlich kennenlernte. Roosevelt hatte natürlich keine Zeit, sich mit den läppischen Einwänden eines Dichters abzugeben, Pound mußte mit dem Landwirtschaftsminister und späteren Vizepräsidenten Henry A. Wallace vorliebnehmen, der sich später nicht erinnern konnte, worüber Pound mit ihm gesprochen hatte: »Pound schien mir ganz normal, als er mich besuchte. Ich war erstaunt, als ich später erfuhr,

* Vgl. Korea 1950–53 (militärische Intervention); Iran 1953 (CIA-Intervention gegen Ministerpräsident Mossadegh); Guatemala 1953 (CIA-Intervention gegen Ministerpräsident Arbenz Guzmán); Libanon 1958 (Landung der US-Marines zur Unterstützung von Ministerpräsident Schamoun); Kuba 1961 (mißlungene Invasion an der Schweinebucht unter CIA-Leitung);Bolivien 1965 (CIA-Intervention); Dominikanische Republik 1965 (Landung von US-Marines); Vietnam 1965–1973 (militärische Intervention); Kambodscha 1970–1973 (Invasion); Chile 1973 (CIA-Intervention gegen Ministerpräsident Allende); Nicaragua seit 1980 (CIA-Intervention, zeitweilige Verminung der Häfen); Grenada 1984 (militärische Invasion).

daß er für Mussolini Radioansprachen gehalten hat. Ich glaube nicht, daß er die Absicht hatte, den Vereinigten Staaten zu schaden. Aber ich meine schon, daß er auf einer ganz anderen Wirklichkeitsebene lebte als die meisten von uns.«

Niedergeschlagen fuhr Pound nach Rapallo zurück. Im September des Jahres brach der Krieg aus, der für ihn von der Hochfinanz heraufbeschworen war wie alle Kriege, um an der Staatsschuld zu verdienen: »Der gegenwärtige Krieg gehört zu dem immerwährenden Kampf zwischen dem Wucherer und dem Bauern.« (Pound 1944) Die schlichte Gleichsetzung der Achsenmächte mit dem Bauern ist bezeichnend für die Realitätsferne seines Denkens. Für ihn war es keine Frage: »Ich schreibe keine italienische Propaganda. Ich schreibe für die Menschheit, die vom Wucher angefressen ist.«

In gewisser Weise war das faschistische System für ihn tatsächlich nur ein Mittel zum Zweck der Bekämpfung des Wuchers, dessen Auswüchse er überall vermutete. Da sich bei ihm aus teilweise verständlichen Gründen der Wahn verfestigt hatte, daß nur eine bewußte und interessierte Unredlichkeit an maßgebender Stelle seinen Argumenten auf die Dauer die Ohren verschließen konnte, hielt er es nun für seine Pflicht, die Politik der Regierung der Vereinigten Staaten auch öffentlich anzuprangern. Dabei nahm er für sich das bereits in der *Magna Charta* verbriefte Recht zum Widerstand gegen die Unrecht übende Obrigkeit in Anspruch – jenes Recht, auf das sich die amerikanische Revolution bei ihrer Erhebung gegen das Mutterland England berufen hatte.

Pounds Rundfunkansprachen im Kriege klammerten die menschlichen Opfer – die kämpfende Truppe, die zerbombte und massakrierte Zivilbevölkerung, die verfolgten oder vergasten Minderheiten in den besetzten Ländern – total aus. Sie richteten sich großenteils an seine Freunde von ehedem, die geistige Elite Amerikas und Englands, sowie an einzelne Politiker – all das in einem Stil, der durchaus antikommunikativ war. Er bediente sich des nasalen Tonfalls des amerikanischen Mittelwestens, wechselte sprunghaft Themen und Rollen, zitierte aus Werken, die den Hörern unbekannt waren. Aus den Unterlagen, die das FBI in Italien gegen ihn sammelte, geht hervor, daß die militärische Abwehr in Italien vermutete, die Ansprachen Pounds enthielten Informationen in einem Geheimcode, und er sei in Wirklichkeit ein Doppelagent. Angesichts der Ratlosigkeit und Verunsicherung der italienischen Behörden durch Pounds Rundfunkstil wirkt die in der Hochverratsanklage vorgebrachte Anschuldigung, Pound habe dem Feind »Beistand und Zuspruch« (aid and comfort) geleistet, einigermaßen erheiternd.

Schon einige Monate vor Pearl Harbour (Ende 1941) hatten die amerikanischen Konsulate alle amerikanischen Staatsangehörigen in Italien aufgefordert, in die Staaten zurückzukehren. Auch Pound hatte seinen Haushalt in Rapallo aufgelöst. Aber die amerikanischen Konsulate in Rom und Genua verweigerten ihm ein Einreisevisum für seine Tochter; so gab er dieses Vorhaben auf und kehrte nach Rapallo zurück. Nach dem amerikanischen Kriegseintritt nahm er nach längerem Ringen mit den faschistischen Behörden seine Rundfunkansprachen wieder auf. Als 1943 Mussolini gestürzt und nach Ponza und La Maddalena verbannt wurde und Feldmarschall Badoglio zu den Alliierten überging, wurde Rom von deutschen Truppen besetzt. Pound war bis Anfang September in Rom geblieben, dann machte er sich nach Gais im Pustertal auf, wo seine Tochter bei Bauern lebte. Er ging zunächst zu Fuß, erwischte dann einen Zug nach Verona und legte den Rest der Strecke wieder zu Fuß zurück. Aber selbst in Südtirol gab es keine Zuflucht, der nazistische »Südtiroler Ordnungsdienst« erlaubte ihm nur, solange in Gais zu bleiben, bis seine Füße verheilt waren. Als die Nachricht von Mussolinis Befreiung und der Errichtung der »Republik von Salò« kam, ging er über den Gardasee nach Mailand und von dort nach Rapallo zurück. Hier hatten die Deutschen die Seefront befestigt, so mußte Pound mit seiner Frau zu Olga Rudge nach Sant' Ambrogio ziehen. Beflügelt von neuen Hoffnungen auf Mussolini, entfaltete er wieder eine rege Tätigkeit.

Er schrieb nun italienisch. Sieben Bücher und Pamphlete erschienen unter der Ägide des neuen faschistischen Kultusministeriums, einige Titel darunter kamen erst Jahre später in englischer Übersetzung heraus. Pound überschlug sich geradezu vor Eifer – er schrieb die beiden *Cantos LXXII* und *LXXIII*, die bis heute in den Original-Ausgaben der *Cantos* fehlen, auf italienisch und schickte sie an Mussolini. Und er regte bei dem neuen Kultusminister Fernando Mezzasoma eine Amnestie an für alle Aufständischen und Intellektuellen sowie für diejenigen, »die sich aus Unwissenheit ins feindliche Lager geschlagen« hätten. Seine Bücherliste für Giovanni Gentile, die dem neuen Lehrplan zugrunde gelegt werden sollte, gelangte sogar auf den Schreibtisch Mussolinis, der handschriftlich Platons *Republik* hinzufügte – vielleicht mit dem Hintergedanken, die Dichter künftig aus seinem Reich zu verbannen.

Währenddessen beeilten sich in Amerika die von Pound in seinen Rundfunkreden so direkt angesprochenen Freunde, das FBI mit Belastungsmaterial gegen ihn einzudecken. Alle wurden sie zu übereifrigen Informanten der Behörde, mit zwei Ausnahmen: Hemingway und Eliot reagierten nicht auf die Aufforderung des FBI. Aber William Carlos Williams, E. E. Cummings, Richard Aldington überschwemmten das Büro des FBI mit Denunziationen. Auch Laughlin distanzierte sich von ihm. Archibald MacLeish, George Antheil, Ronald Duncan, Tibor Serly, John Drummond bezichtigten ihren alten Freund in dieser gefährlichen Situation des Antiamerikanismus.

Als die amerikanischen Truppen Rapallo eingenommen hatten, stieg Ezra Pound von Sant'Ambrogio herab und versuchte, sich einem schwarzen GI auf einem Fahrrad, der seine Einheit verloren hatte, zu ergeben. Der hatte aber ganz andere Sorgen. Kurze Zeit später erschienen zwei italienische Partisanen auf der Suche nach geflüchteten Industriemanagern aus Mailand in Sant'Ambrogio. Sie forderten Pound auf, zum Verhör mitzukommen. Er griff sich den Dünndruckband chinesischer Klassiker (er enthielt Konfuzius und Menzius zweisprachig in der Übersetzung von Legge) und ging mit ihnen nach Lavagna. Die Partisanen hätten ihn als »nicht weiter interessant« freigelassen, aber Pound bestand darauf, zu den Amerikanern gebracht zu werden, die ihn inzwischen steckbrieflich als »Kriegsverbrecher« in ganz Italien suchten. Er wurde ins Hauptquartier des CIC nach Genua gebracht, wo er drei Wochen lang von einem FBI-Agenten verhört wurde. Zu dieser Zeit war Pound noch erfüllt von seiner eigenen Wichtigkeit und verlangte, Truman und Stalin zu sprechen, da er ihnen wichtige Ratschläge zu geben hätte. Später im Untersuchungsgefängnis in Washington bat er um ein georgisches Lexikon, um sich mit Stalin verständigen zu können.* Er unterschrieb die Verhör-Protokolle und wurde am 24. Mai in das Militärstraflager von Metato bei Pisa gebracht.

Im Käfig. Das Militärstraflager bei Pisa. 24. Mai – 18. November 1945

Pound hatte die Behauptung seiner schöpferischen Autonomie und Freiheit als Individuum zur nie befragten stolzen Grundvoraussetzung statt zum Ziel seines Lebensprogramms gemacht. In der tiefen Erniedrigung des totalen Ausgeliefertseins an unansprechbare namenlose Machthaber im Straflager bei Pisa sollte er nun erfahren, wie wenig Rückhalt in der Wirklichkeit diese moderne Illusion hat.

Das Straflager der amerikanischen Armee bei Pisa war

* Dazu William Carlos Williams: »Ezra ist überzeugt, daß ... wenn Stalin ihm zu Beginn unserer Schwierigkeiten mit Rußland ein Interview von fünf Minuten gewährt hätte, er ihm den Fehler in seinem Denken zeigen, ihn einsehen, verstehen und danach handeln hätte lassen können, so daß all die späteren Mißverständnisse und Katastrophen vermieden worden wären.«

kein »KZ«, wie manchmal gesagt wird, aber es bot doch einiges, was selbst einem ausgepichten Sadisten imponiert hätte. Gedacht war es zur »Rehabilitierung« von straffällig gewordenen Soldaten im wehrpflichtigen Alter, aber auch als Durchgangsstation zu vieljährigen Zuchthausstrafen in den USA oder vor der Vollstreckung der Todesstrafe. Pound dürfte wohl der einzige Zivilist und der einzige Sechzigjährige innerhalb des Staketenzauns gewesen sein. »Keinerlei bevorzugte Behandlung« hatte die amtliche Order gelautet, mit der er eingewiesen wurde. Man steckte ihn in einen Käfig aus Metallmaschen, dessen Gitter in der Nacht vor seiner Einlieferung noch eigens verstärkt worden waren. Solche »Gorillakäfige«, wie sie von den Lagerinsassen genannt wurden, gehörten zur Standard-Ausrüstung der Armee, sie waren den zum Tode verurteilten Soldaten vorbehalten, die gehenkt werden sollten, und wurden Tag und Nacht bewacht, damit der Todeskandidat nicht zuvor noch Selbstmord begehen konnte. Drei Quadratmeter groß, mit einem Betonboden, überdacht von Drahtmaschen, enthielten sie als einziges Mobiliar eine Wolldecke und einen Kübel. Die Gefangenen mußten nachts, nur in ihre Decke gehüllt, auf dem Betonboden schlafen. Natürlich waren diese Todeszellen nicht für längere Aufenthalte gedacht – nur Pound blieb in verschärfter Isolationshaft drei Wochen lang darin. Bei strenger Strafandrohung war es den Wächtern verboten, mit ihm zu sprechen. Zur Unterhaltung hatte er nur seinen Konfuzius/Menzius-Band und eine Bibel von der Lagerleitung. Im Käfig trug er einen Drillichanzug der Armee, seine Hose hing herab, seine Schuhe waren unverschnürt – Gürtel und Schnürsenkel waren ihm abgenommen worden. Des Nachts wurde sein Käfig mit Scheinwerfern grell angestrahlt. Die anderen Strafgefangenen, die von den Spießen 14 Stunden lang täglich gnadenlos geschliffen wurden, betrachteten ihn von weitem mit scheuer Hochachtung. Das mußte ein besonders schwerer Junge sein.

Pounds Augen entzündeten sich durch den Staub der Ebene von Pisa und »die übermäßige elektrische Beleuchtung«

(Pound). Nach einer Woche unter diesen extremen Haftbedingungen erlitt er einen psychischen Filmriß – er verlor das Gedächtnis und wurde von delirienhaften Angstzuständen und Klaustrophobie befallen. Aber erst nach weiteren zwei Wochen, in denen er auch körperlich einzugehen drohte, wurde er aus dem Käfig in das medizinische Revier des Lagers verlegt. Hier hatten die Gefangenen kleine Schutzzelte, in denen sich ein Armee-Feldbett und eine Holzkiste befand. Ein Wärter bastelte ihm später klammheimlich einen kleinen Tisch dazu. Noch immer war es strikt untersagt, mit ihm zu sprechen, und er durfte auch nicht mit den anderen in der Baracke essen, seine Mahlzeiten wurden ihm in einem Eßgeschirr durch den Zaun gereicht. Nur der farbige Soldat, der ihm das Essen brachte, wechselte ab und zu heimlich ein paar Worte mit ihm (Pound: »Gottes Sendbote, Whiteside«). Die heißen Sommertage verbrachte er in der olivgrünen Unterwäsche der Armee. Er hatte einen alten Besenstiel ergattert, der ihm zum Tennisschläger wurde, zum Fechtdegen, zum Billardstock, zum Baseball-Schläger, mit dem er kleine Steinchen traf. Er nahm Fechtstellungen ein und tanzte schattenboxend flinkfüßig herum. »Wozu hält er sich fit?« fragten sich die Gefangenen, die ihn beobachteten. Sein Verhalten wurde zu einem willkommenen Gesprächsthema. Dank dieser Mätzchen hatte er sich im Lager den Ruf eines Originals erworben.

In dem Maße, in dem sich seine physischen Kräfte regenerierten, klangen die Delirien ein wenig ab, und sein Gedächtnis stellte sich allmählich wieder ein. Trotzdem blieb er für den Rest seines Lebens anfällig für psychotische Schübe. Um einigermaßen zu sich kommen, brauchte er bis zum September. Da er keinen Kontakt mit den anderen Gefangenen haben sollte, durfte er auch nicht mit ihnen zum Krankenappell antreten, sondern wurde abends auf der Sanitätsstation allein verarztet. Dort erhielt er später auch die Erlaubnis, die Schreibmaschine zu benutzen. Ab September arbeitete er in der Sanitätsstation abends an seinen Konfuzius-Interpretationen und an neuen *Cantos*. Er habe sie tagsüber im Zelt ersonnen, erzählte er später, und nachts aus dem Gedächtnis getippt. »Das unaufhörliche Geklingel und Geratter der Schreibmaschine, die er mit beiden Zeigefingern heftig bearbeitete, wurde stets von einem hohen Summton begleitet, indes die Schreibwalze mit der Klingel um die Wette lief« (ein Angehöriger der Sanitätseinheit).

Erst am 30. Oktober erhielt Dorothy Pound die Erlaubnis, ihn auf 30 Minuten in Gegenwart von Wachtposten zu besuchen, und dann noch einmal am 3. November. Am 17. Oktober durften ihn Olga Rudge und Mary sehen. Mit der grauen regnerischen Herbstzeit wurde das Leben im Zelt ungemütlich. In Washington schien man ihn vergessen zu haben. Eigentlich war ja der ganze Aufenthalt Pounds im Lager gar nicht erforderlich, da sein Fall seit Mitte Mai, als er die Verhörprotokolle unterschrieben hatte, klar zur gerichtlichen Verhandlung war. Am 22. Oktober griff die Lagerleitung zum Äußersten: Sie drohte Washington, Pound zu entlassen, wenn weiterhin keinerlei Anweisungen des Justizministeriums einträfen. Das wirkte. Plötzlich, in der Nacht des 16. November, holten zwei Offiziere Pound aus der Sanitätsstation, er müsse sofort mit ihnen nach Washington fliegen. »Pound überreichte das Buch, das er gelesen hatte, dem Wachposten und bat ihn, allen Angehörigen der Sanitätsstation für ihre Freundlichkeit zu danken. Dann ging er zur Tür der Baracke, drehte sich um, spannte mit dem Anflug eines Lächelns die Hände wie eine Schlinge um den Hals und stieß das Kinn ruckartig nach oben« (ein Angehöriger der Sanitätsstation). Als Omar Pound, inzwischen amerikanischer Soldat, am nächsten Tag ans Lagertor kam, war Ezra Pound gerade nach Amerika geflogen worden.

In den Cantos, die im Lager entstehen, den *Pisaner Cantos*, durchbricht Pound zeitweilig das Eigengefängnis des schöpferischen Elitebewußtseins, das er um sich errichtet hatte, und gewinnt seine ursprüngliche Offenheit zurück. Jede Abgrenzung gegenüber Mitmenschen entfällt – die einfachen Menschen, die namenlosen Opfer der Geschichte und der Gesellschaftsordnung kommen in diesem *Canto*-

Abschnitt zahlreich vor. Die größte Liebe, sagt Pound hier, wäre bei denen zu finden, »die das Reglement übertraten« (eine ziemlich »unkonfuzianische« Äußerung!). Und er gelangt zu einer Selbstdefinition, die ungewohnterweise einmal von seiner literarischen Sendung absieht und auf eine rein menschliche Basis zurückgreift: »amo ergo sum / und zwar genau in dem Maße«. Seine frühere Verhärtung gegen die Mitmenschen, seine programmatische Absage an das Mitleid (*Canto XXX*), macht ihm jetzt, da er selber so sehr auf die Menschlichkeit angewiesen ist, schwer zu schaffen. Diese Rückwendung zur Menschlichkeit entwickelt sich zu einer wichtigen Motivkette der Selbstanklage in den späten *Cantos*, wo wir das Mitleid unter verschiedenen Tarnnamen beschworen finden (*jên*, benevolence, *humanitas, caritas*, charity, Amor, Kwannon, Isis, Luna, Leukothea u.a.m.). Indem er die vorangegangenen Phasen seiner Entwicklung nun kritisch als Stufen auf dem Weg zu sich selber begreift und nicht mehr als absolut gültige abgeschlossene Erkenntnisse, gewinnt er den Gesamtzusammenhang, die lebenserhaltende Konsequenz seines Daseins zurück. »Nur ein Sein, das die Fähigkeit hat, seine eigenen Möglichkeiten und die seiner Welt zu erkennen«, schreibt Herbert Marcuse, »kann jede gegebene Existenzform in eine Bedingung seiner freien Selbstverwirklichung überführen« – sogar die Existenzform des kriminellen, in den Käfig gesperrten Dichters. Pound hatte seit jeher alle Zwänge, die seine »Freiheit« einschränkten, heftig geleugnet oder verdrängt; ob es sich um das äußere Ausgeliefertsein an wirtschaftliche Notwendigkeiten oder das innere Ausgeliefertsein an die Mächte des Unbewußten handelte, immer wähnte er eine Kontrolle darüber zu besitzen. In Pisa erfuhr er das totale Verfallensein an innere und äußere Gewalten und erlangte zum erstenmal einen dialektischeren Begriff von dem, was die Identität ausmacht als der »die Gegebenheiten umbildende und sie überholende Mensch« (Ernst Bloch).

Die dichterische und menschliche Faszination der *Pisaner Cantos*, der sich kaum ein Leser entziehen kann, entsteht natürlich vor allem aus der unfaßbaren Fähigkeit der Dichtung, aus jeder Lage abzuheben ins Reich des Schönen. Zugleich werden wir Zeugen davon, wie Pound sich aus den Erinnerungen an eine frühere Phase seines Lebens regeneriert, und das fast ohne Bücher. Was sich zurückmeldet aus der »dunklen Nacht der Seele«, was »die Fährte ins Gedächtnis grub«, das ist die Zuneigung und nicht der auf seinem Lebensweg angestaute Haß: »Was du innig liebst, ist dein wahres Erbe.« (s. S. 161) Das frühzeitliche Weltganze, das sich durch seine politische Verranntheit zu einem Weltfragment reduziert hatte, tritt erneut in Kraft. Sein größeres »Erbe« erkennt er nun in dem Innewerden einer tiefen Identität, auf der alle Verständigung zwischen den Menschen und den Naturwesen beruht. Dazu rechnet nun auch ein bescheidenerer Besitzstand als die »Höhenflüge des Geistes«, auf die es ihm bislang einzig ankam. Der zur Stummheit verurteilte Dichter lernt eine neue Sprache: die Geräusche, die von außen zu ihm dringen, die Umgangssprache der einfachen Soldaten brechen in sein Gedicht ein, sogar die Drillkommandos und die beim Krankenappell aufgerufenen Namen werden rhythmisiert zu Dichtung. Die Sprache in all ihrer Vielschichtigkeit löst sich aus der Verklammerung des geschriebenen Wortes wie in seinen besten Tagen. Und er besinnt sich auf eine ältere Verwandtschaft als die des Geistes: die der Natur und ihrer kleinen Welt: »Eine Eidechse stand mir bei.« Die Insekten, die er beobachtet, die Wespe, die sich ein Nest baut, die Ameisen, die durchs Gras wandern, der Falter, der sich in sein Zelt verirrt, die Vögel, die sich – wie Noten auf Notenzeilen – auf den Stacheldrähten niederlassen, geben ihm Zuspruch. Am Boden liegend betrachtet er die Himmelserscheinungen – dies alles gehört nun zu seiner Erkundungsfahrt. Die dichterische Sensibilität lebt aus dem Liebesspiel mit der Umwelt und legt den Schluß nahe, daß das Paradies letztlich keine Sache der menschlichen Kunst ist: »Le paradis n'est pas artificiel.« In dieser Zeile haben wir eine Zurückweisung des Ideals der künstlichen und geometrischen Paradiese, das die literarischen

Grundsatzerklärungen von T. E. Hulme, T. S. Eliot, Wyndham Lewis und W. B. Yeats beherrscht hatte. Pounds wiedergewonnene Sensibilität und Offenheit für die Welt enthält immer noch ideologische und erstarrte Blöcke an Uneinsichtigkeit, aber irgendwie scheinen sie hier untergeordnet – kleine Einschlüsse von altem Haß in der neuen größeren Menschlichkeit.

Bei Pisa erfahren seine *Cantos* eine vollkommene Kursänderung. Von nun an sieht Pound die große Erkundungsfahrt, zu der er in der *persona* des Odysseus aufgebrochen war, nicht mehr als von ihm selbst gesteuert. Seit der existenziellen Krise dieser Zeit bezeichnet er sich als Schiffbrüchigen, dessen Fahrt sich fortsetzt: »Wie Winde raumen, wie das Floß hintreibt.« Die großen lyrischen und prophetischen Passagen entstehen nicht aus einer Gesamtkonzeption, die seinem Willen unterstellt ist, sie brechen aus tieferen unbewußten Schichten hervor, die sich dem bewußten Ich entziehen, das mit ihnen wiederholt totale Entgrenzungen erfährt. Mit den *Pisaner Cantos* wächst Pound spürbar in das Bewußtsein eines überpersönlichen Wesens hinein. Selbst dort, wo das subjektive Element seines eigenen Schicksals überhand zu nehmen scheint, tut man fortan gut daran, in dem »Ich« der *Cantos* Genius und Nicht-Genius zu unterscheiden, denn, wie Nietzsche sagt, »nur soweit der Genius im *Actus* der künstlerischen Zeugung mit jenem Urkünstler der Welt verschmilzt, weiß er etwas über das ewige Wesen der Kunst; denn in jenem Zustand ist er, wunderbarerweise, dem unheimlichen Bild des Märchens gleich, das die Augen drehen und sich selber anschauen kann; jetzt ist er zugleich Subjekt und Objekt, zugleich Dichter, Schauspieler und Zuschauer«. Die Schicksalsschrift überlagert die persönliche Handschrift des Autors, dem nur noch die genaue Führung des Logbuchs seiner Irrfahrt und seines Scheiterns bleibt. Es ist ein Scheitern, das von nun an zu einem Bestandteil seines Gedichts, nicht zu einem Urteil darüber wird. Leben und Werk werden unentwirrbar: Seine *Cantos* erschließen fortan eine neue existentielle Dimension der Dichtung.

Die »Elisabethanische Periode«. Die Anstalt in Washington 1945–1958

Pound wurde von Pisa mit dem Jeep nach Rom gefahren, dort bestieg er ein Sonderflugzeug der Air Force und wurde in fünfzig Stunden nach Washington geflogen, wo er am 18. November 1945 nach zwei Nächten ohne Schlaf eintraf. Er war mit Handschellen an zwei FBI-Agenten gekettet, hatte 23 $ in der Tasche, das Manuskript der *Pisan Cantos* und seine Konfuzius-Interpretationen. Vom Flugplatz aus wurde er direkt in das District of Columbia Gefängnis gebracht. Nach einer Nacht in der Gemeinschaftszelle erlitt er einen akuten Anfall von Klaustrophobie. Auf diese Weise wurde sein immer noch labiles seelisches Gleichgewicht unmittelbar vor der Gerichtsverhandlung schwer erschüttert.

Niemand kann sich heute noch vorstellen, welch beispielloser Haß ihm in Amerika entgegenschlug. Der Ruf der Presse nach dem elektrischen Stuhl war unüberhörbar. Dieser Projektion aller Verbrechen der Nazis auf Pound entsprach auf seiner Seite eine totale Verwirrung. Vor Gericht erschien er als psychisches Wrack, und sein Anwalt vertrat die Meinung, daß eine weitere Inhaftierung das Ende seiner »Normalität« bedeuten könne und daß er sofort in ärztliche und psychiatrische Behandlung gehöre. Auch die daraufhin vom Gericht bestellten psychiatrischen Gutachten lauteten übereinstimmend auf Geistesgestörtheit. Da Pound offensichtlich zu diesem Zeitpunkt nicht imstande war, der Gerichtsverhandlung zu folgen, wurde er am 14. Dezember 1945 in die staatliche Anstalt für geistesgestörte Kriminelle (St. Elizabeths Hospital for the Criminally Insane) eingewiesen. Da er nicht verurteilt worden war, gab es für seine Haft auch keine Befristung. Im Endeffekt wurden fast dreizehn Jahre daraus.

Viele Leute meinten, er hätte seine Geistesgestörtheit nur vorgetäuscht, andere, die Regierung habe in Zusammenarbeit mit dem leitenden Anstaltsarzt einen Ausweg aus der Peinlichkeit, den größten amerikanischen Dichter hinzurichten, gefunden. Die Kontroverse ist heute noch akut. Im Zuge der Reaganschen Entliberalisierung der Justiz, die darauf hinausläuft, die Zurechnungsunfähigkeit als Entlastungsgrund vor Gericht abzuschaffen, ist der Fall Pound aufgewärmt worden, und die Behauptung, seine Anstaltsjahre wären der reinste Urlaub, verschönt mit Kaviar und Sex gewesen, fand in der Presse großen Anklang. Das amerikanische Gewissen ist leicht zu beruhigen, nur die Sowjetunion handelt verwerflich, wenn sie Dissidenten in die Nervenklinik sperrt.

In der Anstalt kam Pound zunächst nach Howard Hall, d. h. in die Abteilung für gewalttätige Geisteskranke, in der nach Augenzeugenberichten »jeder Zweite« in der Zwangsjacke steckte. Es war ein Gemeinschaftsraum ohne direktes Tageslicht. In dieser Umgebung verstärkte sich Pounds Klaustrophobie, und wiederholt befiel ihn die Angst, vollends den Verstand zu verlieren. Zwölf Monate verbrachte er in diesem »Höllenloch«, wie er die Abteilung nannte. »Ich brauchte eine dreijährige Ruhekur, und sie verpaßten mir eine fünfzehnmonatige Belastungsprobe«, sagte er später. In Howard Hall durfte er in Gegenwart einer bewaffneten Wache für jeweils 15 Minuten Besuche empfangen. Charles Olson (Pound: »Olson hat mir das Leben gerettet«), T. S. Eliot und E. E. Cummings waren die ersten, die kamen. Sie waren entsetzt über die Verhältnisse. Eliot protestierte bei der Anstaltsleitung, daß sich diese Umgebung keineswegs günstig auf den geistigen Zustand seines Freundes auswirken könne – vergebens. Erst ab Februar 1947 konnte Pounds Anwalt die Verlegung in eine andere Abteilung erreichen: Chestnut Ward. Hier bekam Pound eine kleine Kabine, die zu zwei Drittel von seinem Bett eingenommen wurde und die ohne Türe auf den großen lärmenden Gemeinschaftsraum der anderen Insassen hinausging. Es waren meist senile Patienten, deren Hauptbeschäftigung es war, die Programme auf mehreren Fernsehapparaten zu verfolgen. In dem großen Raum gab es eine kleine vergitterte Nische, wo Pound seine Besucher empfing. Die *Cantos* dieser Zeit entstanden außerhalb der Besuchszeiten in Pounds Kabine. Fast alle Berichte von Pounds Anstaltszeit stammen von Leuten, die ihn in Chestnut Ward aufsuchten. Dorothy Pound, die hilflos in Italien festsaß, solange ihr Bankkonto in England eingefroren war (ein Scheck über 1000 $ von E. E. Cummings mußte die Verteidigungskosten des mittellosen Dichters decken), konnte erst im Juni 1946 nach Washington reisen, wo sie ein möbliertes Zimmer nahm, um täglich zu den Besuchszeiten mit ihrem Mann zusammen zu sein. Allmählich erhielt Pound einige Erleichterungen zugestanden, so durfte er ab August 1955 seine Besucher in dem schönen alten Park der Anstalt empfangen, und die Besuchszeiten wurden im Sommer bis acht Uhr abends verlängert. Es gab also auch in den langen Jahren der Inhaftierung unterschiedliche Phasen.

Bis 1947 hatte Pound nur wenig Kontakt mit der Außenwelt, aber seine Konfuzius-Interpretation und die *Pisaner Cantos* erschienen 1948. Einer seiner frühen Besucher, D. D. Paige, brachte 1950 eine Auswahl seiner Briefe heraus. Er berichtet, daß er mit der Erwähnung seiner Herausgebertätigkeit äußerst vorsichtig sein mußte: »Viele Leute hielten einen dann sofort auch für einen Verräter.« Eine heftige Zeitungskontroverse war bereits 1945 entfacht worden, als der Verlag Random House gegen den Protest der beiden Herausgeber William Rose Benét und Conrad Aiken zwölf Gedichte von Pound aus der Neuauflage ihrer erfolgreichen *Anthology of Famous English and American Poetry* gestrichen hatte. Aber das war nur ein Sturm im Wasserglas, verglichen mit der Verleihung des Bollingen Preises an Ezra Pound im Jahr 1949. Der Preis von 1000 $ wurde für die jeweils beste Dichtung des Jahres vergeben. Zu dem Komitee, das Pound den Preis zuerkannte, gehörten u. a. W. H. Auden, T. S. Eliot, Robert Lowell, Conrad Aiken, Katherine Anne Porter, Allen Tate und Robert Penn Warren, alle von der Library of Congress ernannt. Die Wellen des Proteststurms tobten ein ganzes Jahr lang, erfaßten Tageszeitungen ebenso wie Literaturzeitschriften und brandeten sogar im Kongress. Die Library of Congress beschloß, künftig die Finger von so heißen Themen wie Lyrik zu lassen. Auch hier drehte sich das Argument im Kern darum, ob man Pound, den Dichter, mit Pound, dem Menschen, in einen Topf werfen dürfe. 1951 brachte Hugh Kenner, auch er einer der frühen Besucher der Anstalt, *The Poetry of Ezra Pound* heraus, ein Buch, das die Werke und Ideen Pounds einer neuen Generation erschloß und ihm in den folgenden Jahren zum erstenmal auch in den Lehrplänen der Universitäten Anerkennung verschaffen sollte. Es war der Beginn der akademischen »Pound-Industrie« im heutigen Amerika. Im großen und ganzen kann man sagen, daß die öffentliche Diffamierung Pound Mitte der fünfziger Jahre das brachte, was er mit seinen positiven Leistungen nicht erreicht hatte – den Durchbruch zum Weltruhm.

Denn der »Fall Ezra Pound« war international zu einer *cause célèbre* geworden. Übersetzungen, Essays und Artikel über ihn erschienen in Schweden, Japan, Indien, Portugal, Mexiko, Brasilien, Australien, Indien, Frankreich, Italien, England, Österreich, der Schweiz und Deutschland. Viele Unterschriftenlisten mit bekannten Namen aus aller Welt wurden vom State Department zu den Akten gelegt. Der Generalsekretär der Vereinten Nationen, Dag Hammarskjöld, schlug Ezra Pound mehrmals für den Nobelpreis vor. Ernest Hemingway sagte 1954 anläßlich der Verleihung des Nobelpreises an ihn: »Ich glaube, dies wäre ein gutes Jahr für die Freilassung von Dichtern.« Ein weiterer Nobelpreisträger, Eugenio Montale, setzte mit einer Anzahl italienischer Geistesgrößen, daruner Ungaretti, Quasimodo, Papini seine Unterschrift unter eine Petition an die amerikanische Botschaft in Rom. Auch das vatikanische Radio und die Kommunistische Partei Italiens setzten sich für ihn ein. Aber all diese Ansätze liefen sich in Washington tot – der Druck der öffentlichen Stimmung gegen Pound war so mächtig, daß die Regierung es nicht wagen konnte, die Anklage gegen ihn fallenzulassen – auch noch zu einer Zeit, als die wirklichen Kriegsverbrecher längst wieder auf freiem Fuß waren, sofern sie überhaupt vor ein Gericht gestellt worden waren und nicht sofort von dem CIC oder ab 1947 von der CIA als Verhör- und Folterspezialisten, Propagandasprecher für antisowjetische Sender oder als Spezialisten für die Raketen- und Waffentechnik rekrutiert worden waren.

Das alte Gesetz in Pounds Leben, daß »die Welt« zu ihm kam, wo immer er sich aufhielt, bewahrheitete sich auch in der Irrenanstalt, die im Laufe der Jahre zu einem regelrechten Pound-Center wurde. Es waren zunächst die alten, inzwischen etablierten Freunde, die sich zu den Besuchszeiten einfanden, immer in Gegenwart von Dorothy Pound: T. S. Eliot kam regelmäßig einmal im Jahr, William Carlos Williams, Louis Zukofsky, E. E. Cummings, Marianne Moore. Dazu kamen einige neue Freunde aus dem Ausland: der schwedische Dichter Bö Setterlind, Juan Ramón Jiménez, auch Robert Lowell, Elizabeth Bishop, Babette Deutsch, Thornton Wilder, Conrad Aiken, Allen Tate, Charles Olson. Stephen Spender vergab ihm in dem liebenswerten Größenwahn der Dichter seinen Antisemitismus wie später Allen Ginsberg in Venedig. Olga Rudge besuchte ihn erst im Jahr 1952. Die Tochter Mary, inzwischen in Italien mit einem jungen Ägyptologen verheiratet und Mutter zweier Kinder, kam 1953 und blieb drei Monate. Das Bemerkenswerteste an dem Besucherstrom aber war der Anteil der Jugendlichen, die bei Pound Antworten auf ihre Fragen suchten. Auf seine völlig unprätentiöse Weise war er für sie ansprechbar in einem Maße, das bei anderen literarischen Berühmtheiten ähnlichen Ranges – etwa Eliot – völlig unvorstellbar gewesen wäre. Pound konnte in seiner unkonventionellen Art tatsächlich ein großer Lehrer sein – für diejenigen, die ihr persönliches Verhältnis zu ihm kritisch zu relativieren wußten. Eine ganze Anzahl der jungen Leute, die damals durch seine Schule gingen, leben – nach einem Prozeß der Abnabelung – noch heute von dem Grundstock der Anregungen, die sie damals erhielten, weiterentwickelten und für sich fruchtbar gemacht haben. Andererseits lockte sein vielgeschmähter Name auch manche Freaks an, mit denen die Vereinigten Staaten immer so reichlich gesegnet sind. Bei ihnen gefiel sich Pound in der neuen Rolle von Sokrates, dem Verderber der Jugend. Es war die Zeit der Beatniks, der Vorfrühling des Jugendprotestes, auch der Beginn der Drogenszene und der labilen jugendlichen Randgruppen. Ein paar dieser Typen, darunter vor allem Rassenfanatiker, solidarisierten sich mit Pounds öffentlichem Image und sorgten mit Parolen wie »Ez for Pres« (»Ezra zum Präsidenten«) für neuen Zunder in der Presse. Sie neigten dazu, jedes Wort des Meisters zu verabsolutieren, und was ihnen an geistigem Durchblick fehlte, ersetzten sie durch den fachpäpstlichen Eifer, mit dem sie ihm nach dem Munde redeten. Viele von Pounds lebenslangen Überzeugungen erhielten damit unfreiwillig parodistische Züge. Da sich Pound außerdem von Zeit zu Zeit einer fröhlichen Selbstverteufelung hingab, entsprechend der in ihn gesetzten Erwartungen, bestärkten er und die Freaks sich gegenseitig in einer gefährlichen Paranoia. So kam, zunächst halb spielerisch, ein rechtslastiger Konsensus zustande, bei dem jedem, der Pounds bessere Anlagen kennt, das kalte Grausen ankommt. Insgesamt stellt Pounds Gönnerschaft gegenüber »les jeunes« in der Anstaltszeit eine Parodie seiner Förderung junger Genies in seiner Londoner und Pariser Zeit dar – nur, daß es sich jetzt eigentlich weniger um künstlerische Talente handelte und daß seine Unterweisungen nicht die Kunst, sondern eher die Ökonomie und die Geschichte betrafen.

Die junge Malerin Sheri Martinelli, ein ehemaliges Fotomodell aus der Drogenszene, wurde zur Muse der *Rock-Drill Cantos* (Cantos 85–95). Sie war schön und ausgeflippt und muß viel zur Erheiterung des alten Mannes beigetragen haben. »Gramp« [Opa] nannte sie ihn vertraulich und montierte die mystischen und magischen Bauteile der *Rock-Drill Cantos* zu ihrer privaten Tollhausarchitektur. Pound fütterte sie und die anderen jungen Leute mit den Resten durch, die er vom Anstaltsessen aufhob oder von seinen Freunden mitgebracht bekam. Als Muse wurde »La Martinelli« 1957 von Marcella Spann verdrängt, einer jungen Lehrerin aus Texas, etwa auf dem gleichen geistigen Niveau, aber ohne die fröhliche Verrücktheit. So wurde Marcella zur Muse der *Thrones* Cantos (Cantos 96–109) und der *Drafts & Fragments* (Cantos 110–120). John Kasper, der zum begünstigten inneren Kreis von St. Elizabeth gehörte (»Das sind Opas Sturmtruppen«, erklärte Sheri Martinelli), erlangte Tagesberühmtheit in ganz Amerika: 1956 und 1957 organisierte er gewalttätige Aktionen gegen die Integration der Schulen in den Südstaaten, bis er schließlich ins Gefängnis kam. »Opa muß es mit Kamikaze-Kommandos wie Kasper schaffen«, kommentierte Sheri Martinelli. Der Fall Kasper löste eine neue Welle Publicity gegen Pound aus und verzögerte seine Entlassung um mindestens ein Jahr. Pound hat sich von diesen Machenschaften so wenig distanziert wie von den fragwürdigen Aspekten seiner früheren Gefährten – Denunziation gehörte nicht zu seinem Stil. Allerdings hat er die rassistischen Hetzparolen gegen die Integration schwarzer Schulkinder auch nicht in sein Canto-Logbuch aufgenommen.

Am 18. April 1958 erreichte eine konzertierte Aktion von Archibald MacLeish, T. S. Eliot, Robert Frost und Ernest Hemingway endlich die Freisetzung Ezra Pounds. Alle Register wurden gezogen: Pounds Verleger, James Laughlin, nahm die Hilfe seines Schwagers, Gabriel Haug, des Wirtschaftsberaters von Präsident Eisenhower in Anspruch, um Sherman Adams, den Stabschef des Weißen Hauses, zu überreden, beim Präsidenten zugunsten von Pound zu intervenieren. So wurde Dr. Winfried Overholser, der Leiter von St. Elizabeths, zu seinem alten Freund, dem Unterstaatssekretär Christian Herter gebeten, um die Sache »dieses schwierigen Individuums Ezra Pound« zu erörtern. Es folgten Verhandlungen zwischen Archibald MacLeish und dem neuen Generalstaatsanwalt William P. Rogers und schließlich Eisenhowers Segen. Mit Pounds Anwalt wurde vereinbart, daß Dorothy Pound als gesetzliche Vertreterin ihres entmündigten Mannes bei Gericht seine Entlassung aus der

Anstalt beantragen sollte. Das Gericht würde dann auf den Rat von Dr. Overholser die Anklage gegen Pound fallenlassen und ihn unter die Obhut seiner Frau stellen – Begründung: Pound sei »unheilbar geistesgestört, aber harmlos«. Pound schiffte sich mit Frau und Muse (Marcella Spann) auf dem italienischen Linienschiff Cristoforo Colombo nach Italien ein. In seinem Gepäck hatte er das fast fertige Manuskript der *Thrones Cantos*. Natürlich war die Presse anwesend. »Ganz Amerika ist eine einzige Klapsmühle«, konstatierte Pound zum Abschied. Ein kultureller Niederschlag auf allen Seiten.

Merkwürdigerweise hatte Pound in den vielen Jahren, in denen er den normalen menschlichen Kontakten entzogen war, eine unheimliche schriftstellerische Energie entfaltet: seine eigenwilligen Versionen von drei der konfuzianischen kanonischen Bücher und die noch eigenartigere Version der konfuzianischen Anthologie, das »Buch der Lieder«, erschienen; auch seine kühne, stark autobiographisch gefärbte Modernisierung von Sophokles' *Trachiniae* (*Die Frauen von Trachis,* 1953) stammt aus dieser Zeit. Die *Pisan Cantos* waren schon 1948 herausgekommen, gefolgt von elf weiteren Cantos unter dem Titel *Section: Rock-Drill de los Cantares LXXXV–XCV* (1955); auch die ersten Cantos des nachfolgenden Bandes unter dem Titel *Thrones de los Cantares* (1959) sind in der Anstalt entstanden, die anderen waren im Entwurf fertig. Aber die staunenswerte Produktivität des Dichters in der Zeit seiner Inhaftierung kann die innere Brüchigkeit des Geschaffenen kaum verbergen.

Der neue Mut, die neue Hoffnung, die Pound aus der erweiterten inhaltlichen Bestimmung seiner Ziele im Lager bei Pisa bezogen hatte, verpufften in den langen und tödlichen Jahren seiner öffentlichen Kriminalisierung. Mit der Auslieferung seines Daseins an die publizistische Mitwelt war dem bereits vorhandenen Verfolgungswahn Tür und Tor geöffnet. Ludwig Binswanger* unterscheidet im Progreß der Paranoia drei Stufen der Daseinsverwandlung:

* Ludwig Binswanger, *Schizophrenie*, Pfullingen 1957

zuerst die »Selbstverblendung und Verstiegenheit«, dann die »Verwandlung eines von jeher die Mitwelt dominierenden herrischen Daseins in ein der Mitwelt sich entfremdendes, ihr dafür umso mehr preisgegebenes geknechtetes Dasein« und schließlich das Preisgegebensein »in der völligen Veröffentlichung des eigenen Daseins«. Es ist erschreckend, wie diese Phasen, die Binswanger doch als Wandlungen der *inneren* Einstellung zur Außenwelt versteht, in Pounds Fall mit den äußeren Veränderungen seines Lebens übereinstimmen. Vielleicht wird hier verständlich, daß es sich für ihn nicht mehr um eine dialektische oder kritische Selbstreflexion handeln konnte wie in Pisa. Etwaige Zweifel an seiner »Normalität« konnte er sich jetzt nicht mehr leisten, geschweige denn sie laut werden lassen. Für ihn ging es nur noch um positive Selbstbestätigungen gegenüber der doppelten Verunsicherung: der äußeren durch den Haß der amerikanischen Öffentlichkeit und der inneren durch seinen eigenen labilen Geisteszustand. So ist das, was in den Werken dieser Zeit thematisiert wird, hauptsächlich die Bodenlosigkeit der Angst.

Gegenüber der Verdinglichung der Anstaltsatmosphäre wird das Lebensgedicht nun zu einem Notanker, erhält also eine rein defensive Funktion – in völligem Gegensatz zur anfänglichen Konzeption der großen weltoffenen Erkundungsfahrt. Pounds mediales und sensibles Ich war überdies wohl ungeeignet, dem Druck der äußeren Bedingungen dauerhaft Stand zu halten. Ungewollt verinnerlichte er die Anstaltszwänge, indem er sich vor dem inneren Chaos in legistische Ordnungsprinzipien flüchtete. Sein »Paradies« wird nun zu einer Sache des Gesetzes und der Ruhe-und-Ordnungs-Prinzipien. Byzanz vor allem wird zur idealen Stadt hochstilisiert. Er erkundet die verschiedenen systembildenden Urkunden und Gesetzeswerke der Geschichte, die geeignet sind, ihn in früher geäußerten Meinungen zu bestätigen, und bringt dabei eine Fülle von neuem und auch interessantem Material in die *Cantos* ein. Aber die Aktivitäten, die er sich hauptsächlich gestattet und als »gut« bejaht, sind die der Erhaltung, der Aufbewahrung, der Restauration, der Wiederaufbereitung – allesamt Kategorien der Wiederholung, nicht der Veränderung oder Entwicklung.

In seinen äußeren Kontakten wie in seinen *Cantos* entfaltet er zunehmend das, was R. D. Laing* »ein falsches Selbst-System« genannt hat, also ein Selbst, das nicht in Beziehung zur Welt der Menschen und Objekte steht, sondern sich zwischen den einzelnen seelischen Instanzen seiner selbst (den *personae*) abspielt. Ein Ichbewußtsein entsteht, das mit den realen Entwicklungen der Umwelt nicht mehr Schritt hält und diese zu bloßen Gedankenspielen abwertet. Die frühere Selbstdefinition des all-gestaltigen, nicht festgelegten und offenen Ich wird umfunktioniert in einen Abwehrmechanismus gegen die Realität: Er bejaht die verschiedenen *personae* oder Rollendarstellungen jetzt nur auf Zeit, während er sich seiner Autonomie versichert, die er in der absoluten Freiheit des reinen, abstrakten Ich gewährleistet sieht, einer Freiheit, die sich notwendig aller Erfahrung entzieht. Diese zeitindifferente undialektische Identität ist nur durch die fortgesetzte Abstraktion von allen besonderen und konkreten Bedingungen zu wahren. Das Fatale am »falschen Selbst-System« ist, daß sich das »Selbst« zwar noch mit Objekten verbinden kann, doch nur insofern sie Objekte der eigenen Vorstellung oder Erinnerung sind, nicht aber mit einem realen, widersprüchlichen Gegenüber. Die maßlose Zitierwut dieser späten Cantos erklärt sich zum Teil aus der versuchten wahnhaften Rekonstruktion einer Wirklichkeit, die sich dem Dichter immer mehr entzieht, und der ängstlichen Denkmeidung und Dämonisierung aller Ansätze zu einer Veränderung. Er selber erwähnt des öfteren die wachsende Leere in sich selber und der Umwelt, eine Leere, die sich in sein Dasein einfrißt: »das Nichts, die indische Zirze« (Pound).

Während er in diesen späten Cantos die paradiesischen Bewußtseinslagen und die »Herrschaft des Wohlwollens« zu

* R. D. Laing, *The Divided Self*, London 1960; *The Politics of Experience*, New York 1967

Papier zu bringen meint, registriert er unfreiwillig etwas ganz anderes: die Abkapselung vom Leben, den Rückzug der Libido von der Welt, kurzum, den Todestrieb. Der eigentliche Lebensfaden, die Konsequenz seines Daseins, war abgerissen und sollte sich nicht wieder herstellen lassen. Für den Part des »harten Mannes«, den Pound unter dem Druck des übermächtigen Zeit-Trends zunächst wohl nur »zum Schein« angenommen hatte, bezahlte er in den langen Jahren seines Ausschlusses aus der Gesellschaft nicht mit seiner *persona*, sondern mit seiner Person – just als ob er seiner wahren Natur entsprochen hätte. Die Kosten einer echten Selbstverwirklichung hätten kaum horrender sein können.

Der Rest ist Schweigen. Tod in Venedig 1958–1972

Als Ezra Pound mit seiner Frau Dorothy und seiner Sekretärin Marcella Spann am 10. Juli 1958 in Genua eintraf, wurde er von einer großen Menschenmenge begrüßt. Auch die Weltpresse war wieder da. In Verona holte ihn seine Tochter im Taxi ab, und auf dem abschüssigen Pfad, der von Dorf Tirol zur Brunnenburg hinabführt, kam ihm der Schwiegersohn Boris de Rachewiltz mit den beiden Enkeln entgegen, die er jetzt zum erstenmal sah. Nun sollte das Leben in der Geborgenheit der Familie beginnen. Pound gedachte, das Familienleben, in dem er sich gerecht zwischen Frau und Nebenfrau verteilt hatte, genau dort wieder aufzunehmen, wo es vor dreizehn Jahren abgebrochen war, nur in anderer Besetzung. Und so kam es zu gewissen Komplikationen, die Pound nach sieben Monaten auf der Brunnenburg bewogen, mit Dorothy und Marcella Spann nach Rapallo zu übersiedeln, wo sie zu dritt in einem modernen Häuserblock ein Apartment bezogen.

Was Pound zu dieser Zeit am meisten zu schaffen machte, war die Abhängigkeit von seiner Frau, die infolge seiner Entmündigung als »Committee for Ezra Pound« die alleinige Verfügungsgewalt über all seine Mittel hatte – und das gerade zu einer Zeit, da er erstmals in seinem Leben sich und (s)eine Frau aus den Tantiemen der *Cantos* hätte ernähren können. Eine Anzahl von Briefen und Einladungen gingen in dieser Sache an Hemingway, der in Pounds Augen eine Autorität in Scheidungsangelegenheiten war. Ende September berichtete er ihm von »Komplikationen von wegen Committee«. Weder seine Frau noch seine Ex-Nebenfrau wollten zu diesem späten Zeitpunkt etwas von einer Scheidung wissen. Gegen Ende September wurde die Muse nach Amerika zurückgeschickt. Die Anthologie der Weltdichtung *Confucius to Cummings*, die Pound mit Marcella Spann zusammengestellt hatte, war bereits im Juli 1959 im Manuskript »fertig« geworden, sie konnte erst fünf Jahre später nach mühsamen anonymen Überarbeitungen in Druck erscheinen. Im Sommer 1959 waren die *Thrones*-Cantos erschienen. Insgesamt würden es 120 Cantos werden, äußerte Pound zu diesem Zeitpunkt gegenüber Donald Hall. »Sie müssen fast am Ende sein«, sagte Donald Hall zu Pound. »Können Sie schon sagen, was Sie in den restlichen Cantos anfangen wollen?« Pound: »Es ist schwer, ein ›Paradiso‹ zu schreiben, wenn alle äußeren Anzeichen auf eine Apokalypse verweisen.« Donald Hall: »Sind Sie mehr oder minder festgefahren?« Pound: »Wenn Sie wollen, so bin ich festgefahren. Die eigentliche Frage ist aber, ob ich tot bin, wie es manche gerne möchten.«

Dieses Interview war in Rom zustande gekommen, nachdem Pound und Dorothy das Apartment in Rapallo aufgegeben hatten und wieder in der Brunnenburg eingezogen waren. Im Januar 1959 war Pound, von innerer Unruhe getrieben, nach Rom gefahren, wo er bei Freunden wohnte. Hier übergab er dem Interviewer, Donald Hall, das Manuskript seiner letzten *Cantos 110–117*, der zwei davon, zusammen mit dem Interview, in der *Paris Review* (März 1960) abdruckte. Es sind die letzten Cantos, die Pound in seinem Leben geschrieben hat.

Wieder auf der Brunnenburg, erlitt Pound im selben Sommer eine psychische Krise und verweigerte alle Nahrung. Seine Tochter brachte ihn in der Klinik Martinsbrunn unterhalb der Brunnenburg unter, wo er künstlich ernährt wurde, bis er sich, nach vielen Monaten, einigermaßen erholt hatte. Im Mai 1961, wieder in Rom, erlitt er einen schweren psychischen Zusammenbruch und wurde von seiner Tochter und Olga Rudge nach Martinsbrunn zurückgebracht. Gegen Ende des Jahres holte Olga Rudge den alten Dichter, der nur noch ein Schatten seiner selbst war, endlich zurück nach Sant'Ambrogio. Von nun an lebte er, heldenmütig von Olga Rudge betreut, teils dort, teils in seiner Schicksalsstadt Venedig. Immer noch kam »die Welt« zu ihm, starrte ihn an, filmte ihn, schrieb Artikel über die gelegentlichen »Interviews«, zu denen er sich widerwillig hergab. Olga Rudge führte ihn der Öffentlichkeit vor: Er tauchte als Gespenst auf bei Menottis Festival Zweier Welten in Spoleto, in Paris anläßlich des Erscheinens eines zweibändigen französischen Symposions über seine Werke, in Westminster Abbey anläßlich der Totenmesse für T. S. Eliot, sogar in den Vereinigten Staaten, um das im Nachlaß von John Quinn wiedergefundene Manuskript des *Waste Land* mit seinen eigenen Korrekturen zu besichtigen – scheinbar willenlos nahm er an all dem teil, verkapselt in ein beinah totales Schweigen, das allen Betroffenen in den Ohren brüllte. So existierte er nach seiner Entlassung aus der Anstalt noch dreizehn lange Jahre, bis er am 1. November 1972, zwei Tage nach seinem 87. Geburtstag, den Tod in Venedig fand. Bestattet liegt er auf der Friedhofsinsel San Michele mit ihren Grabstätten für die Andersgläubigen – Protestanten und Orthodoxe.

Zum besseren Verständnis dieses traurigen Endes haben wir nur die letzten Canto-Entwürfe und Fragmente, in denen sich tatsächlich noch einmal eine neuerliche Sinneswandlung anbahnt und das Ersterben dieses Neuansatzes registriert wird. Gleich zu Anfang dieser Texte stellt sich Pound metaphorisch als Selbstmörder vor, verschlüsselt in den Anspielungen auf den Doppelselbstmord der Liebenden, wie er bei dem tibeto-burmesischen Naturvolk der Na-

Khi in der chinesischen Provinz Li-chiang üblich ist, wenn einer der Liebenden zu einer nach chinesischer Art vereinbarten Ehe mit einem von den Eltern erkorenen Partner gezwungen werden soll. Offenbar steht dies Motiv in einem Zusammenhang mit dem anderen, dem dichterischen Suizid seines späteren Verstummens. Pounds Altersliebe Marcella wird in diesen Texten nicht sosehr als Individuum vorgestellt wie als Verkörperung des Lebens selbst. Die Heftigkeit der späten Leidenschaft ist wohl nur aus dem Lebenswillen zu erklären, der in allen Geschöpfen steckt. Jedenfalls konzentriert sich in Marcella Pounds letzter Lebenswille, in ihr sieht er »Artemis«, die Göttin der nicht-domestizierten Natur und alle Kräfte der Erneuerung, die einer lebensfeindlichen Zivilisation entgegenstehen.

Mit der Auflehnung gegen die bürgerliche Konvention der Ehe und Familie flackerte auch Pounds erster rebellischer Impuls wieder auf, doch nun in einer neuen, anarchistischen Konsequenz: der Ablehnung der Zivilisation schlechthin. Denn Artemis steht für eine andere Ordnung, in der die vorgeschriebenen Dichotomien zwischen »dem« Männlichen und »dem« Weiblichen keine Geltung haben. Der Besitzanspruch auf Familienangehörige, den er am eigenen Leib zu spüren bekommen hatte, führt Pound zum allgemeineren Thema des Privateigentums, das er bislang, auch aus Gründen, die mit seiner Ehe zusammenhingen, immer verteidigt hatte. An dieser Stelle münden Pounds Äußerungen über die Familie und die Ehe ganz selbstverständlich in seine lebenslange Kritik an den ökonomischen Verhältnissen unserer Industriezeit, und zwar geschieht das über seine Erinnerungen an John Humphrey Noyes, den »Mann aus Oneida«, der für eine alternative amerikanische Tradition, die der Sozialutopie, steht. Noyes lehrte, daß das Verhältnis zwischen Mann und Frau das erste soziale Verhältnis überhaupt sei und aus diesem Grunde auch die eigentliche Wurzel aller anderen sozialen Verhältnisse in unserer Zivilisation, insbesondere der Eigentumsverhältnisse: »Das Sündensystem, das Ehesystem, das Arbeitssystem hängen zusammen, sie müssen alle miteinander abgeschafft werden.« Das menschliche Herz, sagt Noyes, sei fähig, unzählige Male und unzählige Menschen zu lieben: »Dies ist das Gesetz der Natur, das zwar durch allgemeinen Konsens dem Blick entschwand und verurteilt ward, das aber insgeheim allen bewußt ist.«

Um das erste soziale Verhältnis neu zu bestimmen, führte Noyes in seiner sehr erfolgreichen Kommune die Polygamie und die Polyandrie ein in einer Form, die er »complex marriage« nannte, eine Form, die jeden Besitzanspruch an den anderen Menschen, ob Mann, Frau oder Kind, ausschließen sollte. Gleich zu Anfang der allerletzten Cantos erklärt sich Pound im Sinne von Noyes:

Ich bin unbedingt für Verkehr ohne Tyrannei *(Canto CX)*

(wobei er selber das deutsche Wort »Verkehr« verwendet). Konfuzius, der Garant der patriarchalischen Ehe, kommt hier erstaunlicherweise nicht mehr vor, Pound greift nur noch auf die mythische Vorgeschichte Chinas und auf die mythische Frühzeit der Menschheit zurück.

Die Bewußtseinslage der göttlichen Heiterkeit, Voraussetzung für die Entstehung des Paradiso-Teils der *Cantos*, kann, wie er nun sieht, nicht über die verbrauchten Werte einer Kultur erlangt werden, in der die anderen Menschen die Hölle sind. Nur eine Versöhnung mit der Natur – und das meint auch mit der menschlichen Natur – kann jetzt noch weiterhelfen. Das Scheitern seines Lebensgedichts führt Pound auf einen Mangel an »charity« (Nächstenliebe, mitmenschliche Solidarität, Freigebigkeit) zurück. Und nun resigniert er auch hinsichtlich der gesellschaftlichen und allesheilenden Funktion der Dichtung, an die er ein Leben lang geglaubt hatte, mit den Worten Senecas*: »litterae nihil sanantes« (lat.: »Literatur behebt kein Übel«). Die großen Gesetzgeber haben »einen Wust von Gesetzen« geschaffen, die Last des kulturellen Erbes erdrückt »unberatene Jugend«.

* von John Adams etwas abgewandelt

Immer wieder stellt er sich die Frage, wie er, dem der Sinn »nach Richtigkeit stand«, soweit fehlgehen konnte und wieso aus dem, was anfänglich Liebe war, soviel Haß entstanden ist. Fast stammelnd kommt er auf die Motivation zurück:

Menschen zu sein, nicht Verheerer.

Die Situation, auf die ein so humaner Vorsatz in unserer Gesellschaft trifft, beschreibt R. D. Laing: »Innerhalb der letzten fünfzig Jahre haben wir Menschen durch unsere eigenen Hände nahezu einhundert Millionen unserer eigenen Gattung abgeschlachtet. Wir alle leben derzeit unter der permanenten Drohung unserer völligen Auslöschung. Es scheint, als ob wir Tod und Zerstörung in demselben Maße erstreben wie Leben und Glück. Wir werden genauso zum Töten und Getötet-Werden getrieben wie zum Leben und Leben-Lassen. Nur durch die unsäglichste Vergewaltigung unserer selbst haben wir es erreicht, in relativer Anpassung an eine Zivilisation zu leben, die anscheinend auf ihre Selbstvernichtung zutreibt.« Pound, der nach der Höhe seiner Intelligenz und der ursprünglichen Stärke seiner Menschenliebe berufen gewesen wäre, ein Lehrer und Befreier der Menschen zu werden, hat sich über einige Strecken seines Lebens zu ihren Kerkermeistern gesellt. Er, dessen Einsatz für die jungen, die mittellosen, die verkannten Künstler Literaturgeschichte gemacht hat, hatte aber doch nach seiner eigenen Natur nichts von der grenzenlosen Eigensucht und Lieblosigkeit für das menschliche Gegenüber, das andere auf viel direkterem Weg zum Faschismus führte.

Er hatte früh einsehen müssen, daß seine Gabe der mitmenschlichen Einfühlung in unbedingtem Gegensatz zu der harten leistungsprogrammierten Gesellschaft des Industriezeitalters stand. Doch unter dem Einfluß der ganz anders gearteten Freunde, die sich von den »weichlichen« humanistischen Werten in der Philosophie und Politik abkehrten, begann er seine guten Eigenschaften zu verleugnen und die »liberalen« und »semitischen« Schwachherzigkeiten auch in sich selber zu verachten – womit er sich übrigens durchaus auf der Höhe des »gesunden Menschenverstandes« von heute befand. Sein eigentliches Lebensprogramm – stellvertretend die menschliche Sensibilität (das Leiden an der eigenen Zeit?) zu artikulieren – wurde aber damit auf recht schizoide Weise in den Bereich der Debilität verwiesen.

Es sei die Funktion des Künstlers, hatte Pound gesagt, »Wahrnehmungsorgan der Gattung« zu sein und das Dasein als Versuchsperson für alle bis in die Extreme zu erkunden. Dichter seien hochsensible Registriergeräte, die vorzeitig »auf Dinge, die zugegen, doch unbemerkt sind« ansprechen. In dieser seismographischen Funktion ist Pounds Dichtung freilich als eine zeitgerechte höhere Pathologie zu lesen: seine subjektive Neurose als das Korrelat der objektiven Neurose der Industriegesellschaft und der westlichen Vernunft. Pounds Leben und Werk entspricht Binswangers Beschreibung des schizophrenen Daseins als dem Versuch des Menschen »in einer unlebbaren Situation dennoch zu überleben«.

Links oben: Die eisernen Käfige im amerikanischen Straflager bei Pisa. Pounds zusätzlich verstärkter Käfig ist auf der äußersten linken Seite gerade noch zu sehen. – Links unten: Washington, 18. November 1945. Pound wird nach der Landung von zwei US-Marshals gefesselt abgeführt. – Oben: Pound in den sechziger Jahren in Venedig.

Editorische Notiz

Die englischen Originaltexte zu den Gedichten Ezra Pounds finden sich in den unten angeführten zweisprachigen Ausgaben. Die einzelnen Texte der vorliegenden Auswahl wurden folgenden Ausgaben von Ezra Pound entnommen:

ABC des Lesens. Übers. von Eva Hesse. Frankfurt: Suhrkamp 1957

Cantos I–XXX. Engl.-dt. Ausgabe. Übers. von Eva Hesse. Zürich: Arche 1964

Cantos 1916–1962. Eine Auswahl. Engl.-dt. Ausgabe. Hg. und übers. von Eva Hesse. München: dtv 1964

Dichtung und Prosa. Engl.-dt. Ausgabe. Hg. und übers. von Eva Hesse. Zürich: Arche 1953

Ezra Pound. 22 Versuche über einen Dichter. Hg. von Eva Hesse. Frankfurt: Athenäum 1967

Letzte Texte. Entwürfe und Fragmente zu Cantos CX–CXX. Engl.-dt. Ausgabe. Hg. und übers. von Eva Hesse. Zürich: Arche 1975

Motz el son. Wort und Weise. Essays. Übers. von Eva Hesse. Zürich: Arche 1957

Pound, Ezra, Fenollosa, Ernest, und Eisenstein, Serge: *Nō – Vom Genius Japans*. Hg. von Eva Hesse. Übers. von Wieland Schmied, Walther L. Fischer und Elisabeth Krottmeier. Zürich: Arche 1963

Patria Mia. Essay. Hg. und eingeleitet von Eva Hesse. Übers. von Hedda Soellner. Zürich: Arche 1960

Personae – Masken. Engl.-dt. Ausgabe. Hg. und übers. von Eva Hesse. Zürich: Arche 1959

Pisaner Cantos LXXIV–LXXXIV. Engl.-dt. Ausgabe. Hg. und übers. von Eva Hesse. Zürich: Arche Neuauflage 1985

Usura-Cantos XLV und LI. Texte, Entwürfe, Fragmente. Hg. und komm. von Eva Hesse. Zürich: Arche 1985

Die Texte wurden von der Übersetzerin gegenüber den Erstausgaben geringfügig geändert.

Anmerkungen

S. 9 *Credo* aus: *Patria Mia,* S. 75ff.
S. 11 *Amerika* aus: ebd., S. 56ff.
S. 12 *»Camerado ...«:* Übers. von Hans Reisiger
S. 15 *Beim Anblick seines Spiegelbildes* aus: *Personae*, S. 57
S. 15 *Histrion* aus: *Cantos I–XXX*, S. 301
S. 16 *Also in Ninive* aus: *Personae*, S. 39
S. 16 *Die Flamme* aus: ebd., S. 73ff.
S. 18 *Die Gruft von Akr Çaar* aus: ebd., S. 83ff.
S. 19 *La Fraisne* aus: ebd., S. 13ff.
S. 21 *Text für Psyche im goldenen Buch des Apuleius* aus: ebd. S. 65
S. 21 *Das Bild* aus: ebd., S. 109
S. 21 *Das Bild:* Liegende Venus von Jacopo del Sellaio (1442–1493)
S. 21 *Von Jacopo del Sellaio* aus: ebd., S. 109
S. 22 *Peire Vidal im Alter* aus: ebd., S. 51ff.
S. 25 *Das Programm des Imagismus* aus: *Motz el son*, S. 50ff.
S. 30 *Mädchen* aus: *Personae*, S. 89
S. 30 Δώρια aus: ebd., S. 99
S. 31 *In einer Station der Métro* aus: ebd., S. 173
S. 31 *Alba* aus: ebd., S. 173
S. 31 *April* aus: ebd., S. 137
S. 32 *Fisch und Schatten* aus: ebd., S. 277
S. 33 *Heimkehr* aus: ebd., S. 111
S. 34 *Eine weibliche Typologie* aus: *Patria Mia*, S. 51
S. 34 *Eugenic Society:* English Eugenics Society, eine sozialdarwinistische Gesellschaft, 1907 von Francis Galton (1822–1911), einem Vetter von Charles Darwin, gegründet.
S. 35 *Auftrag* aus: *Personae*, S. 127ff.
S. 36 *Ortus* aus: ebd., S. 119
S. 37 *Tenzone* aus: ebd., S. 115
S. 37 *Gruß* aus: ebd., S. 119
S. 38 *Der Park* aus: ebd., S. 117
S. 38 *Ladenmädchen* aus: ebd., S. 179
S. 39 *Portrait d'une femme* aus: ebd., S. 87
S. 40 *Die Selbstmodernisierung* aus: *Dichtung und Prosa*, S. 139f.
S. 42 *Ité* aus: *Personae*, S. 145
S. 42 *Kommt meine Gesänge* aus: ebd., S. 243
S. 43 *»Phasellus ille«* aus: ebd., S. 91
S. 43 *Mr. Housmans Botschaft* aus: ebd., S. 69
S. 44 *Gruß II* aus: ebd., S. 121ff.

S. 44 *»Spectator«:* Englische Wochenzeitschrift konservativer Tendenz, die von 1890 bis 1925 von dem prüden John Strachey (1860–1927) herausgegeben wurde.
S. 45 *Monumentum aere etc.* aus: ebd., S. 243
S. 46 *Das wache Auge* aus: ebd., S. 163
S. 46 *Meditatio* aus: ebd., S. 157
S. 47 *Arides* aus: ebd., S. 153
S. 47 *Epitaph* aus: ebd., S. 151
S. 47 *Begegnung* aus: ebd., S. 175
S. 48 *Blendwerke* aus: ebd., S. 183
S. 48 *Vorbilder* aus: ebd., S. 161
S. 48 *Phyllidula* aus: ebd., S. 161
S. 49 *Bei Pagani, den 8. November* aus: ebd., S. 265
S. 49 Tò Καλóν aus: ebd., S. 147
S. 49 *Im Vorbeigehen* aus: ebd., S. 159
S. 50 *Zahme Kätzchen* aus: ebd., S. 181
S. 50 *Die Temperamente* aus: ebd., S. 153
S. 51 *Weitere Aufträge* aus: ebd., S. 143
S. 51 *Coda* aus: ebd., S. 161
S. 52 *Innisfree* aus: ebd., S. 187
S. 53 *Das Frühjahr* aus: ebd., S. 123
S. 53 *»Ione, tot Jahr und Tag«* aus: ebd., S. 179
S. 54 *L'Art, 1910* aus: ebd., S. 181
S. 54 *Das Schachspiel* aus: ebd., S. 191
S. 55 *Lied von den Schattenstufen* aus: ebd., S. 145
S. 56 *Der kommende Krieg: Aktäon* aus: ebd. S. 169
S. 56 *Phanopoeia* aus: ebd., S. 283 ff.
S. 58 *Das chinesische Schriftzeichen und die Folgen* aus: *ABC des Lesens*, S. 21 f. und 23 ff.
S. 58 *Fenollosas Essay:* Deutsch in: *Nō – Vom Genius Japans*, S. 224 ff.
S. 59 *Lévy-Bruhl:* Lucien Lévy-Bruhl (1857–1939). Französischer Soziologe. Seine Lehre vom »prälogischen Charakter der Mentalität der Primitiven« hat er in den »Carnets« (1949) widerrufen.
S. 59 *Gaudier-Brzeska:* Henri Gaudier (1891–1915). Französischer Bildhauer, der sich Gaudier-Brzeska nannte. Fiel im Ersten Weltkrieg. Mitbegründer des »Vortizismus«.
S. 61 *Vier Abschiedsgedichte* aus: *Personae*, S. 223 ff.
S. 62 *Die Terrasse der Phönixe in Chin-Ling* aus: ebd., S. 225
S. 63 *Inschriften* aus: ebd., S. 187
S. 63 *Das Weib des Flußhändlers* aus: ebd., S. 209
S. 64 *Sennin-Gedicht von Kuo P'u* aus: ebd., S. 229
S. 64 *»Schwebenden Hügel«:* Name eines Sennin.
S. 65 *»Die reglose Wolke«* aus: ebd., S. 235

S. 66 *Das Image als Bildnenner* aus: *Nō – Vom Genius Japans*, S. 28ff. und 62f.

S. 67 *Umewaka Minoru:* Umewaka Minoru (1828–1909) war ursprünglich ein Darsteller von Tsure-Rollen in der Kanze-Truppe. Nach dem Sturz des Shōgunats gründete er als erster und unter vielen Opfern und Entbehrungen wieder eine eigene Nō-Bühne. Pound bezieht sich in der Widmung seiner *Frauen von Trachis* auf ihn und seine Söhne.

S. 67 *»... den Sturz des Hauses Tokugawa überdauerte«:* Das Nō war so sehr das Theater der herrschenden Samurai-Kaste (das Shōgunat war die jahrhundertelange Militärdiktatur Japans), daß der Untergang des Shōgunats auch das Ende des Nō zu bedeuten schien. Allein, die Restauration des bisher zu einem Schattendasein verurteilten Kaisertums erwies sich auf die Dauer – nicht zuletzt dank der Bemühungen Umewaka Minorus – als dem Nō keineswegs abträglich.

S. 69 *Nishikigi* aus: *Nō – Vom Genius Japans*, S. 128ff. Dt. von Wieland Schmied.

S. 72 *Hosonuno:* Man preßte im Distrikt Shinobu (Provinz Michinoku) gefärbtes Shinobugras auf weißes Tuch und gewann dadurch besonders reiche Muster. Das Wortspiel zwischen den verwirrenden Mustern der mit Shinobugras bedruckten Stoffe und der Verwirrung des liebenden (shinobu) Herzens ist ein beliebter Bestandteil japanischer Gedichte. (Vgl. die ›Liebesgeschichten des japanischen Kavaliers Narihira aus dem Ise-Monogatari‹, deutsch von O. Benl. Narihira wird auch in NISHIKIGI erwähnt.) Hermann Bohner merkt aber an, daß Hosonuno nach Manyōshu aus Vogelfedern gewobenes Tuch sei. Da das Material nicht ausreicht, ist die Bahn schmal, die Länge gering, und man kann es als Obergewand nicht tragen. Es deckt nur den Rücken, und man zieht es unter anderem Gewand an.

S. 74 *Die untergegangene Sonne läßt ein paar Schatten zurück:* Wortspiel mit ›Nishikigi‹: ›Nishi‹ heißt auch Westen, ›Nishibi‹ die sich dem Westen zuneigende Sonne.

S. 77 *Unsere Herzen wurden umwölkt vom fallenden Schnee«:* Der Schneewirbel, das Schneetreiben, die Schneemühle, sind als Sinnbilder des Fortlebens der Geister nach dem Tode aufzufassen, die noch keine Ruhe im Nirwana gefunden haben. Zugleich wird hier das allmähliche Auflösen der inneren Existenz der Geister angedeutet. Sie sind in einem Zustand, in dem zwischen Wahn und Wirklichkeit nicht mehr unterschieden werden kann.

S. 80 *»aus dem buntbemalten Holz unserer Liebe«:* vgl. bei uns die Sage vom Tannhäuser.

S. 82 *»Das Frührot kommt«:* jap. ›Ariaki‹; hier wie an mehreren anderen Stellen wurde auf die Wiedergabe der japanischen Worte verzichtet.

S. 83 *Drei Möglichkeiten, Worte aufzuladen* aus: *Motz el son*, S. 25 ff.
S. 85 *Dem Sextus Propertius zur Huldigung. III* aus: *Personae*, S. 341 ff.
S. 86 *IV Meinungsverschiedenheit mit Lygdamus* aus: ebd., S. 345 ff.
S. 88 *V,2* aus: ebd., S. 351 ff.
S. 89 *VI* aus: ebd., S. 355 ff.
S. 91 *VII* aus: ebd., S. 359 ff.
S. 93 *Die Dichtung ist ein Kentaur* aus: *Motz el son*, S. 71 ff.
S. 98 *Hugh Selwyn Mauberley. E. P. Ode pour l'élection de son sépulchre I–V* aus: *Personae*, S. 293 ff.
S. 102 *Vortizismus. Das Programm der Moderne* aus: *Motz el son*, S. 118 ff.
S. 118 *Canto I* aus: *Cantos I–XXX*, S. 9 ff.
S. 120 *Canto VII* aus: ebd., S. 51 ff.
S. 124 *Canto XIII* aus: ebd., S. 115 ff.
S. 127 *Canto XVI* (Auszug) aus: ebd. S. 147 ff.
S. 128 *Canto XX* (Auszug) aus: ebd., S. 179 ff.
S. 131 *Canto XXVII* (Auszug) aus: ebd., S. 257 ff.
S. 133 *Canto XXIX* (Auszug) aus: ebd. S. 281 ff.
S. 137 *Canto XXXVI*. Hier erstmals in dt. Übers. von Eva Hesse.
S. 140 *Canto XXXIX* aus: *dtv-Canto-Auswahl*, S. 73 ff.
S. 143 *Canto XLV* aus: *Usura-Cantos*, S. 15 ff.
S. 145 *Canto XLVII* aus: *dtv-Canto-Auswahl*, S. 83 ff.
S. 148 *Canto XLIX* aus: ebd., S. 89 ff.
S. 151 *Canto LXXIV* (Auszug) aus: *Pisaner Cantos*, S. 7, 9 ff., 25 ff. u. 55
S. 155 *Canto LXXIX* (Auszug) aus: ebd. S. 127 ff.
S. 161 *Canto LXXXI* (Auszug) aus: ebd., S. 193 ff.
S. 163 *Canto LXXXIII* (Auszug) aus: ebd., S. 209, 213 und 215 ff.
S. 166 *Canto XC* aus: *dtv-Canto-Auswahl*, S. 169 ff.
S. 170 *Canto XCI* (Auszug) aus: *22 Versuche* …, S. 267 ff.
S. 173 *Canto XCVIII* (Auszug) aus: ebd., S. 304 ff.
S. 174 *Canto CII* aus: *dtv-Canto-Auswahl*, S. 177 ff.
S. 177 *Canto CVI* aus: ebd., S. 183 ff.
S. 181 *Canto CX* (Auszug) aus: *Letzte Texte*, S. 7 ff.
S. 182 *Canto CXII* (Unvollendet) aus: ebd., S. 19
S. 184 *Canto CXV* (Unvollendet) aus: ebd., S. 35

Deutschsprachige Literatur zu Ezra Pound

Arnold, H. L. (Hg.), *Ezra Pound*. In: *Text und Kritik* 10/11 (Oktober 1965). Mit Beiträgen von Jan M. Broekman, Walther L. Fischer, Eva Hesse, Rudolf Sühnel, H. J. Zimmermann.

De Rachewiltz, Siegfried W., und Alfred Gruber (Hg.), *Ezra Pound*. In: *Distel* 6/82 und 1/83 (Sondernummer. Bozen: 1981)

Espey, John J., *Ezra Pounds ›Mauberley‹. Ein Versuch in der Tonsetzung*. Übers. von Hedda Soellner. Zürich: Arche 1963

Hansen, Miriam, *Ezra Pounds frühe Poetik und Kulturkritik zwischen Aufklärung und Avantgarde*. Stuttgart: Metzler 1979

Hesse, Eva, *Ezra Pound. 22 Versuche über einen Dichter*. Frankfurt, Bonn: Athenäum 1967

Dies., *Beckett. Eliot. Pound. Drei Textanalysen*. Frankfurt: Suhrkamp 1971

Dies., Pfister, Manfred, und Michael Knight, *Der Aufstand der Musen. Die ›Neue Frau‹ in der englischen Moderne*. Passau: Andreas-Haller 1984

Lander, Jeanette, *Ezra Pound*. Berlin: Literarisches Colloquium 1968

Lenberg, Lotte, *Rosen aus Feilstaub. Studien zu den Cantos von Ezra Pound*. Wiesbaden: Limes 1966

Link, Franz, *Ezra Pound. Eine Einführung*. München, Zürich: Artemis 1984

Motsch, Monika, *Ezra Pound und China*. Heidelberg: Carl Winter 1976

Schmied, Wieland, *Andere Stimmen. Pound. Beckett. Aufzeichnungen*. Berlin: Literarisches Colloquium 1984

Schmitz, Alexander, *Ezra Pound und die Mythologie des Ostens*. Köln: Diederichs (in Vorb.)

Biographische Notiz

Eva Hesse, geboren 1925 in Berlin, zweisprachig in England aufgewachsen, hat seit den frühen fünfziger Jahren ausgewählte Werke einer Reihe von Dichtern der amerikanischen Moderne herausgegeben, oft auch übersetzt – Langston Hughes, E. E. Cummings, Robert Frost, Archibald MacLeish, Samuel Beckett, Marianne Moore, Robinson Jeffers und nicht zuletzt T. S. Eliot und Ezra Pound. Für diese Arbeiten erhielt sie den Übersetzerpreis der Akademie für Sprache und Dichtung in Darmstadt. Über Pound hat sie die beiden Symposien: *Ezra Pound, 22 Versuche über einen Dichter,* Frankfurt 1967, und *New Approaches to Ezra Pound,* California 1969, herausgegeben und diverse Aufsätze in den Zeitschriften *Akzente, Amerikastudien, Anglia, Paideuma* (University of Maine) veröffentlicht. Als Lehrbeauftragte der Universität München hält sie Seminare über sozialwissenschaftliche Themen. Zu diesem Gebiet erschienen von ihr die Einzelwerke: *T. S. Eliot und ›Das Wüste Land‹: Eine Analyse,* Frankfurt 1973, *Die Wurzeln der Revolution: Theorien der individuellen und der kollektiven Freiheit,* München 1974, *Ezra Pound: Von Sinn und Wahnsinn,* München 1978, und (als Mitautorin) *Der Aufstand der Musen: Die ›Neue Frau‹ in der englischen Moderne,* Passau 1984.

Fotonachweis
S. 186: Arche Archiv; S. 276, oben: U.S. Army Signal Corps Photograph No. SC 250735; S. 276, unten und 277: Arche Archiv.

Ezra Pound
Usura-Cantos XLV und LI
Texte, Entwürfe, Fragmente
Herausgegeben, kommentiert
und mit einem Essay
über »Wachstum und Wucher.
Die Aktualität von Pounds Usura-Begriff«
von Eva Hesse
157 S. Faksimiles. Geb.

Erstmals wird hierin anhand der Manuskripte und Typoskripte der berühmten *Usura-Cantos* nachgewiesen, daß *Canto LI* ursprünglich als Teil des *Canto XLV* konzipiert worden ist. In dem sich anschließenden Essay untersucht die Pound-Übersetzerin und -Kennerin Eva Hesse die aktuelle Relevanz wucherischen Denkens.

Ezra Pound im Arche Verlag

Cantos I-XXX
Engl.-dt. Ausgabe
Übers. von Eva Hesse
340 S. Geb.

Die Frauen von Trachis
Nach Sophokles
72 S. Br. (Arche Bücherei 710)

Letzte Texte
Entwürfe und Fragmente zu
Cantos CX-CXX
Engl.-dt. Ausgabe
Hg. und übers. von Eva Hesse
104 S. Geb.

Motz el son
Wort und Weise
Essays
Übers. von Eva Hesse
139 S. Fotos. Geb.

Patria mia
Essay
Hg. und eingeleitet von Eva Hesse
Übers. von Hedda Soellner
99 S. Fotos. Geb.

Personae – Masken
Engl.-dt. Ausgabe
Übers. von Eva Hesse
400 S. Geb.